Zum Buch:

Die Elbphilharmonie, das Blankeneser Treppenviertel, weiße Villen an der Alster: Für typische Hamburger Sehenswürdigkeiten hat Hauptkommissarin Svea Kopetzki nichts übrig. Aber zum Glück für die Neu-Hamburgerin ist der Hafen mehr als die herausgeputzte Hafencity und peu à peu entdeckt sie die bodenständigen Seiten der Hansestadt für sich: Osdorfer Born statt Othmarschen, Camping statt Kaviar, Fähranleger statt Pferderennen – und am Ende muss sie sogar zugeben, dass die Currywurst mit Pommes hier besser als im Ruhrgebiet schmeckt.

Zur Autorin:

Anke Küpper wuchs im Ruhrgebiet auf und lebt in Hamburg. Sie arbeitet seit über zwanzig Jahren erfolgreich als Buchautorin. Mittlerweile hat sie mehr als sechzig Sachbücher und Kindergeschichten sowie zahlreiche Quizze und Spiele veröffentlicht, darunter einige Bestseller. Sie studierte Germanistik, Romanistik und Medienwissenschaften in Bochum, Hamburg, Poitiers und Bordeaux. Ihre Abschlussarbeit schrieb sie über die Krimis der Schwarzen Serie. »Der Tote vom Elbhang« ist ihr erster Kriminalroman.

Anke Küpper

DER TOTE VOM ELBHANG

Kriminalroman

HarperCollins

HarperCollins®

3. Auflage: Februar 2021
Originalausgabe
Copyright © 2019 by HarperCollins
in der HarperCollins Germany GmbH, Hamburg

Umschlaggestaltung: zero-media.net, München
Umschlagabbildung: plainpicture / Bias
Lektorat: Thorben Buttke
Satz: GGP Media GmbH, Pößneck
Printed in Germany

ISBN 978-3-95967-299-3

www.harpercollins.de

Gleißendes Licht fließt durch dich hindurch. Du betrachtest den Mann vor dir auf dem Boden. Wie hingegossen liegt sein Körper da. Blut sickert aus der Wunde, die deine Axt geschlagen hat, bekränzt seinen Schädel. Ein scharlachroter Heiligenschein.

Was keine Nachahmung schafft, egal wie sehr du dich bemühst, schafft der Tod wie von selbst. Das totale Werk.

Du tippst mit dem Fuß gegen die Leiche. Der Heiligenschein zerläuft. Der Geruch von Eisen steigt dir in die Nase und lässt dich aus deiner Verzückung erwachen. So kann der Mann hier nicht liegenbleiben! Aber zum Glück weißt du, was zu tun ist. Du hast immer noch alles da. Fell, Schnur, bloß die Schachteln werden nicht reichen.

MONTAG, 13.04.2015

»Ich rufe auf den Versteigerungstermin 541 K 8-13. Bitte eintreten.« Rechtspfleger Alexander Heidenich ließ den Lautsprecherknopf des Pultmikrofons los und lehnte sich in seinem Stuhl zurück.

»Oder auch nicht«, murmelte er, während er sich die Schläfen rieb. Diese Massen! Er wusste nicht, wann der Saal im Amtsgericht Hamburg-Blankenese zuletzt so voll gewesen war. Immer noch drängten Bietinteressenten vom Flur herein und zwängten sich zwischen die Anwesenden. Wer keinen Stuhl ergattern konnte, hockte sich auf eine der Fensterbänke oder lehnte sich hinter der letzten Sitzreihe an die Wand.

Heidenich roch versagendes Deodorant und feuchte Wollpullover. In der dritten Reihe biss eine Schwangere in ein Käsebrot. Tilsiter, tippte er. Zwei Plätze weiter verzog ein Mann in Jackett und Krawatte das Gesicht und hielt sich die Hand vor die Nase. Heidenich mochte das kräftige Aroma von reifem Käse. Und gern auch einen guten Roten dazu.

Er wandte den Kopf nach rechts. Protokollführerin Birthe Kruse blickte an ihrem Computermonitor vorbei in den Saal. »Wie in der Kirche an Heiligabend«, stellte sie fest.

»Meinen Sie die anstehende Geburt?«

Birthe Kruse krauste die Stirn.

Um Vergebung bittend faltete Heidenich die Hände, aber Birthe Kruse starrte schon wieder auf den Bildschirm. Ihr Glaube war eine ernste Sache für sie. Das vergaß er dummerweise immer wieder, nachher in der Kantine würde sie ihn daran erinnern. Dabei konnte er sie in diesem Fall verstehen. Auch ihm würde es besser gefallen, wenn er seine Schäfchen nicht nur heute, sondern jede Woche so zahlreich um sich scharen könnte. Doch wegen der niedrigen Hypothekenzinsen kam es in letzter Zeit immer seltener zu Zwangsversteigerungen. Meistens ging es dann um Tiefgaragenplätze oder Brachflächen mit nur einer Handvoll Interessenten. Heute jedoch stand ein freistehendes Einfamilienhaus zum Gebot, klein und heruntergekommen, aber in Bestlage am noblen Falkensteiner Ufer. Das hatte Leute angelockt, die sich sonst eher selten zu Zwangsversteigerungen verirrten.

Heidenich wartete, bis die Letzten einen Platz im Saal gefunden hatten. Als endlich Ruhe eingekehrt und nur noch das Singen der Neonröhre über ihm zu hören war, erhob er die Stimme: »Guten Morgen, meine Damen und Herren.« Er atmete tief durch. Was er jetzt sagen musste, würde die Leute nicht freuen, ihn hatte es ja selbst überrascht. »Ich muss Sie darüber in Kenntnis setzen, dass mich vor einer halben Stunde der Hauseigentümer angerufen hat. Er hat versichert, seine Schulden in den nächsten Tagen zu tilgen.«

»Oh Gott, war's das jetzt?« Die Schwangere stöhnte und presste eine Hand an ihren Bauch.

»Nein. Der Anruf kam zu kurzfristig. Wir werden die Versteigerung durchführen, nur erteile ich am Ende nicht wie gewohnt dem Meistbietenden den Zuschlag. Die Entscheidung darüber wird für eine Woche ausgesetzt. Das heißt, wenn der Schuldner tatsächlich innerhalb dieser Frist zahlt, haben Sie hier zwar Ihren Spaß gehabt, nur leider immer noch kein Haus.«

»Das ist ja wohl das Letzte!« Ein Kapuzenpulliträger schoss von seinem Stuhl hoch. »Dafür habe ich mein Meeting gecancelt.« Schimpfend drückte er sich durch die Menge nach draußen.

Heidenich musste ein Grinsen unterdrücken. »An dieser Stelle weise ich gern noch einmal darauf hin, dass ich in erster Linie nicht dazu da bin, Ihnen ein schönes neues Zuhause zu verschaffen. Vielmehr geht es darum, dass der Gläubiger sein Geld bekommt.« Verhaltenes Gelächter im Saal. Heidenich räusperte sich. »Wenn nicht noch jemand gehen möchte, verlese ich jetzt den Veröffentlichungstext.« Er schlug den Aktendeckel zurück und begann: »Es geht heute um die Zwangsversteigerung des in Hamburg-Blankenese im Falkenstieg 18 belegenen Flurstücks Nummer 1318. Das Grundstück ist bebaut mit einem unter Bestandsschutz stehenden Einzelhaus, Baujahr 1932, laut Gutachten seit Längerem unbewohnt und von Hausschwamm befallen. Letzteres wurde bereits behördlicherseits gemeldet. Der festgesetzte Verkehrswert beträgt 480.000 Euro. Das geringste Gebot beträgt 9.770 Euro und setzt sich aus den Verfahrenskosten zusammen.«

Er schloss die Akte wieder und fuhr fort: »Es gelten die gesetzlichen Versteigerungsbedingungen, als da sind: Eigentum wird erst durch die Erteilung des Zuschlags erworben, die gesetzliche Mindestbietzeit beträgt dreißig Minuten, jeder Bieter muss sich ausweisen und eine Sicherheitsleistung in Höhe von zehn Prozent des Verkehrswertes vorlegen, wie immer erfolgt die Versteigerung unter Haftungsausschluss. Es gilt, gekauft wie besehen oder nicht besehen.«

Während Heidenich sprach, glitt sein Blick über die Menge. Seine beiden Stammgäste, wie Birthe Kruse und er die Berufsbieter nannten, saßen wie üblich möglichst weit voneinander entfernt. Die stumpfhaarige Blonde in ihrem immergleichen Nadelstreifenblazer thronte auf ihrem Platz am mittleren Fenster. In der letzten Reihe rückte Nermin Melic seine haferflockenfarbene Schirmmütze auf der frisch rasierten Glatze zurecht.

11

Ein kurzer Blick auf die Uhr an seinem Handgelenk. »Damit stelle ich fest, es ist 10:37 Uhr. Die Bietstunde ist eröffnet.«

In der ersten Reihe schoss ein junger Typ in Jeans und Outdoorjacke hoch. Die linke Hand reckte er wie in der Schule, mit der rechten nestelte er in seiner tiefhängenden Hosentasche nach dem Portemonnaie. Seine Finger zitterten, als er den Personalausweis herauszog und vor Heidenich auf den Tisch legte.

»Herr Röder«, las Heidenich und schob den Ausweis zu Birthe Kruse herüber, damit sie die Personalien aufnahm. Dann fragte er: »Wie viel bieten Sie?«

»Äh, das Geringste.«

»Sie müssen mir schon eine Zahl sagen.«

»Äh … wie viel war das noch?«

Manche Bieter raubten einem den letzten Nerv. Normalerweise besuchten die Leute erst einen Termin als Zuschauer, um den Ablauf kennenzulernen, bevor sie dann selbst mitsteigerten. Das erleichterte die Sache für alle Beteiligten, war von Röder aber offensichtlich nicht für nötig befunden worden. Heidenich biss sich auf die Lippe, um nicht laut aufzustöhnen, und schlug die Akte wieder auf.

»Neuntausendsiebenhundertsiebzig«, las er vor, artikulierte jede Silbe mit einer extra Pause nach der Tausender- und der Hunderterstelle.

Röder wiederholte die Zahl, nahm seinen Ausweis zurück und setzte sich sofort wieder.

Heidenich fasste sich in den Nacken und presste Daumen und Zeigefinger in die verhärteten Muskeln rechts und links der Halswirbel.

»Herr Röder!« Er wurde kurz laut.

Röder zuckte auf seinem Stuhl zusammen.

»Haben Sie eine Sicherheit dabei?«

Röder sprang auf und reichte ihm ein fleddriges Papier. Heidenich faltete es auseinander: ein Verrechnungsscheck über 48.000 Euro. Immerhin, die Summe stimmte.

»Danke.« Er legte den Scheck neben sich ab und wandte sich an das Publikum. »Herr Röder bietet 9.770 Euro. Bietet jemand mehr?«

»Zweihundertachtzigtausend!«, rief Melic vom hinteren Ende des Saales. Er reservierte seinen Stuhl mit der Schirmmütze, zwängte sich durch die Menge nach vorn und gab Ausweis und Scheck ab.

Heidenichs Nackenmuskulatur begann sich wieder zu lockern. Zumindest auf seine Stammgäste war Verlass. »Herr Melic bietet 280.000 Euro. Das derzeitige Meistgebot ist wirksam abgegeben von Herrn Melic.«

»285.000«, schrie Röder. Seine Hand schoss erneut in die Höhe.

Melic stoppte auf dem Rückweg zu seinem Platz und rieb sich die breite Stirn. »350.000.«

»355.000.«

»400.000.«

»455.000.«

»500.000!« Melic blickte triumphierend zu Röder.

Fehlt nur noch, dass er ein Bündel Geldscheine aus der Tasche zieht und damit herumwedelt, dachte Heidenich.

»505.000.« Röder ließ nicht locker.

Noch zehn Minuten bis zum Ende der Mindestbietzeit, und der Verkehrswert war bereits knapp überschritten. Melic setzte sich wieder. Er schien nicht nachlegen zu wollen. Dafür blickte Heidenich in das sorgfältig geschminkte Gesicht einer rotgelockten Frau im Businesskostüm.

»550.000«, sagte Katja von Trott. Der Name stand auf dem Ausweis, den sie ihm zeitgleich mit ihrem Gebot unter die Nase hielt. Mit ihren High Heels war sie bestimmt eins achtzig groß. Als sie ihre Haare zurückwarf, loderten diese wie Flammen. Nicht sein Typ, aber besonders, wirklich besonders. Während er ihr Gebot verkündete, begann ein Vogel zu zwitschern.

»555.000«, rief Röder und wühlte hektisch in seiner Jackentasche. Der Vogel wurde lauter.

Heidenich schüttelte den Kopf. »Sie bieten 555.000 und machen bitte sofort Ihr Handy aus!« Was war heute nur los?

Im Saal kam derweil immer größere Unruhe auf. »Lass uns gehen, das bringt nichts«, sagte die Schwangere zu ihrem Nebenmann. Ihr Käsebrot hatte sie mittlerweile aufgegessen. »Die sind alle verrückt! So viel für die rottige Hütte.« Als sie mit ihrem Begleiter an der Hand den Saal verließ, schlossen sich weitere Zuschauer an. Der Rest sah gespannt nach vorn.

Die nächsten Minuten vergingen ohne ein weiteres Gebot. Heidenich lehnte sich zurück und lauschte dem Geklacker von Birthe Kruses Tastatur. Die Leute fingen gerade wieder an zu tuscheln und mit den Stühlen zu rücken, als er mit erneutem Blick zur Uhr feststellte: »Jetzt haben wir die gesetzliche Mindestbietzeit erreicht.« Kurze Pause. »Bietet jemand mehr als 555.000 Euro?« Niemand reagierte. Heidenich hob an: »555.000 zum Ersten, 555.000 zum …«

»Dann biete ich noch mal«, unterbrach ihn von Trott. »600.000.«

»605.000«, rief Röder prompt.

»650.000.«

»655.000.«

»Ich erhöhe auf 750.000.« Von Trott schüttelte ihre feurige Mähne.

»755.000.«

»800.000.«

»805.000.«

Den Mund leicht geöffnet, verfolgte Heidenich das Bietduell. Er war ja einiges gewohnt, aber jetzt begann sein Adrenalin zu pulsieren.

Von Trott stemmte ihre goldberingten Finger in die Hüften und wandte sich wie in Zeitlupe zu ihrem Kontrahenten. »895.000.« Sie sprach betont deutlich.

Heidenich wartete auf Röders Gegengebot, doch der schwieg. Vielleicht war er zur Vernunft gekommen. Spät, aber nicht zu spät. So viel, wie diese von Trott womöglich zahlen müsste, waren das Haus und das Grundstück einfach nicht wert. Um Längen nicht.

Heidenich atmete tief ein und sagte: »895.000 zum Ersten. 895.000 zum Zweiten. 895.000 zum Dritten!« Er sah ein letztes Mal auf seine Uhr. »Es ist 11:23 Uhr. Damit schließe ich die Versteigerung.«

Sofort wurde es laut im Saal. Die Leute drängten zur Tür, die meisten redeten auf ihren Begleiter oder ihr Smartphone ein. Mit ihrem absurden Höchstgebot hatte von Trott ihnen den Traum vom Schnäppchen in den Elbvororten gründlich vermasselt.

»Beantragt die Bieterin ihren Zuschlag?«, fragte Heidenich.

Von Trott nickte, und an die wenigen im Saal Verbliebenen gerichtet, fuhr er fort: »Der Verkündungstermin ist am Montag, den 20.04., pünktlich um zehn. Die Sicherheitsleistung des Meistbietenden behalte ich bis dahin ein. Alle anderen können ihre Schecks jetzt gleich mitnehmen.«

Ein letztes Mal kam auch Röder an Heidenichs Tisch. Wortlos nahm er seinen Scheck entgegen, zerdrückte ihn in der Faust und stopfte ihn im Hinausgehen in die Jackentasche.

Heidenich wartete nur noch darauf, dass von Trott ihren Mantel von der Stuhllehne nehmen und ebenfalls den Saal verlassen würde. Demonstrativ stand er auf und klemmte sich die Akte unter den Arm. Jetzt eine Zigarette! Seine Finger tasteten nach dem Tabakpäckchen in seiner Jacketttasche. Von Trott verharrte noch immer neben ihrem Stuhl. Erst als Röders Schritte auf dem Gang verklungen waren, kam sie auf ihn zu.

»Ich habe mein Gebot in verdeckter Vollmacht für Janpeter-Kampmann-Immobilien abgegeben.« Sie zog eine notariell beglaubigte Vollmacht aus ihrer Aktenmappe und ließ sie auf seinen Tisch gleiten. Grußlos stöckelte sie davon, in der Tür drehte sie sich noch einmal um. »Bis in sieben Tagen.«

Heidenich schluckte. Ein Immobilienhai, der das große Geschäft witterte. Das hätte ihm gleich klar sein müssen. Aber wenn Kampmann sich da mal nicht täuschte. Abreißen und einen Mehrfamilienklotz aufs Grundstück setzen – hier nicht. Der Bestandsschutz ließ sich nicht aushebeln. Es sei denn, der Gutachter hatte etwas übersehen. Aber das sollte nicht seine Sorge sein.

DIENSTAG, 14.04.2015

1

Svea Kopetzki zerrte ihr Schlafhemd über den Kopf und schlüpfte in ihre Laufsachen. Im Flur schnappte sie sich die dünne schwarze Jacke mit den Reflektoren, ihr Smartphone schob sie in die Tasche am Oberarm. Bereitschaftsdienst hinderte zum Glück nicht daran zu joggen.

Als die Haustür hinter ihr ins Schloss fiel, zeigte die Apothekenuhr auf der anderen Straßenseite 2:30 Uhr und immer noch elf Grad Celsius an. Ungewöhnlich warm für diese Jahreszeit. Kein Mensch war zu sehen, kein Auto unterwegs, Svea zog den Reißverschluss ihrer Jacke bis zum Anschlag hoch und wandte sich Richtung Elbe. Ihre Schritte federten über den Asphalt, nur einmal musste sie kurz anhalten, um ein Taxi und zwei SUV-Schlachtschiffe vorbeizischen zu lassen. Dann trabte sie locker den Elbhang hinab.

Am gegenüberliegenden Ufer spiegelten sich die Lichter der Containerbrücken im Wasser und verwandelten den Fluss in ein Glitzermeer. Svea kniff die Augen bis auf einen Spalt zusammen, sie spürte das Dröhnen und Wummern der Kräne beim Be- und Entladen der Schiffe, als käme es aus ihrem Innern. Der Hafen gehörte zum Wenigen, das ihr an Hamburg gefiel. Diese verdammte Schnöselstadt, aus der sie lieber heute als morgen wieder verschwinden wollte. Aber dann wäre ihre Karriere am Arsch.

Unten angekommen, steigerte sie das Tempo. Zwei Schritte ein. Drei Schritte aus. Eine Stunde Joggen wirkt genauso gut wie eine Beruhigungstablette, hatte der Hausarzt gemeint, als sie vor drei Monaten auf seiner Behandlungsliege gelegen

19

hatte, nach einer Woche nahezu ohne Schlaf. Seitdem lief sie mindestens zweimal die Woche. Gerne nachts.

Hinter Teufelsbrück wurden die Abstände zwischen den Laternen größer. Nur das Flugzeugwerk sandte seinen schwachen orangefarbenen Lichtschein herüber. Svea kannte die Strecke gut genug, um trotzdem einen Sprint einzulegen.

Als es an ihrem linken Trizeps vibrierte, stockte sie und wäre beinahe gestolpert. Keuchend blieb sie stehen. Mit einer Hand rieb sie sich den Knöchel, mit der anderen zerrte sie ihr Smartphone hervor.

»Alles klar?«, herrschte die Stimme am anderen Ende.

»Ja, warum?«

»Weil Sie so stöhnen.«

»Mann, ich laufe gerade.«

»Aha.« Kurze Pause. »Mitten in der Nacht?«

»Rufen Sie an, um mit mir übers Joggen zu reden?« Svea holte Luft. »Dann laufe ich lieber zurück nach Hause, mein Bett wartet.«

»Jetzt reicht's mir langsam! Wir haben was für Sie. Menschliche Knochen. Ich stehe hier in einem Garten in Blankenese. Da sind ein paar Kinder eingestiegen. Also wenn das meine wären, denen würde ich …«

»Adresse?«

»Falkenstieg 18, aber ich würde …«

»Okay, bis gleich.« Svea drückte das Gespräch weg. Kristian Brandt vom Kriminaldauerdienst war ein netter Kerl, sie mochte seine verquatschte Art. Aber nur in der Kantine, nicht im Einsatz.

Das erneute Vibrieren des Telefons ignorierte sie und tippte stattdessen die Adresse in die Kartenapp. Noch 3,26 Kilometer. Immer an der Elbe entlang und dann kurz bergan.

Keine 20 Minuten. Hätte Brandt erst ein Auto angefordert, würde es doppelt so lange dauern.

Blaulicht huschte zwischen den Baumskeletten am Hang umher und wies Svea die Richtung, als sie vom Uferweg in den Falkenstieg abbog. Von Rhododendren und Thuja-Büschen gesäumt, wand sich die schmale Asphaltstraße den Berg hinauf. Perfekt, um sich vor neugierigen Blicken zu verstecken. Nirgends in Hamburg war die Millionärsdichte so hoch wie hier am Falkenstein. Schnaufend rannte sie weiter, bis zwei Streifenwagen mit eingeschalteten Scheinwerfern den Weg versperrten. Gleich dahinter parkte der Transporter der Spurensicherung, etwas weiter weg am Straßenrand erkannte Svea einen roten Toyota Corolla Kombi. Tammes Familienkutsche. Wie hatte ihr Stellvertreter es geschafft, aus Farmsen-Berne so schnell hierher ans andere Ende der Stadt zu kommen? Sie setzte an, um über das rot-weiße Absperrband zu steigen, aber ein Streifenbeamter hielt sie am Arm zurück.

»Sie dürfen hier nicht durch!«

»Hauptkommissarin Kopetzki, ich leite die Mordbereitschaft.«

Sein Griff verstärkte sich.

»Loslassen, sofort!« Svea hätte ihm jetzt gern ihre Dienstwaffe unter die fleischige Nase gehalten. Sie beließ es bei ihrem Ausweis und hastete weiter.

»Ich habe auch meine Vorschriften«, rief er ihr hinterher.

Das Tor knirschte in den Angeln, als sie es zur Seite schob und das Grundstück betrat. Unkraut überwucherte den gepflasterten Zufahrtsweg. An seinem Ende, dort, wo Svea eine Protzhütte erwartet hatte, kauerte ein kleines Fachwerkhaus. Krumm und schief zeichnete sich sein Giebel gegen den Nachthimmel ab. Durch die halb geöffnete Eingangstür schimmerte Licht. Eicheln knackten unter Sveas Füßen, während sie darauf zuging. Oder waren es Bucheckern? Svea fröstelte. Was hatte Brandt gesagt? Menschliche Knochen. Sie hielt kurz inne. Weiter links am Hang ragten Fichten auf, ein Wäldchen aus ausgedienten Weihnachtsbäumen, umzingelt von Scheinwerfern. Im Unterholz blitzten die Schutzanzüge der Techniker.

»Herr Brandt«, rief Svea, als sie den bulligen Typ erkannte, der zwischen den Stämmen hervortrat. Keine Reaktion, dafür wandten die beiden Personen hinter ihm den Kopf in ihre Richtung. Der rothaarige Hüne war unverwechselbar: Tamme. Und daneben, schmal, staksig und blondlockig: Franziska. Was soll ich mit so einer Barbie?, hatte Svea gedacht, als sie ihr frisch von der Fachhochschule zugeteilt worden war. Mittlerweile würde sie die selbstbewusste, kluge Kommissarin nicht mehr hergeben wollen. Auch wenn sie ihr in letzter Zeit ein bisschen zu forsch wurde. Ein zweigeteiltes grünes Herz blitzte in Sveas Kopf auf. Das Cover des Buches, das Franzi ihr gestern unaufgefordert auf den Schreibtisch gelegt hatte. Aber jetzt war nicht die Zeit, sich Franzis Einmischung in ihr Privatleben zu verbitten.

Sie verließ den Plattenweg, um den dreien entgegenzugehen. Mit jedem Schritt versank sie knöcheltief in einem Teppich aus modrigem Laub. Brandt nickte nur knapp zur Begrüßung. Sie hatte ihn wohl zu brüsk abgewürgt.

»Ich muss weiter. Einbruch in Osdorf. Ich habe Ihrem Stellvertreter schon berichtet.« Er blickte kurz zu Tamme, bevor er davonstapfte, zurück in Richtung Straße.

»Was ist los?«, fragte Svea.

»Das sollte ich dich fragen«, gab Tamme zurück. »Brandt hat mehrfach versucht dich anzurufen. Warst du joggen? Um *die* Zeit?«

Sie sah auf ihr Telefon. Drei Anrufe in Abwesenheit, zwei davon bereits vor einer Dreiviertelstunde. Verdammt, wieso hatte sie das Vibrieren nicht gespürt? Sie verfluchte ihre Unaufmerksamkeit. Kalter Schweiß rann ihr vom Nacken bis ins Kreuz hinab.

»Scheiße«, sagte sie laut. »Funkloch.« Sie hoffte, dass Tamme und Franzi die Ausrede schluckten.

»Soll ich dir ein Handtuch holen?«

»Nicht nötig. Schieß los.«

»Zwei Mädchen vom Campingplatz sind gestern Nachmittag beim Spielen dort hinten über den Zaun geklettert und über lose herumliegende Knochen gestolpert. Ihre Eltern haben später die Polizei gerufen.« Tamme klappte sein Notizbuch auf. »Die Kollegen sind um 22:10 Uhr hier vor Ort eingetroffen. Weil alles im Dunkeln lag, haben sie ein bisschen gebraucht, um die Dinger zu finden. Menschenknochen. Eindeutig. Sie haben gleich den KDD verständigt.«

Er blickte Svea an, Besorgnis lag in seinen hellblauen Augen. Wahrscheinlich stellte er sich gerade seine eigenen Mädchen vor, wie sie so etwas fanden. »Die Knochen liegen noch am Fundort. Wird gerade alles abgescannt.« Er steckte das Büchlein zurück in die Tasche seines Anoraks. »Eins ist eine Beckenschaufel, das andere wohl ein Oberarmknochen. Komm mit.« Er wandte sich um in Richtung Fichtenwäldchen.

»Warte, was ist im Haus?«

»Nichts.«

»Nichts?«, warf Franzi ein und schob sich eine Locke hinters Ohr. »Das ist ein Saustall.«

»Ja. Ich meinte, nicht noch mehr Knochen oder so. Seit die letzte Bewohnerin, eine Annegret Dreyer, vor ein paar Jahren gestorben ist, steht das Haus leer und verfällt. Allerdings geistert ab und zu der Sohn hier rum. Hat wohl das Haus geerbt. Komischer Typ, sagt der Kollege von der Streife.«

»Woher will er das wissen?«

»Wegen der ganzen Alarmanlagen in der Gegend kommen sie oft hier vorbei. Dabei haben sie ihn wohl getroffen.«

»Jetzt ist niemand da?«

»Die Tür war verschlossen. Aber es gibt Schuhspuren vorm Eingang und drinnen im Staub. In der Küche steht ein Campingkocher, es ist noch Gas in der Flasche.«

»Vergiss nicht den Topf mit dem grünen Flausch«, brachte Franzi sich ein.

»Es ist ziemlich verwahrlost. Der Strom ist abgestellt. Wasser gibt es auch nicht. Möglicherweise sind die Leitungen geplatzt, so stockig, wie es riecht. Zwei von Freders Leuten nehmen gerade Spuren auf.«

Svea rieb sich die Hände, um warm zu werden. Sie hätte längst nach Hause gemusst. Duschen. Kaffee trinken. »Wir müssen schnellstens mit diesem Sohn sprechen. Habt ihr den Namen? Adresse, Telefon?«

»Die Streife kümmert sich drum.«

»Okay. Dann zeigt mir erst mal die Knochen.«

Sie gingen halb um das Fichtenwäldchen herum, bis ein verwitterter Lattenzaun sie abrupt stoppte. Mannshoch begrenzte er das Grundstück.

»Hier entlang.« Tamme wandte sich zum Zelt der Spurensicherung.

Neben einem gelben Aufsteller mit der Nummer eins lag, wie zufällig fallengelassen, eine Art grobes Schöpfwerkzeug.

»Eine linke Beckenschaufel«, sagte Franzi.

Fundstück Nummer zwei war gleich dahinter platziert. Es war etwa 25 Zentimeter lang und an den Enden wulstartig verdickt.

»Wer hat den denn abgenagt?«, entfuhr es Svea. Der Oberarmknochen war glatt wie ein Spielzeug für Hunde.

»Mit Abnagen liegst du nicht ganz falsch«, meinte Tamme. »Laut Spusi sind die Knochen noch zu jung, als dass das Fleisch an ihnen von selbst komplett verwest wäre. So etwas dauert ja ein bis zwei Jahre. Es scheint irgendwie abgeschabt worden zu sein. Schätzungsweise mit einem Messer. Hier siehst du die Kerben.«

»Also kein Tier?«

»Das sähe wohl anders aus, unregelmäßiger. Aber das sollen dir die Kollegen aus der Rechtsmedizin genauer sagen, meint Freder.«

In diesem Moment tauchte Freder Birk, der Leiter der Spurensicherung, aus dem Dunkel auf. Geblendet vom Licht seiner Stirnlampe, hielt Svea sich die Hand vor die Augen.

»Sorry.« Freder knipste die Lampe aus. »Ich hab noch mehr für euch.«

»Menschenknochen?« Svea beugte sich über das halb verweste Fellbündel, das am Fuß einer Fichte lag. »Sieht mir eher nach Kaninchen aus.« Sie versuchte, den süßlichen, moschusartigen Geruch zu ignorieren, und wollte sich gerade wieder aufrichten, da griff Freder mit seinen behandschuhten Fingern in das Fell und schlug es zurück. Sie stockte. Was dort vor ihr lag, war kein Kleintierkörper.

25

Sie musste aufstoßen, Galle brannte ihr in der Kehle. Neben ihr pfiff Tamme durch die Zähne.

»Rippen«, sagte Franzi.

Freder ließ ihnen einen Moment Zeit, um den Anblick zu verdauen. Dann wanderte der Lichtkegel seiner Lampe weiter. Ein Erdloch, etwa einen halben Meter tief, der matschige Aushub lag direkt daneben. »Hier wurde das wohl ausgegraben.«

»Von den Mädchen?«, fragte Svea.

»Nein, zumindest wenn sie die Wahrheit gesagt haben und gestern Nachmittag zum ersten Mal hier waren.«

»Wie alt sind die beiden eigentlich?«

Tamme kramte sein Notizbuch hervor. »13 und 15.«

»Das sind keine Mädchen, das sind Teenager.« In dem Alter hatte Svea nicht mehr draußen gespielt. Sie hatte andere Sachen gemacht. Ganz andere. Aber das behielt sie besser für sich.

»Können wir weitermachen?«, riss Freder sie aus ihren Gedanken. »Die Aufgrabung ist zwar noch recht frisch, höchstens ein paar Tage alt, aber der Haufen sowie das Loch sind offensichtlich nass geworden. Und gestern Vormittag hat es zum letzten Mal geregnet.«

»Es kann auch später ein Hund auf den Haufen gepinkelt haben«, gab Svea zu bedenken.

»Der pH-Wert spricht gegen Urin.« Freder grinste. »Nee, im Ernst, das würde anders aussehen. Aber wir überprüfen das natürlich trotzdem. Die Aufgrabung wurde jedenfalls mit einem Spaten gemacht. Hier sieht man noch die Abdrücke.«

»Habt ihr im Gartenschuppen nachgesehen, ob da einer rumsteht?«

»Es gibt keinen Schuppen. Und im Haus ist bis jetzt noch keiner über einen Spaten gestolpert.«

Svea sah sich um. »Für so ein Grundstück braucht man doch Gartengeräte.«

»Oder einen Gärtner?«

»Das wird uns dieser Sohn hoffentlich bald beantworten können«, murmelte Svea. Wichtiger war doch, wer die Knochen überhaupt eingegraben hatte, bevor sie jemand wieder ausgrub. Laut fragte sie: »Hast du eine Ahnung, wie lange das Fellpäckchen in der Erde lag, bevor es wieder ausgegraben wurde?«

»Schwierig.« Er bückte sich und zerbröselte etwas Erde zwischen den Fingern. »Der Boden ist eher sandig, das beschleunigt die Zersetzungsprozesse. Schätzungsweise zwischen zwei und drei Monaten.«

Svea drehte sich zu Tamme und Franzi. »Sorgt dafür, dass die Staatsanwaltschaft die Knochen sofort für die Rechtsmedizin freigibt. Wir müssen wissen, wie lange das Zeug hier herumlag. Und vor allem: Stammt es von derselben Person?« Sie sah zurück zu Freder. »Sonst noch was?«

»Bis jetzt nicht. Aber wir haben noch längst nicht alles durchsucht.«

»Dann durchkämmt das ganze Grundstück. Und den Hang.«

»Vielleicht solltest du dir erst im Hellen ein Bild machen, bevor wir hier alles mit dem Bagger umpflügen.« Freder gähnte und Svea presste die Lippen zusammen, um es ihm nicht nachzutun. Sie hatte den Wink verstanden.

»Franzi, besorgst du uns einen Kaffee?«

»Wo soll ich den um die Zeit herbekommen?«

»Am Campingplatz gibt's bestimmt ein Büdchen.«

»Büdchen?«

»Oder eine Kneipe, was weiß ich.«

»Ob die jetzt schon geöffnet hat?«

»Wenn du nicht nachguckst, weißt du es nicht.« Immer dieser Widerspruch!

»Kiosk heißt das in Hamburg«, sagte Freder, nachdem Franzi davongestakst und außer Hörweite war. Er zeigte hinter sich. »Und da lang wäre es schneller gegangen.«

Erst jetzt bemerkte Svea die Tür im Zaun. Sie drückte die Klinke herunter und stand am Kopf einer Treppe. Durch ein Gestrüpp aus frischem Giersch, Buchenschößlingen und Brombeerranken führte sie geradewegs den Hang hinunter. Svea blickte zur Seite, rechts und links am Zaun lief ein Trampelpfad entlang. Der Himmel färbte sich bereits hellgrau.

»Tamme, kommst du?«

Sie schickte ihn hangaufwärts am Zaun lang. Sie selbst wandte sich nach links. Dorthin, wo die Mädchen angeblich hinübergeklettert waren.

Etwas Weißes schien vor ihr auf dem plattgetretenen Laub auf. »Wusste ich's doch«, murmelte sie. Sie zog ihren Ärmel bis über die Finger herunter, griff ihr Fundstück durch den Stoff und steckte es vorsichtig in ihre Jackentasche.

»Alles unauffällig«, rief Tamme. Er stand bereits an seinem Auto, als Svea zum Sprung über den Graben ansetzte, der das Ende des Pfades vom Falkenstieg trennte. »Der Weg geht bis zur Straße am Zaun entlang. Ohne Abzweigungen. Soweit ich es erkennen konnte, sind es bestimmt hundert Meter bis zum nächsten Grundstück.«

»Keine direkten Nachbarn also. Schlechte Chancen, dass jemand etwas bemerkt hat.« Svea lehnte sich neben Tamme und schloss für einen Moment die Augen. »Trotzdem muss jeder im Umkreis von einem Kilometer befragt werden. Regelst du das?« Als sie Schritte näher kommen hörte, öffnete sie die Augen wieder.

Franzi sprintete den Hang hinauf. Sie hob Svea die leeren Hände entgegen.

»Wie ich's mir dachte. Alles zu.«

Franzi lächelte so freundlich, dass Svea sich fast schämte. »Danke trotzdem.«

»Gibt's noch was für mich zu tun?«

»Erst mal nicht.« Sie würde Franzi jetzt nicht zum Haus schicken. Das musste sie schnell selbst erledigen. »Du kannst hier warten, wenn du willst. Ich sage Freder Bescheid, dass wir ins Präsidium fahren.«

Svea hielt die Luft an. Franzi hatte nicht übertrieben. Der Mief von durchgeschwitzten Sportklamotten, tagelang in der Tasche vergessen, war harmlos gegen das, was ihr im Eingang des Hauses entgegenschlug.

Eine Kriminaltechnikerin der Spurensicherung trat aus dem Raum links hinter der Tür.

»Kann ich mich kurz umsehen?«, fragte Svea.

»Klar.« Die Frau öffnete einen Alukoffer, reichte Svea ein Paar Schuhüberzieher und wies hinter sich. »Das hier ist die Küche.«

Auf den verkrusteten Platten eines altmodischen Elektroherdes erkannte Svea den Schimmeltopf, auf der Spüle den Campingkocher. Im Becken stand ein Plastikeimer, halb gefüllt mit einer graubraunen Brühe, daneben drei Teller gegen eine Tasse gekippt. Nach der Staubschicht zu schließen, war der Abwasch schon etwas länger her.

Gegenüber der Küche entdeckte sie das Bad. Kloschüssel, Waschbecken, ein Spiegel mit einer abgeschlagenen Ecke, winzig, das Ganze. Svea musste niesen und schlug die Tür wieder zu. Schnell weiter!

Im hinteren Zimmer gab es nichts bis auf eine Anrichte. Helle Umrisse auf dem Dielenboden deuteten die fehlenden restlichen Möbel an. Eine Stiege führte in den Spitzboden.

»Hier oben sind noch zwei Schlafkammern.« Die Stimme der Kriminaltechnikerin hallte hinunter in den leeren Raum.

Als Svea die Stufen erklomm, knirschte und ächzte es bei jedem Schritt. Halt suchend griff sie nach dem Geländer. Es wackelte, als könnte es gleich abbrechen. Sofort ließ sie wieder los.

Wer hier gewohnt hat, kann nicht besonders anspruchsvoll gewesen sein, dachte sie beim Betrachten der grob zusammengezimmerten Betten. Die Einrichtung erinnerte sie an einen ihrer letzten Dortmunder Einsätze. Am Borsigplatz in einer Rumänenabsteige.

»Feine Leute hier am Falkenstein, was?« Die Kriminaltechnikerin ließ einen Schlafsack in einen Plastiksack gleiten. Ihr Kollege kniete auf dem Boden und kratzte etwas Dunkles vom Boden.

»Blut?«, fragte Svea.

»Nee. Außer Dreck ist hier nichts zu holen. Da müssen Sie raus zu unserem Knochenmann gehen.«

Freder stand mit einer Schaufel in der Hand an einem Erdhaufen, nicht weit von der Stelle entfernt, an der Svea ihn zurückgelassen hatte. Auf einer weißen Plane lagerten seine neuen Fundstücke. Matschige Pappreste, so zurechtgelegt, dass sie ein Rechteck andeuteten. Daneben mehrere Fetzen fleckigen Fells, auf den ersten Blick das gleiche, in das auch die Rippen gewickelt waren.

»Guck dir das an!« Freder hielt den Kopf gesenkt und wies mit dem Kinn auf das Loch neben sich.

Svea schauderte, als sie erkannte, was er in den Überresten eines Schuhkartons gefunden hatte. Gebettet auf Fell.

»Die rechte Beckenschaufel?«

»Genau.«

Es war nur ein Gefühl. Trotzdem konnte sie plötzlich schwören, dass das Grundstück noch viel mehr hergeben würde. Zum Glück war das Ausgraben Freders Job. Sie musste sich bloß den Kopf darüber zerbrechen, was hinter dem Ganzen steckte. Wer kam auf die kranke Idee, eine Leiche akkurat zu zerteilen und die einzelnen Knochen im Fellmantel anzurichten?

»Du kommst erst mal allein klar, oder?«, fragte sie Freder. »Ich fahr dann mit Tamme und Franziska ins Präsidium.«

»Warte, wo ist mein Kaffee?«

»Der Ki-osk«, Svea zog die erste Silbe in die Länge, »hatte zu.«

»Hmmm«, brummte Freder. »In meiner Thermoskanne im Auto ist vielleicht noch ein Rest.«

»Warum hast du das nicht gleich gesagt?«

»Hat mich einer gefragt?«

2

Um kurz vor neun saß Svea an ihrem Schreibtisch im Präsidium in Alsterdorf. Wachgeduscht und mit frischen Klamotten aus ihrem Spind. Als sie den Computer einschaltete, spiegelte sich ihre Silhouette im Bildschirm. Ihre kurzen dunklen Haare, schnell trocken gerubbelt, standen in alle Richtungen ab.

»Soll ich dir meinen Kamm leihen?« Mit drei Bechern in seinen großen Händen kam Tamme zurück vom Getränkeautomaten. An seinen Stiefeln klebten Reste von Tatort-Erde.

Endlich Kaffee! Svea nahm einen Schluck und strich sich mit der freien Hand über den Kopf. »Habt ihr den Sohn der verstorbenen Hausbesitzerin gefunden?«

»Vor zehn Minuten noch nicht. Aber wir geben dir sofort Bescheid.« Mit festem Schritt verschwand Tamme durch die Zwischentür ins Nebenzimmer.

Sveas Telefon klingelte. Der Pförtner. Nicht mal eine Stunde war vergangen, seit sie von unterwegs bei der Familie angerufen hatte, die den Knochenfund gemeldet hatte. Jetzt wartete die Mutter mit ihren Töchtern schon unten im Foyer darauf, abgeholt zu werden. Svea wollte sich selbst ein Bild machen. Dann musste Tamme sie eben in der Morgenrunde vertreten.

»Die Wurst hing an beiden Seiten über den Tellerrand!« Kai Schotts Bassstimme hallte Tamme aus dem großen Konferenzraum am Ende des Flures entgegen. Hier fand wie jeden Tag die Morgenrunde statt, bei der die sechs Teamleiter ihrer Chefin Uta Wienecke berichten mussten.

Als Tamme eintrat, breitete Schott gerade die Arme aus.

»So ein Ding war das. Wer in der Schlachteplatte nicht satt wird, dem ist nicht zu helfen!« Er lachte selbst am lautesten über seine Bemerkung und kniff Tamme zur Begrüßung ein Auge zu. »Moin, Kollege, dass wir uns hier treffen. Wenn das keine gute Zukunftsmusik ist.«

Schott war wie Tamme stellvertretender Teamleiter und heute nur dabei, weil sein Chef im Urlaub war. Helmut Butenschön, das Urgestein der Abteilung. Ein Jahr noch, dann würde Butenschön in Rente gehen. Tamme wusste, Schott rechnete fest damit, nachzurücken. Was das für die Stimmung in der Morgenrunde bedeutete, wenn Schott künftig dauerhaft anwesend wäre, war klar. Schott nannte Wienecke Quoten-Domina, seit sie den Job bekommen hatte, auf den auch er sich beworben hatte. Tamme hielt sich da raus. Er war zufrieden mit seinem bestehenden Status. Wie sollte er sonst fünfzig Prozent der Familienarbeit übernehmen?

»Hast du die Bratkartoffeln probiert?«, fragte jetzt Cem Demir, der gegenüber von Schott saß. »Die sollen dort am besten sein.«

Schott ging nicht weiter darauf ein. »Mir hat der letzte Zipfel Wurst noch aus dem Hals geguckt«, fuhr er fort. »Da wirst du schon gefragt, ob du einen Nachschlag willst.«

Bevor er weiterreden konnte, schaltete Wienecke sich ein: »Hört bitte auf, ich habe noch nicht gefrühstückt.«

Tamme dankte ihr im Stillen. Er musste dran denken, auf dem Rückweg ein paar Brötchen aus der Kantine mitzunehmen. Svea hatte bestimmt auch Hunger.

»Was ist mit Kopetzki?«, fragte Wienecke, ohne ihn anzusehen.

»Zeugenbefragung.« Er schob gleich noch ein »dringend«

hinterher. Dann war klar, dass Svea keine Zeit geblieben war, Wienecke ordnungsgemäß über ihr Fernbleiben bei der Morgenrunde zu informieren. Auch wenn Wienecke ansonsten okay war, legte sie großen Wert auf Einhaltung des Dienstwegs. Nicht immer Sveas Stärke.

Als Tamme sich setzte, registrierte er neugierige Blicke. Gestern hatte Svea noch gesagt, dass sie Leerlauf hätten und gern eins der anderen Teams unterstützen könnten. Das hatte sich über Nacht umgekehrt. Jetzt brauchten sie Unterstützung. Dringend.

Schotts Team war allerdings voll ausgelastet mit den Ermittlungen zu einem toten Rentner in einer Kleingartenanlage, wie er als Erster in der Runde wortreich darlegte, nicht ohne sich selbst mehrfach zu loben für seinen sensiblen Umgang mit den Angehörigen.

Tamme fragte sich, ob Schott da nicht irgendetwas verwechselte. Ihm fielen viele Adjektive ein, um den Kollegen zu beschreiben, sensibel gehörte nicht dazu. Egal, immerhin musste er nicht fürchten, in den nächsten Tagen zu einem gemeinsamen Einsatz mit Schott eingeteilt zu werden.

Die anderen Teams waren mit einer noch unbekannten Wasserleiche aus der Dove-Elbe im Osten der Stadt, einer Schießerei vor einem Fitnessstudio in Hammerbrook und Steinewerfern an der A7 ausreichend beschäftigt.

Demir hatte wochenlang im Fall einer Bäckereifachverkäuferin ermittelt, die auf dem Weg zur Arbeit in einem Park erstochen worden war. »Wir sind so weit durch mit der Sache«, schloss er. Gestern war der geständige Ex-Mann dem Haftrichter vorgeführt worden.

Gut, dachte Tamme, so wie es aussah, konnte Demirs Team jetzt Leute erübrigen.

»Hätte die Frau sich mal besser nicht getrennt«, kommentierte Schott und erntete einen strafenden Blick von Wienecke.

Als Tamme letztendlich an die Reihe kam, fasste er die bisherigen Erkenntnisse um den Knochenfund im Falkenstieg zusammen.

»Zwei bis drei Monate alt?«, hakte Wienecke hinsichtlich des geschätzten Alters der Knochen nach.

Tamme nickte.

»Irgendwelche Vermissten aus der Zeit?« Sie blickte in die Runde.

Nachdenkliche Gesichter. Kopfschütteln. Ähnlichkeiten mit anderen Fällen fielen auf die Schnelle auch niemandem ein. Tamme würde die Datenbanken checken müssen.

Wienecke stellte zwei Leute aus Demirs Team zur Unterstützung im Falkenstieg ab, ob für Zeugenbefragungen oder anderes, sollte Svea entscheiden. Dann löste sie die Runde auf.

»Kommt jemand mit in die Kantine?«, fragte Schott.

Spontan entschied Tamme, das Loch in seinem Magen zu ignorieren und direkt in sein Büro zurückzugehen.

»Danke, dass Sie so schnell gekommen sind.« Im Foyer schüttelte Svea zuerst der Mutter der beiden Mädchen die Hand. Trotz des breiten grauen Haaransatzes schätzte Svea sie auf höchstens Mitte dreißig. Ihr türkisfarbener Wollmantel war schief geknöpft. Die beiden Mädchen waren zurechtgemacht wie Zwillinge: die gleichen knallengen Jeans mit Löchern an Knien und Oberschenkeln, die gleiche schwarze Kapuzenjacke mit Teddyfutter. Lange blonde Haare hingen ihnen ins Gesicht. Trotz der frühen Stunde hatten sie sich ge-

35

schminkt, als würden sie sich gleich ins Nachtleben stürzen. Als die Kleinere ihre Hand in Sveas legte, musste Svea an einen Fisch denken. Kalt, feucht und tot. »Du bist Leonie?«

»Die beiden haben kaum geschlafen. Da habe ich sie krankgemeldet.« Die Mutter stockte. »Das ist doch nicht verboten, oder?«

Svea überhörte die Frage und hielt ihre Magnetkarte vor die Zwischentür zum Flur des Morddezernats. »Sind Sie öfter mitten in der Woche auf dem Campingplatz? Das ist ja ein ziemliches Stück von Ihrem Zuhause in Dulsberg.«

»Wir mussten das trockene Wetter nutzen, um das Vorzelt aufzubauen. Wir sind erst vor zehn Tagen wieder aus dem Winterlager umgezogen.«

»Winterlager?«

»Weil die Wohnwagen direkt am Strand in den Dünen stehen, ist der Platz von Oktober bis März wegen Hochwassergefahr komplett gesperrt.«

»Sie haben keine Ahnung von Camping, oder?«, nuschelte das größere der Mädchen unter ihrem Haarvorhang.

»Kim!«

»Wenn du dich da mal nicht täuschst.« Svea blieb vor dem Besprechungsraum stehen. »Ich würde Ihre Töchter gern getrennt voneinander als Zeugen befragen. Vielleicht ist der einen etwas aufgefallen, was die andere übersehen hat.«

»Leonie ist nicht meine Tochter.«

»Aha.« Da hatte der Blankeneser Kollege bei der Aufnahme der Aussage wohl geschlampt.

»Sie wohnt nur vorübergehend bei uns, bis ihre Mutter wieder da ist.«

»Wo ist deine Mutter denn?«

Achselzucken.

»Krankenhaus. Krebs«, flüsterte Frau Schröder.

»Das tut mir leid.« Svea beugte sich zu Leonie, aber die verzog keine Miene. Einen Moment zögerte Svea, dann hielt sie Frau Schröder die Tür auf. »Können Sie hier mit Kim warten?«

Frau Schröder blickte zu Leonie. Erst als die erneut mit den Achseln zuckte, nickte sie.

»Bedienen Sie sich bitte von den Getränken auf dem Tisch.« Svea rückte die Polsterstühle für Frau Schröder und Kim zurecht und stellte jeder von ihnen ein Glas hin.

Mit Leonie ging sie in ihr Büro auf der anderen Seite des Flures. Für Besucher war es auf dem Plastikklappstuhl vor ihrem Schreibtisch zwar nicht halb so gemütlich, aber Svea konnte sich, ähnlich wie im Vernehmungszimmer, beim Gespräch aufs Wesentliche konzentrieren: ihr Gegenüber und dessen Reaktionen.

»Ihr seid also über den Zaun geklettert?«

Svea rechnete schon mit einem Achselzucken, doch Leonie nickte.

»Wirklich?«

»Ja. Aber das haben wir doch alles schon dem Polizisten erzählt.«

»Ich frage mich nur, warum ihr euch die Mühe gemacht habt, über einen ein Meter achtzig hohen Zaun zu klettern, statt einfach durch die Tür darin zu gehen.«

»Wie denn? Die ist doch immer abgeschlossen.«

»Immer? Geht ihr öfter dort spielen?«

»Kommt vor.«

»Und was spielt ihr so?«

»Verstecken.« Leonie knibbelte den Lack von einem ihrer grünglitzernd lackierten Fingernägel.

»Bist du dafür nicht zu alt?«

»Haben Sie eine bessere Idee?«

Svea hatte tatsächlich eine Idee. Besser war die allerdings nicht, doch um Längen realistischer. Davon war sie überzeugt, jetzt, wo sie die Mädchen gesehen hatte. Aber für den endgültigen Beweis müsste sie sich trotzdem noch etwas gedulden.

»Wart ihr auch im Haus?«, fuhr sie fort.

»Nein.«

»Also nur im Garten?«

»Sag ich doch.«

Auch wenn Leonie Svea leidtat, wie sie vor ihr kauerte und versuchte, cool zu sein, wurde es Zeit, ihr den Ernst der Lage bewusst zu machen. »Du weißt schon, dass das Hausfriedensbruch ist, oder?«

»Na und.«

»Der Besitzer könnte zum Beispiel seine Hunde auf euch hetzen.«

»Helge?« Leonie lachte auf. »Der ist doch nie da. Und einen Hund hat er auch nicht.«

»Du kennst ihn?« Svea gab ihrer Frage einen beiläufigen Klang. Was Leonie konnte, konnte sie auch. Und zwar besser. Sie hatte längst gelernt, dass die meisten Zeugen dichtmachten, wenn man zu viel Interesse zeigte.

»Der Typ kellnert im Café. Unten am Campingplatz.«

»Weißt du, ob er mit Nachnamen Dreyer heißt?«

»Keine Ahnung.« Leonie nahm sich ihren nächsten Fingernagel vor.

Gelogen, dachte Svea, während sie *HELGE* auf ihren Block kritzelte. »Weißt du vielleicht, wo Helge wohnt?«

»In *dem* Haus jedenfalls nicht. Waren Sie mal drin?«

»Ich ja«, sagte Svea und hatte sofort wieder alles vor Augen, den Staub, den Dreck, den Schimmeltopf in der Küche. »Aber du hast gerade gesagt, dass du nicht drin warst.«

Ruckartig hob Leonie den Kopf. Mit fester Stimme sagte sie: »Ich hab nur durchs Fenster geguckt.«

Wer's glaubt, dachte Svea. Aber wenn Leonie sie belügen wollte, sollte sie das tun. Svea würde die Wahrheit schon noch herausfinden.

»Danke, das war's erst mal.« Sie brachte das Mädchen zurück in den Besprechungsraum. Anschließend stellte sie Kim die gleichen Fragen. Und erhielt die gleichen Antworten. Dann gab sie eine Suchmeldung für Helge Dreyer auf.

»Alles abgesprochen«, sagte Franzi bestimmt.

»Ich gebe dir recht, was das Verstecken angeht.« Svea lehnte an der Fensterbank, sie mussten schnell die nächsten Schritte abstimmen, und das war der einzige freie Platz in dem Raum, den Franzi sich mit Tamme und fünf Aktenregalen teilte.

»Also, meine Kinder spielen auch oft Verstecken«, meinte Tamme.

»Deine Kinder!« Svea legte eine Zellophantüte mit ihrem Fund vom Trampelpfad vor ihm auf den Tisch. »Lässt du bitte die Fingerabdrücke von den benutzten Flaschen und Gläsern im Besprechungsraum hiermit vergleichen?«

»Ein Joint? Woher kommt der?«

»Lag hinterm Zaun, genau da, wo die Mädchen rübergeklettert sind.«

»Dann glaubst du ihnen immerhin, dass die Tür im Zaun abgeschlossen war, oder?«

»Deshalb habe ich sie getrennt befragt. Wobei sich natürlich jetzt die Frage stellt: Wer war zwischendurch am Tatort und hat die Tür aufgeschlossen?«

»Helge Dreyer«, schlug Franzi vor.

»Wissen wir schon sicher, dass ihm das Haus gehört?«

»Er ist im Falkenstieg gemeldet. Aber ich warte noch auf eine Mail vom Grundbuchamt.«

»Klärt ihr ihn bitte noch büromäßig ab.«

»Ich bin dabei.« Tammes Finger huschten über die Tastatur. »Nicht zu glauben! Der Typ ist aktenkundig wegen Haschbesitz.«

»Das passt ja.«

»Erst mal abwarten, Chefin, was die Spusi sagt.« Tamme schwenkte die Tüte mit dem Zigarettenstummel. »Vielleicht ist es ganz normaler Tabak.«

»Mit einem selbstgebastelten Pappfilter – das glaubst auch nur du.« Tamme wieder! Langsam hatte Svea genug von seinen Heile-Welt-Beschwörungen.

»Sonst noch was?«, schaltete Franzi sich ein.

»Hast du den Bericht an den Staatsanwalt fertig?«

Franzi nickte.

»Gut. Dann kümmert euch um die Videoaufzeichnungen aus Bussen und S-Bahnen in und um Blankenese. Auch vom Bahnhofsvorplatz. Und vergesst nicht die Nachbarn. Ich wette, die haben alle Kameras auf ihren Grundstücken. Irgendwo werden doch wohl mal die Mädchen drauf sein.«

»Sag mal, traust du den beiden wirklich einen Mord zu?« Tamme gab echt keine Ruhe.

»Eher nicht, aber irgendetwas verheimlichen sie uns.«

»Vielleicht kennen sie den Mörder und decken ihn«, schlug Franzi vor.

Svea seufzte. »Wir müssen dringend diesen Helge Dreyer sprechen. Auch wenn ich keine Lust habe, bloß auf Verdacht schon wieder zum Campingplatz zu fahren.«

Ping machte Franzis Computer. Sie klickte die Mail an. »Das Grundbuchamt. Das Haus gehört nicht mehr Helge Dreyer. Es ist gestern zwangsversteigert worden.«

»Und wem gehört es jetzt?«

»Das weiß das Gericht.« Franzi griff zum Telefon und tippte eine Nummer ein. Kurz darauf hielt sie den Hörer hoch, sodass alle das Tuten hörten.

»Frühstückspause. Wir sollten den Job wechseln.«

Svea schluckte ihr Gähnen herunter. »Ich fahr beim Gericht vorbei«, entschied sie spontan. »Wenn ihr den Campingplatz übernehmt.«

3

Svea trat die Bremse ihres Dienstpassats durch. Beinahe hätte sie das Amtsgericht Blankenese verpasst, so nahtlos fügte sich das rotgeklinkerte Gebäude in die Umgebung aus Kaufmannsvillen ein. Konnte hier nicht ein normales Haus stehen? Das war ja fast schlimmer als bei Jos Eltern in Othmarschen.

Drei Stufen führten zum Eingangsportal des Gerichts hoch. Svea brauchte beide Hände, um die doppelflügelige Eichentür aufzudrücken. Drinnen lehnte sie sich gegen die Wand des Treppenhauses, bis die Kälte der Fliesen durch ihre Sweatshirtjacke drang.

Sie studierte die Tafel mit der Etagenübersicht. Zimmer 213 lag in der zweiten Etage. Sie nahm zwei der linoleumbeklebten Treppenstufen auf einmal.

Hr. Heidenich. Rechtspfleger, las sie auf dem Schild neben der Tür. Nach dem Vergilbtheitsgrad des Papiers, das unter dem stumpfen Plastik hervorschien, saß der Mann nicht erst seit gestern auf seinem Posten. Sie schlug zweimal kurz mit dem Fingerknöchel gegen die Tür.

»Ja bitte.«

Ein Typ in Jeans und blauem Seemannspulli, etwa in Sveas Alter, höchstens Anfang vierzig. Er drehte Tabak in ein Blättchen, leckte den Rand an und klebte es zu. Langsam und genüsslich. Als säße er am Kneipentresen, statt Aktenstapeln ein Bier neben sich. Einzig der weiße Hemdkragen, der aus dem Ausschnitt des Pullis lugte, passte nicht ins Bild.

»Herr Heidenich?«, fragte Svea zur Sicherheit.

»Ja, und Sie?« Er verstaute die fertige Zigarette in seinem Tabakpäckchen. Erst dann hob er den Kopf.

»Kopetzki, Kripo. Haben Sie gestern das Haus im Falkenstieg versteigert?«

Nicken.

»Wer ist der neue Besitzer?«

»Ich hab's geahnt!«, sprach er mehr zu sich als zu Svea. »Diese von Trott hat zu viel geboten.«

»Trott?«, hakte Svea nach. »Ist das die neue Besitzerin?«

»Nicht ganz.« Er wies mit der Hand zu dem Stuhl vor seinem Schreibtisch. »Wollen Sie sich nicht setzen?«

Sandelholz, roch Svea, als sie seiner Aufforderung nachkam, und kalter Rauch.

»Waren Sie schon mal auf einer Zwangsversteigerung?«

»Nein. Ich wohne gern zur Miete.«

»Wenn Sie meinen.« Er lehnte sich zurück. »Das Protokoll ist noch nicht fertig. Aber ich krieg's auch so zusammen.« Er erläuterte ihr die Grundzüge des Verfahrens und fasste dann den gestrigen Ablauf zusammen: Helge Dreyers überraschender Anruf, der Aufruhr im Saal, Röders holpriges Anfangsgebot und Melics Gegengebot. Als er schließlich zum Bietduell zwischen von Trott und Röder kam, schossen seine Hände hin und her. Sein linker Daumennagel schimmerte blaulila.

»Holzhacken«, unterbrach er sich. Offensichtlich hatte er ihren Blick bemerkt.

»Damit ich Sie richtig verstehe«, sie durfte sich nicht ablenken lassen, »solange Sie nicht den Zuschlag erteilen, gehört das Haus immer noch Helge Dreyer.«

»Genau. Worum geht es denn eigentlich? Ein fauler Immobiliendeal? Aber an sich kann ein Investor mit dem Haus nichts anfangen. Ein reines Liebhaberobjekt, dessen Sanierung zudem in die Hunderttausende gehen dürfte.«

»Ich bin vom Morddezernat. Wir haben gestern Abend menschliche Leichenteile im Garten des Hauses gefunden.«

»Auch nicht schlecht.« Er spielte mit einem Bleistift.

»Schockiert Sie das gar nicht?«

»Haben Sie eine Ahnung, was hier manchmal los ist. Mord. Totschlag. Mir hat auch schon einer mit der Pistole vor der Nase rumgefuchtelt. In der Regel sind die Leute verzweifelt, wenn sie ihr Zuhause verlieren. Im letzten Monat hat eine Frau gedroht, sich eher umzubringen, als in einen Sozialbau am Stadtrand zu ziehen. Aber dann hat sie sich zum Glück …«

»War Helge Dreyer auch verzweifelt?«, hakte sie ein.

»Schien mir nicht so. Aber ich kenne ihn wie gesagt nur vom Telefon.«

»Können Sie mir seine Nummer geben?«

»Ich muss Sie enttäuschen. Er hat mich angerufen, nicht umgekehrt. Von unserer Seite aus kommunizieren wir immer schriftlich, per Brief.«

»Haben Sie keinen Rufnummernspeicher?«

»Nicht bei angenommenen Anrufen. Aber vielleicht können Ihre Techniker das zurückverfolgen.«

»Ich komme darauf zurück.« Falls sie Helge Dreyer nicht anderweitig aufspürten. Vielleicht hatten Franzi und Tamme ihn längst persönlich im Café getroffen.

»Sie wissen nicht zufällig, ob, und wenn ja, wo, Herr Dreyer arbeitet?«

»Nein. Das geht mich auch nichts an. Er hat nur gesagt, dass er im Ausland war und jetzt mit der Bank reden will.«

»Und wenn er Sie angelogen hat und doch nicht zahlt?«

»Ganz einfach.« Er streckte sich und verschränkte die Arme im Nacken. »Dann ist er sein Haus am 23. endgültig los. Auf die paar Tage mehr oder weniger kommt es für den Gläubiger auch nicht mehr an.«

»Für mich schon.« Svea schob ihre Karte zu ihm herüber. Der Mann hatte echt Nerven! »Ich brauche so schnell wie möglich eine Liste mit Namen und Anschrift aller Bieter.«

»Ich komme mit raus«, sagte Heidenich, als sie aufstand, um zu gehen. Er griff sein Tabakpäckchen. »Wollen Sie auch eine?«

»Auf keinen Fall.«

»Meine Frau wollte mir das immer abgewöhnen. Dabei rauche ich gar nicht viel und nur draußen. Rauchen Sie?«

Warum erzählte er ihr das alles? »Ich mache Sport.«

»Ich auch, Marathonbestzeit 3:30. Und Sie?«

»3:40. Woher wissen Sie, dass ich laufe?«

»Jetzt weiß ich's von Ihnen.«

Heidenich hielt ihr die Eichentür auf. Beim Hinaustreten kam Svea kurz ins Taumeln und griff nach seinem Unterarm. Sie musste wirklich dringend ins Bett.

»Alles okay mit Ihnen?« Er legte seine Hand auf ihre. Warm und fest.

»Geht schon wieder.« Sie schüttelte ihn ab. »Ich habe einfach zu wenig geschlafen.«

»Wenn Sie meinen.«

Sie sah den Zweifel in seinem Blick. Höchste Zeit zu gehen.

»Vielleicht sollten Sie doch mal eine rauchen«, rief er ihr hinterher.

»Spinner!« Sie ließ den Dieselmotor aufheulen und bog so schwungvoll vom Parkplatz, wie es der Passat erlaubte.

Im Rückspiegel sah sie, wie Heidenich die Zigarette austrat und sein Handy aus der Tasche zog.

4

Tamme ging in die Hocke, um unter dem Schlagbaum zum Campingplatz hindurchzuschlüpfen. Seit er vor ein paar Jahren beim Überspringen eines Zaunes mit dem Hosensaum an einem Nagel hängengeblieben war, legte er auf Coolness in dieser Hinsicht keinerlei Wert mehr. Und nicht nur in dieser Hinsicht. Das brachte sein Leben als Familienvater so mit sich.

Als er wieder hochkam, stand Franzi, die gerade noch hinter ihm gewesen war, direkt vor ihm. Sportlich, musste er zugeben.

Sie tippte ihn an. »Hey, ich habe dich was gefragt.«

»Ja?«

»Weißt du, was mit Svea los ist?« Franzis Zeigefinger hatte ihn für einen Sekundenbruchteil am Oberarm berührt, aber er spürte die Stelle, als läge der Finger immer noch dort. So zu tun, als habe er sie nicht gehört, funktionierte bei Franzi nicht.

»Was soll mit ihr los sein?«

»Sie wirkt extrem gestresst in letzter Zeit.«

»Ist mir nicht aufgefallen.«

»Aber dass sie neuerdings nachts joggt schon, oder?«

»Ja. Und?«

»Findest du das normal?«

»Keine Ahnung.« Tamme wollte Svea nicht in den Rücken fallen. »Was sie außerhalb des Dienstes macht, geht mich nichts an. Guck mal da!« Er zeigte zwischen den Wohnwagen hindurch in Richtung Elbe. Wie eine Kulisse schob sich haushoch eine rot-grün gemusterte Wand ins Bild. Einer dieser neuen Containerfrachter. Absurd groß.

»Na, vielleicht habe ich es mir auch nur eingebildet«, sagte Franzi, als der Blick wieder frei war und die ersten Bugwellen an Land schwappten. »Jetzt müsste das Café jedenfalls geöffnet haben.« Sie stapfte los und Tamme folgte ihr durch den Sand.

Die beiden traten in eine düstere Höhle ein. Die Decke des Cafés hätte dringend einen neuen Anstrich gebraucht. Darunter duckten sich vier mit Holzimitat furnierte Tische, von den braun lackierten Stühlen platzte die Farbe ab.

»Rustikal«, flüsterte Tamme.

Franzi grinste. Wundersamerweise roch es nicht muffig, sondern duftete nach frisch aufgebrühtem Kaffee, die Maschine schnorchelte noch. Hinter dem Tresen, mit dem Rücken zu ihnen, wuselte eine drahtige Person mit aschblonden kurzen Haaren hin und her und stapelte Tassen ins Regal. Das Rosenmuster auf dem Porzellan kam Tamme bekannt vor. Sein Hochzeitsservice. Villeroy & Boch. In das Geschirr wurde hier offensichtlich mehr investiert als in die gesamte restliche Einrichtung.

»Ob er das ist?«, flüsterte Franzi.

»Moin«, sagte Tamme laut.

»Moin«, quietschte es zurück. Langsam drehte sich die Person hinter dem Tresen um. Der Mund in ihrem herzförmigen Gesicht war orangerot geschminkt, an ihrem fleckigen Pulli klemmte in Brusthöhe ein Schild. *Bigi*.

»Was guckst du so?«, fuhr Bigi die überraschte Franzi an.

»Kripo Hamburg.« Tamme zeigte seinen Ausweis.

»Schön für euch. Hier hat alles seine Ordnung. Ich hab nichts zu verbergen.« Bigi bleckte eine Reihe blitzend weißer Zähne. Komplett überkront, vermutete Tamme, so gerade bekam das keine Zahnspange und erst recht nicht die Natur hin.

47

Bigi wandte sich wieder zum Regal. »Wollt ihr 'nen Kaffee oder kann ich weitermachen?«

»Wir suchen Helge Dreyer.«

»Hätte ich mir denken können. Der ist hinten.« Bigi machte einen Schritt zur Seite und stieß die Tür zur Küche auf. Eine Reaktion, als passierte es ständig, dass Dreyer Besuch von der Polizei bekam. Aber vielleicht war es auch nur ein geschicktes Ablenkungsmanöver von Bigi, überlegte Tamme, weil sie erleichtert war, dass es nicht um sie ging. So oder so notierte er sich in Gedanken, Bigi und ihr Café später zu überprüfen. Aber jetzt war erst mal Dreyer dran.

Vor einer blank geputzten Küchenarbeitsplatte stand jemand in Schlabberhose und Grobstrickpullover und belegte Brötchenhälften mit Käsescheiben aus einer Plastikbox. Auf dem Kopf trug er eine Haube, darunter lugten filzige graubraune Haarsträhnen wie bei einem Reggae-Musiker hervor. Zumindest an den entscheidenden Stellen wurden die Hygienevorschriften eingehalten.

»Helge, Besuch für dich«, rief Bigi.

Keine Reaktion.

»Oh Mann!« Bigi stöhnte, sprang in die Küche und zerrte ihm die Ohrhörer heraus.

Wenn Tamme das bei seiner ältesten Tochter machte, schlug sie nach ihm. Aber dieser kräftig gebaute Zottel zuckte nicht mal. Auch nicht als Bigi sagte: »Die Polizei will was von dir.«

Obwohl er laut POLAS-Datenbank Ende zwanzig war, trottete er wie ein müder alter Mann aus der Küche auf sie zu. Oder wie ein völlig zugedröhnter. Das Schwarz seiner Pupillen verdeckte fast die hellblaue Iris. Cannabis oder LSD, hatten sie ihnen bei der letzten Fortbildung beigebracht. Bei Opiaten war es genau andersherum.

»Was'n jetzt schon wieder los?«, nuschelte er und zog sich die Haube vom Kopf. Seine Haare schwangen wie kotverklebte Kuhschwänze hin und her. Tamme und Franzi wichen unmerklich zurück.

»Herr Dreyer?«

»Jepp.«

»Meine Kollegin Frau Grüner und ich würden uns gern mit Ihnen unterhalten. Können Sie sich ausweisen?«

Dreyer holte ein speckiges, mit Klebeband zusammengehaltenes Portemonnaie aus der Bauchtasche seines Pullovers und blätterte durch die Fächer. Tamme sah mehrere 50-Euro-Scheine.

»Nö. Muss ich zu Hause liegen haben.«

»Wo ist denn zu Hause?«

»Wieso interessiert Sie das?«

»Die Fragen stellen wir.«

»Hallo«, mischte Bigi sich ein, »ich kann bezeugen, dass das hier mein Mitarbeiter Helge ist. Reicht das nicht?«

»Mal gucken. Herr Dreyer, wir würden gern ungestört mit Ihnen sprechen. Ist das möglich?«

»Aber nur zehn Minuten! Ich gehe solange eine rauchen«, blaffte Bigi, bevor Dreyer auch nur den Mund geöffnet hatte. »Er hat sowieso schon verschlafen, und die Brötchen müssen zum Mittag fertig sein.«

»Ihnen gehört ein Haus im Falkenstieg?«, fragte Tamme, als Franzi die Tür hinter Bigi geschlossen hatte.

Dreyer zog einen Stuhl heran. »Kann ich mich setzen?«

Tamme nickte. Dreyer stützte die Ellenbogen auf und legte sein Kinn auf die Handballen. Tamme setzte sich eben-

49

falls, aber er lehnte sich lieber zurück. Nicht, dass er an der Tischplatte festklebte.

»Also noch mal, gehört Ihnen das Haus im Falkenstieg 18?«

Nicken.

»Sie sind da gemeldet.«

Wieder Nicken.

»Aber Sie wohnen da nicht?«

Kopfschütteln.

»Wo denn?«

»Jetzt fangen Sie schon wieder damit an.« Dreyer wickelte einen seiner Kuhschwänze um die Finger.

»Okay, dann werde ich direkter.« Tamme beugte sich vor. »Auf Ihrem Grundstück wurden Leichenteile gefunden.«

»Wie erklären Sie sich das?«, schob Franzi hinterher.

»Ach, das tote Tier?«

Als Franzis Lippen sich zu einem Nein formten, stieß Tamme sie unter dem Tisch an. Wieso konnte sie ihn nicht einfach machen lassen?

»Mehrere tote Tiere. Kaninchen, um genau zu sein«, behauptete er schnell.

»Kaninchen?« Dreyer zog den Finger wieder aus den Haaren heraus. »Ich dachte, das wäre ein Hund.«

»Wie kommen Sie auf einen Hund?« Jetzt war Tamme überrascht.

»Vor drei …« Dreyer hob den Kopf und zählte an den Fingern ab. »Nein, vor zwei Tagen, also vorgestern, war ich im Haus. Paar Sachen aufräumen. Da wollte jemand seinen Hund im Garten beerdigen.«

»Haben Sie die Person erkannt?«

»Nope. Es wurde schon dunkel. Und als ich gerufen hab, ist er weggerannt.«

50

»Er? War es ein Mann?«

»Keine Ahnung. Hab ich nicht gesehen. Nur dass er ziemlich schnell rennen konnte.«

»Okay, und diese schnell rennende Person wollte ihren Hund beerdigen, sagen Sie. Wie kommen Sie darauf?«

»Da lagen diese ganzen Knochen in den Löchern rum.«

»Knochen, aber doch kein ganzer Hund, oder?«

»Nope, nur Knochen.«

»Und das war für Sie eine Hundebeerdigung? Wo ist denn Ihrer Meinung nach der restliche Hund geblieben?«

»Was weiß ich!« Dreyer wurde plötzlich laut. »Dann war es eben kein Hund.«

Sofort stand Bigi in der Tür. »Was ist los, Helge?«

Franzi ging zu ihr. »Geben Sie uns bitte noch ein paar Minuten, Bigi.« Sie schob die Frau hinaus und schloss die Tür wieder.

Tamme atmete hörbar aus. »Können wir weitermachen?«

Dreyer nickte.

»Waren Sie danach noch mal am Haus?«

»Sollte ich?«

»Beantworten Sie bitte meine Frage: Waren Sie da oder nicht?«

»Nope. Ich hatte zu tun.«

»Wo?«

»Na, hier.«

»Okay, und wo sind Sie, wenn Sie nicht hier oder in Ihrem Haus sind? Wo schlafen Sie?«

»Alter, du lässt aber auch nicht locker.« Dreyer stöhnte. Gleichzeitig griff er in seine Hosentasche und zog eine kleine Plastikkarte hervor. »Muss ich gerade übersehen haben. Sorry.«

Die linke Ecke des Personalausweises war abgeknickt. Aber auf dem Foto war eindeutig der Mann, der vor ihnen saß. Geboren am 02.03.1985 in Hamburg. Gemeldet im Falkenstieg 18. Damit hatte Dreyer ihnen die Frage nach seinem Aufenthaltsort natürlich immer noch nicht beantwortet. Tamme fluchte innerlich. Wollte Dreyer ihn verarschen?

»War's das dann?« Dreyer drückte sich vom Tisch hoch.

Jetzt reichte es Tamme. Der Typ war ein Fall für Svea. Die blühte bei den Verrückten richtig auf. »Nein. Wir möchten Sie bitten, uns ins Präsidium zu begleiten, um Ihre Aussage aufzunehmen.«

»Isser jetzt verhaftet?« Bigi stand schon wieder in der Tür.

»Nein. Herr Dreyer wird nur als Zeuge befragt.« Erst mal zumindest, fügte er in Gedanken hinzu.

»Wegen dieses toten Köters? Habt ihr Bullen nichts anderes zu tun? Und wer schmiert jetzt meine Brötchen?«

»Wenn Sie uns beleidigen, können Sie gleich mitkommen!« Tamme zwang sich, ruhig zu bleiben.

»Was soll ich denn noch aussagen?« Dreyers Stimme bekam etwas Schrilles. Ob die Wirkung des Joints nachließ und bei ihm die Alarmglocken klingelten?

»Zum Beispiel, wo Sie zurzeit schlafen.«

»Das ist alles?« Dreyer sah Bigi an, aber die drehte den Kopf demonstrativ zur Seite und wandte sich an Franzi.

»Bis gestern hat er bei mir gepennt, wo er jetzt pennt, weiß ich nicht.« Sie stemmte die Hände in die Seiten und schob hinterher: »Will ich auch nicht wissen.«

Franzi nickte, Tamme las Anteilnahme in ihrem Blick. Klar, sobald Franzi Beziehungsprobleme witterte, war sie in ihrem Element. Manchmal etwas zu sehr, wie der eine oder andere Kollege hatte erfahren müssen. Tamme wurde zum Glück verschont, er kannte Imke, seit er in Tating mit ihr zur Grundschule gegangen war. Mit sechzehn, nach dem Tanzkurs im Gemeindesaal, hatten sie sich zum ersten Mal geküsst, gleich danach hatte er sie gefragt, ob sie mit ihm gehen wollte. Mittlerweile waren sie seit einundzwanzig Jahren verheiratet, hatten drei Kinder, ein Haus am Waldrand und liebten sich immer noch. Was wollte er mehr? Deshalb war bei ihm für Franzi nichts zu holen. Und auch jetzt konnte er ihr die Freude leider nicht gönnen, ihr psychologisches Fachwissen anzuwenden. Sie mussten zurück ins Präsidium, sich um die Videoaufzeichnungen kümmern. Abgesehen davon konnte er Dreyers Bockigkeit nicht länger ertragen. Sollte Svea doch aus ihm herauskitzeln, ob es an Bigi lag, dass Dreyer ein Geheimnis aus seinem Aufenthaltsort machte, oder ob noch mehr dahintersteckte.

Als Tamme aufstand, stand Dreyer ebenfalls auf. Er hustete und suchte Bigis Blick. Vergeblich, wie Tamme bemerkte. »Wir wüssten schon gern, wo Sie zurzeit schlafen«, konnte er sich nicht verkneifen. »Und das ist leider nicht die einzige Frage, die wir dringend mit Ihrer Hilfe klären müssen. Aber solange Sie Ihre Beziehungsprobleme nicht gelöst haben, ist es besser, das Gespräch anderswo fortzusetzen.«

Wenn es denn nur Beziehungsprobleme waren, dachte er. Langsam sah es so aus, als wäre Bigi das geringste Problem von Helge Dreyer.

5

»Wollen Sie nicht wissen, wo ich wohne?« Helge Dreyer fläzte sich auf dem Stuhl im Vernehmungszimmer, als wäre es ein gemütlicher Fernsehsessel. Seine linke Hand hatte er auf dem Bauch abgelegt, den Zeigefinger bis zum Anschlag durch die groben Pullovermaschen geschoben. Unter schweren Lidern sah er zu Svea und Franzi hinüber und kratzte sich. Ausgiebig und geräuschvoll. Als er den Finger wieder aus dem Pulli zog, klemmte ein Wollkügelchen unter dem Nagel.

Gib dir keine Mühe, dachte Svea. Es brauchte schon mehr als eine Bauchnabelfluse, um sie zu provozieren. Betont gleichmütig sagte sie: »Zu Ihrem Wohnort kommen wir später. Jetzt gibt es drängendere Fragen.«

»Sie haben's verstanden, Mann!«

Franzi räusperte sich, und Svea musste sich ein Lachen verkneifen. Tamme hatte recht, der Typ war wirklich speziell. »Danke. Also, warum haben Sie sich erst vorgestern bei Gericht gemeldet?«

»Weil ich erst vorgestern von der Versteigerung erfahren habe?« Die Antwort kam als Frage.

»Aber Sie müssen doch seit Monaten Post bekommen haben.«

»Ich war ein halbes Jahr in Indien. Bin erst letzte Woche zurück. Bigi sollte nach meiner Post gucken. Hat sie aber nicht.« Dreyer setzte sich auf.

Geht doch, dachte Svea.

»Ich war vor zwei Tagen zum ersten Mal wieder am Haus. Und dann hab ich gleich gestern Morgen bei Gericht angerufen.« Beinahe flüssig sprudelten die Worte aus ihm heraus.

»Gerade noch rechtzeitig. Jetzt muss ich zusehen, wo schnell das Geld herkommt.«

Svea überschlug die Daten. Wenn Freders Einschätzung zum Alter der Knochen stimmte, wovon sie ausging, war Dreyer sowohl zum Tötungs- als auch Vergrabungszeitpunkt nicht in Deutschland gewesen. Sie fragte weiter: »Warum wollen Sie das Haus überhaupt behalten? So baufällig wie es ist, müssen Sie doch bestimmt noch 100.000 investieren, um da wohnen zu können.«

»Wie kommen Sie darauf?« Dreyer guckte irritiert.

»Hat man mir bei Gericht gesagt.«

»Ansichtssache. Für indische Verhältnisse ist das ein Palast.«

Wem wollte er etwas vormachen? Wahrscheinlich sich selbst, überlegte Svea. Dreyer konnte einem fast leidtun. »Zu Ihrem Aufenthalt im Haus«, fuhr sie fort. »Sie haben angegeben, dass Sie vor zwei Tagen spätnachmittags das letzte Mal da waren. Wenn ich das richtig verstehe, war es das einzige Mal nach Ihrer Reise.«

»Jepp.« Dreyer nickte.

»Und ab wann waren Sie da?«

»Ich hab ausgeschlafen und bin dann gleich losgefahren.« Er gähnte. »Ich hab nicht auf die Uhr gesehen. Ich hab gar keine.« Er schob demonstrativ seine Pulloverärmel hoch. »Aber es war noch hell.«

»Aha.« Dass er natürlich eine Uhr in seinem Handy hatte, weil jedes Handy eine Uhr hatte, rieb Svea ihm jetzt nicht unter die Nase. Stattdessen hakte sie nach: »Losgefahren? Womit?«

»S-Bahn bis Blankenese und dann mit dem Bus, hab gerade kein Auto.«

Gut, die Zeit würde sich auf den Überwachungsvideos überprüfen lassen. Sie setzte zu ihrer nächsten Frage an, als sich hinter Dreyer die Tür aufschob. Tamme. Er hielt ein Telefon hoch und sagte: »Freder.« Dreyer wandte kurz den Kopf und verzog das Gesicht.

»Jetzt nicht.« Svea winkte ab. Es lief gerade so gut. Weiter: »Herr Dreyer, welchen Weg sind Sie von der Bushaltestelle zum Haus gegangen?«

»Einfach die Straße runter.«

»Zum Vorder- oder Hintereingang?«

»Durch den Vordereingang. Und als ich wieder weggegangen bin«, er kratzte sich am Kopf, »auch.«

Franzi hüstelte, und Svea überließ ihr das Wort.

»Wie finden Sie sich eigentlich im Haus zurecht?«, fragte Franzi. »Es war doch später dunkel, haben Sie uns vorhin erzählt.«

»Na, ich mach Licht. Was denken Sie denn?« Dreyer schlug sich auf die Schenkel.

»Also Lichtschalter umlegen und es wird hell?«, legte Franzi nach.

»Das ist jetzt eine Fangfrage, oder?«

»Wie kommen Sie darauf?« Franzi klang ahnungslos.

»Sie waren doch im Haus. Die haben mir den Strom abgestellt. Aber ich bin ja nicht blöd. Ich hab Kerzen. Und eine Stirnlampe.«

Svea grinste. Und Dreyer grinste zurück. Sie übernahm wieder die Befragung. »Was haben Sie gesehen, später im Garten?«

Dreyer lehnte sich nach hinten und presste Zeige- und Mittelfinger an die Schläfen. Er schloss die Augen, seine Stimme kam wie in Trance: »Als ich aus dem Fenster gesehen

56

hab, hab ich eine Bewegung bemerkt. Oder vielleicht hab ich auch etwas gespürt, einen Schatten oder so, oder etwas gehört und dann erst aus dem Fenster gesehen. Weiß ich nicht mehr so genau.« Pause. »Erst dachte ich an ein Tier. Ich bin auf jeden Fall raus. Und dann war da so ein Knacken, wie wenn jemand wegrennt.« Er öffnete die Augen wieder. »Und diese tanzenden Glühwürmchen.«

»Glühwürmchen?«

»Ja, ein ganzer Schwarm war plötzlich in der Luft. Lauter kleine tanzende Lichter.« Ein entrücktes Lächeln legte sich auf sein Gesicht.

Glühwürmchen? Wohl eher ein guter Trip, schoss es Svea durch den Kopf. Laut sagte sie: »Vielleicht hat Ihre Stirnlampe irgendetwas reflektiert.«

»Nee, die hatte ich da noch nicht auf. Ich bin erst noch mal zurück ins Haus. Später dann, als ich endgültig gegangen bin, hab ich die Lampe für den Weg aufgesetzt. Und dabei noch kurz nachgeguckt, was zwischen den Fichten los war.«

»Wann war das?«

»Keine Ahnung. Aber ich bin gleich runter zu Bigi auf den Campingplatz. Vielleicht erinnert sie sich. Da lief ihre Lieblingssendung im Fernsehen. Was mit Prominenten.«

»Okay, noch mal zurück. Können Sie genau beschreiben, was Sie gesehen haben?«

»Da lagen mehrere Knochen in diesen frisch aufgegrabenen Löchern.«

»Mehrere?«

»Ja, mehrere, bestimmt vier oder fünf große Knochen.«

»Sicher?«, mischte Franzi sich ein.

»Sicher! Warum sollte ich lügen?«

»Keine Sorge, ich glaube Ihnen«, bekräftigte Svea. Sie überlegte. Als die Polizei auf das Grundstück gekommen war, lagen nur zwei Knochen offen herum. Wo war der Rest geblieben? Wieder eingegraben worden? Und wie waren die beiden Knochen an den Zaun gekommen?

»Haben Sie die Knochen angefasst?«, fragte sie Dreyer.

»Nein.«

»Können Sie sie näher beschreiben?«

»Einer fiel mir gleich auf, so'n großer ovaler, mit Loch. Der arme Hund!«

»Gute Beschreibung, nur dass das kein Hund war.«

»Was denn sonst?«

»Schon mal an einen Menschen gedacht?«

Dreyers Pupillen verengten sich. »Menschenknochen? Echt? Und ich hab den Mörder verjagt. Krass!« Sein Mund stand offen.

»Wer hat eigentlich alles einen Schlüssel für die Tür hinten im Zaun?«

»Nur ich, warum?«

»Ist die Tür immer geöffnet?«

»Geöffnet?« Er guckte verständnislos. »Die ist immer abgeschlossen.«

»Letzte Nacht war sie nicht abgeschlossen.«

»Kann nicht sein! Ich habe noch mal kontrolliert, nachdem ich die Knochen gefunden habe. Da war sie zu.«

Als er Sveas zweifelnden Blick bemerkte, hob er beide Hände. »Ich schwöre. Es gibt keinen zweiten Schlüssel. Hätte ich längst machen lassen sollen. Meine Eltern und ich hatten immer nur einen. War das ein Geschrei, als der mal eine Woche verschwunden war. Aber kaum war er wieder da, haben wir es wieder vergessen.«

Das konnte sie sich lebhaft vorstellen. »Okay. Und wie erklären Sie sich dann, dass die Tür nicht abgeschlossen war?«

»Hmm. Vielleicht hab ich's doch vergessen?«

Weil du ein alter Kiffer bist, dachte Svea. Schade! Auch wenn sie nicht glaubte, dass Dreyer sie absichtlich belog, war seine Aussage mit Vorsicht zu genießen.

»Wer hat eigentlich die Polizei gerufen?«, fragte er.

»Die Eltern von Kim Schröder. Sie und ihre Freundin haben die Knochen gefunden.«

»Was hat die auf meinem Grundstück zu suchen, wenn ich nicht da bin?« Er schien ehrlich empört.

»Das habe ich sie auch gefragt, angeblich hat sie gespielt.«

»Gespielt?« Dreyer lachte auf. »Die raucht ab und zu mit mir 'ne Tüte. Oh!« Er hielt sich die Hand vor den Mund.

»Keine Sorge«, sagte Svea. »Wir verhaften Sie deshalb nicht gleich.« Schön, sie hatte recht gehabt, was die Mädchen betraf.

»Sagen Sie mal«, fiel Dreyer ein. »Kann ich heute überhaupt ins Haus?«

»Nein. Im Moment ist der Tatort abgesperrt. Auch für Sie.« Vielleicht würde er ihr jetzt sagen, wo er gewesen war.

»Aber ich kann gerade nirgends hin.«

»Nicht zu Bigi?«

»Die hat mich doch gestern rausgeschmissen.« Er machte eine abwinkende Bewegung mit der rechten Hand. Mit links griff er nach dem Plastikbecher, den Franzi zu Beginn der Vernehmung vor ihm abgestellt hatte, und schlürfte und blubberte wie ein verstopfter Abfluss.

Lecker, dachte Svea. Kalter Kaffee. »Und wo waren Sie dann letzte Nacht?«

59

»Hab bei meiner Ex geschlafen. Wenn Bigi das erfährt, ist es endgültig aus. Das verstehen Sie doch, oder?«

Das verstand sie besser, als er sich vorstellen konnte. »Und weshalb hat sie Sie rausgeschmissen?«

»Muss ich das sagen?«

»Sie müssen nicht, aber es würde die Sache erleichtern.«

»Hmm.«

Svea sah, wie es in Dreyer arbeitete. »Wir wissen von ihrer Vorliebe für gewisse bewusstseinserweiternde Pflanzen.«

Er erblasste. »Ich rauche ihr zu viel. Und meinen Dealer mag sie auch nicht. Scheiße! Was soll ich jetzt tun?«

Mit Bigi vertragen?, dachte Svea. Laut sagte sie: »Verlassen Sie bitte nicht die Stadt. Wir brauchen Sie bestimmt noch mal als Zeugen.«

Unschuldig, dachte sie, als sich die Tür hinter Franzi und ihm schloss. Nur ein kleiner Kiffer. Vielleicht auch ein großer. Etwas unzuverlässig in seinen Aussagen. Aber mehr nicht.

Svea kam wieder vor ihrem Büro an, als ihr Telefon klingelte. Schnell schloss sie auf, sprang hinein und griff über den Schreibtisch zum Hörer.

»Svea?«

Jos Stimme. Wie Karamell. Aber nicht dieses süße, klebrige Kinderzeugs, sondern wie dieser Karamell aus Frankreich, den sie im einzigen Urlaub mit ihrem Vater so gern gegessen hatte. Weich, cremig, etwas salzig. Anfangs hatte Svea davon nicht genug bekommen können. Mittlerweile wurde ihr nur noch schlecht davon, und sie hatte Jo in ihrem Handy blockiert. Aber er besaß natürlich ihre Dienstdurchwahl. Sie musste gleich den IT-Support anrufen, bestimmt ließ sich auch hier seine Nummer sperren. Sie würde einfach sagen, er wäre ein Stalker.

»Was ist?« Bloß nicht zu nett sein, sonst würde sie ihn nicht mehr los. Dabei rief er doch bestimmt nur an, um sein Gewissen zu beruhigen. Das kannte sie schon.

»Wie geht es dir?«

»Gut.« Abgesehen davon, dass ich deinetwegen beschissene Bücher geschenkt bekomme, dachte sie. *Trennungsschmerz erfolgreich verarbeiten.* Was gab es da zu verarbeiten? Sie trauerte Jo nicht hinterher, im Gegenteil. Sie hätte nur gern früher begriffen, wie der Blödmann wirklich tickte. Bevor sie sich seinetwegen ausgerechnet nach Hamburg hatte versetzen lassen.

»Schön. Ich hab dir doch von meiner Cousine erzählt, oder? Die, die nach Hamburg zum Studieren kommt.«

»Nein.«

»Nein?« Er machte eine Pause. »Na ja, macht nichts. Sie ist auf jeden Fall sehr nett.«

»Jo, ich hab zu tun. Deine Cousine ist mir egal.«

»Warte, leg nicht auf!«

»Dann fass dich kurz.«

»Sie braucht ein Zimmer. Und da hat meine Mutter ihr angeboten, zu dir zu ziehen.«

»Was?« Hatte sie sich verhört? Das konnte doch nicht wahr sein!

»Du hast doch ein leeres Zimmer.«

Svea seufzte. Sie hatte ganz richtig gehört. Jo zuliebe war sie mit ihm in die Dreizimmerwohnung seiner Eltern gezogen, nach Bahrenfeld. Ihm hatte die Nähe zum hippen Ottensen gefallen, Svea hatte wenig Lust auf Wohnungssuche gehabt und zugestimmt, auch wenn ihr die Schwemme an Yogaschulen und Mutter-Kind-Modeläden um sie herum von Anfang an suspekt war. Nachdem Jo ausgezogen war, bot man ihr großzügig an zu bleiben, solange sie wollte. Dass die Sache einen Haken hatte, hätte sie sich ja denken können.

»Svea?«

»Nein!«

»Tut mir leid. Da kommst du nicht drum herum.« Der Karamell in seiner Stimme war knochenhart geworden. »Schließlich ist es immer noch Mamas Wohnung.«

Das reichte! Svea nahm den Hörer vom Ohr und drückte den roten Knopf. Auf gar keinen Fall würde sie mit dieser Cousine zusammenwohnen. Aber sie kannte Jos Mutter. Die setzte ihren Willen durch. Dagegen hatte sie keine Chance.

Sie schlug mit der flachen Hand auf den Tisch, so fest, dass die Dose mit den Stiften umfiel. Kugelschreiber und Filzstifte kullerten heraus, blieben kreuz und quer liegen. Nur ihr angekauter Bleistift rollte ihr entgegen. Kurz vor der Tischkante schnipste sie ihn zurück. Sie dachte an die Bemerkung des Rechtspflegers zu den Sozialbauten am Stadtrand. Genau, das war die Lösung! Noch im Stehen fuhr sie den Rechner hoch. Bei der Vorstellung, wie »Mama« gucken würde, wenn ihre Ex-Schwiegertochter lieber ins Hochhausghetto zog, statt ihre ach so tolle Wohnung mit dem Cousinchen zu teilen, bekam sie gleich bessere Laune.

»Freder hat weitere Knochen ausgegraben, die meisten in Fell gewickelt«, sagte Tamme. Svea saß mit ihm und Franzi um den Tisch im Besprechungsraum herum. »Schien- und Wadenbein, Elle, Speiche, weitere Rippen, eine Hand ohne Daumen, zwei Füße, rechts und links, teilweise ohne Zehen.« Er las seinen handgeschriebenen Zettel vor, als wäre es eine Einkaufsliste. Absolut alltäglich, nur ein Haufen Suppen-

knochen – Tamme war auf einem Bauernhof mit Schlacht-
betrieb aufgewachsen. Svea hingegen hatte sofort wieder den
süßlichen, moschusartigen Geruch vom Morgen in der Nase.
Ob sie sich jemals daran gewöhnen würde?

»Die Knochen passen eindeutig zusammen.« Franzi
nippte an ihrer mitgebrachten Teetasse. »Allerdings fehlt
der Schädel.«

»Bis es dunkel wird, graben Freder und seine Leute weiter.« Tamme lehnte sich in seinem Stuhl zurück. »Freder
meinte, dass das mehr bringt, als die Nacht durchzuma-
chen.«

»Okay.« Solange keine Gefahr im Verzug war, würden sie
sich gedulden müssen. Half ja nichts!

Svea stand auf und stellte sich ans Whiteboard. *Knochen
-> 1 Leiche*, notierte sie. Als sie ein Fragezeichen hinzufügte,
fiel ihr auf, wie Franzi die sorgfältig gezupften Brauen hoch-
zog. Aber egal wonach es aussah, sie mussten immer noch
das Urteil der Rechtsmedizin abwarten. Morgen hätten sie
Gewissheit. Zumindest in diesem Punkt.

»Wir haben nur einen Fundort am Falkenstieg, keinen
Tatort«, stellte Tamme fest. »Bis jetzt gibt es keinerlei Spuren
vor Ort, die auf einen Mord deuten. Das Zerteilen scheint
ebenfalls woanders passiert zu sein. Es sei denn, der Täter
hat anschließend gründlich geputzt.«

Franzi lachte auf. »Wonach Haus und Garten nicht aussehen.«

»Täter ist das Stichwort«, bemerkte Svea. »Wer hat die
Knochen vergraben? Dieselbe Person, die sie wieder ausgegraben hat? Und warum wurden sie überhaupt wieder ausgegraben und liegengelassen? Sollten sie gefunden werden?
Oder wurden der oder die Täter gestört?«

Tamme nickte. »Es gibt Fußabdrücke. Als wäre jemand zur Tür im Zaun gerannt und hätte dabei die Knochen fallen lassen.«

»Der Schlüssel zur Tür.« Svea spielte mit dem Stift in ihrer Hand. »Ich glaube nicht, dass Dreyer lügt. Dass er nichts von einem zweiten Schlüssel weiß, heißt nicht, dass es ihn nicht gibt.«

»Wenn du meinst.« Tamme schien nicht überzeugt.

»Wurde der Tote überhaupt umgebracht?«, warf Franzi ein.

»Gute Frage.« Svea schrieb ans Whiteboard: *Tatort, Täter, Schlüssel, Mord.* Alles mit Fragezeichen. »Was machen die Vermisstenmeldungen?«

Tamme schüttelte den Kopf.

»Und die Anwohnerbefragung?«

»Gesehen hat angeblich niemand was. Aber zwei Häuser weiter bergan wohnt so ein Medienheini, der filmt die Straße vor seiner Einfahrt, rund um die Uhr.«

»Habt ihr Kopien?«

»Wir haben seine Handynummer, aber bis gerade niemanden erreicht.« Tamme sah auf die Uhr. »Um halb sieben muss ich zu Hause sein. Imkes Hula-Tanzgruppe startet heute wieder.«

In Sveas Kopfkino schob sich ein Dutzend hüftsteifer norddeutscher Frauen zu hawaiianischen Klängen durch den Gemeindesaal. »Okay, Schluss für heute.« Sie versuchte, das Bild zu verdrängen. »Wir müssen sowieso auf die Rechtsmedizin warten.« Vielleicht erledigte sich dann einiges von selbst, rechtfertigte sie sich innerlich. Mittlerweile half kein Kaffee mehr gegen ihre Müdigkeit. Sie wollte nach Hause und ins Bett. Morgen war auch noch ein Tag.

»Das hätte ich fast vergessen!« Tamme reichte Svea ein Blatt Papier herüber. »Das kam vorhin rein. Per Fax.«

Sehr geehrte Kriminalhauptkommissarin Kopetzki, hiermit sende ich Ihnen vorab eine Liste der Versteigerungs-Teilnehmer, die ein Gebot abgegeben haben. Das Protokoll folgt morgen. Hochachtungsvoll, gez. Heidenich

Die Grußzeile war bereits streifig. Danach kamen unlesbare Schlieren, dann nichts mehr.

»Das kann nicht wahr sein!« Sie knüllte das Blatt zusammen und zielte auf den Papierkorb in der Ecke.

»Ich hab sofort angerufen, nachdem ich es entdeckt hatte. Ging niemand mehr dran.«

Svea schüttelte den Kopf. Sie musste dringend die Faxnummer auf ihren Visitenkarten durchstreichen. Und dann sollte Tamme sich um diesen Rechtspfleger kümmern! Erst so lässig, und jetzt diese Förmlichkeit. Das störte sie fast mehr als die fehlende Liste. Immerhin hatte sie sich den Namen der Höchstbietenden während ihres Besuchs bei Heidenich notiert.

»Tut mir leid, ich muss los.« Tamme war aufgestanden.

»Alles klar, tschüss«, rief Svea ihm hinterher.

Ach Tamme! Auf seiner Brust stand in unsichtbarer Schrift das Wort *Familie* tätowiert. Was bei ihr stehen würde, darüber wollte sie lieber nicht nachdenken.

Auf dem Nachhauseweg stoppte sie an einem Imbiss und ließ sich einen Döner einpacken.

Nachdem sie ihn halb kalt im Stehen in der Küche heruntergeschlungen hatte, legte sie sich schlafen. Zumindest versuchte sie zu schlafen.

Stattdessen lag sie im Bett und starrte in die Dunkelheit.

Seit Stunden schon. Anfangs hatte sie Schäfchen gezählt, Hunde, Kaninchen, am Ende Knochen. Es half alles nichts. Sobald sie die Augen schloss, tanzten Jo und seine Mutter hinter ihrer Stirn herum.

Sollte sie laufen gehen?

Besser nicht, die letzte Nacht steckte ihr in den Knochen, alle Muskeln schmerzten.

Wie sollte sie auf die Schnelle eine Wohnung finden?

Ihre vermeintliche Lösung von heute Nachmittag hatte sich beim Blick auf die Immobilienseiten im Internet als kompliziert erwiesen. Vorsichtig ausgedrückt. Nicht ohne Grund waren Jo und sie in »Mamas Wohnung« gezogen. Der Hamburger Wohnungsmarkt war angespannt, um nicht zu sagen die Hölle. Selbst am Stadtrand fand sich mittlerweile kaum etwas unter 800 Euro. Hinzu kam, dass ihre Besoldung in Hamburg unwesentlich höher ausfiel als in Dortmund, aber angefangen beim Brötchen vom Bäcker kostete hier alles mindestens das Doppelte. Das Bier in der Kneipe, die Currywurst. Die Wohnungen. Wenn man überhaupt eine fand.

Trotzdem war sie anfangs zufrieden gewesen, als sie nach Hamburg gekommen war. Bis das Start-up, bei dem Jo angestellt war, pleitegegangen war. Anders als viele seiner Kollegen war er weich gefallen, im Familienunternehmen war zufällig ein Platz frei geworden. Im Nachhinein glaubte Svea allerdings nicht an Zufall, dafür kannte sie ihre Ex-Schwiegermutter mittlerweile zu gut.

Mit Jos neuem Job hatten die Probleme angefangen. Plötzlich konnte man abends nicht einfach ein Bier trinken, sondern musste Kontakte knüpfen, Geschäftsessen mit Papa. Hast du nichts anderes anzuziehen? Sie hatte keinen Bock auf Lokale, in die man sie mit Jeans nicht hineinließ.

Und dann wurde überraschend die alte Remise – allein das Wort! Es war ein Pferdestall! – auf dem Grundstück seiner Eltern frei. Ein eigenes Haus, das war doch viel besser als die Wohnung. Widerspruch zwecklos. Als Überraschung getarnt, über die sie sich freuen sollte. Da hatte sie nicht mehr mitgemacht. Sie hatte von Jo eine Entscheidung verlangt: seine Familie oder sie.

Das Ergebnis war bekannt. Und über ein Vierteljahr her. Deshalb konnte Jo jetzt endlich aus ihrem Kopf verschwinden!

Dumm nur, dass sich sofort ein Bild aus Dortmund vor ihr inneres Auge schob, das sie noch weniger sehen wollte.

Sie setzte sich auf und guckte auf den Wecker.

3:10 Uhr. Zeit, sich einzugestehen, dass sie verloren hatte. Der Schlaf kam nicht mehr.

MITTWOCH, 15.04.2015

1

Bleigraue Wolken hingen tief am Himmel, als Svea um kurz nach acht vor dem Eingang einer sahnefarbenen Villa an der Elbchaussee stand. Wasserseite, natürlich. Mit dem Fingerknöchel schlug sie gegen eine der Säulen unter dem Vordach. Das sah nicht nur aus wie Marmor, das war Marmor. Klar, sie besuchte hier keinen Saunaclub im Ruhrgebiet, da hätte sie jetzt auf Styropor geklopft, sondern den Firmensitz eines hanseatischen Immobilien-Investors.

Kampmann-Immo, prangte in fetten Goldbuchstaben neben der Tür. Svea hatte dazu heute Nacht zwei Stunden lang im Internet recherchiert, bevor sie doch noch über ihrem Laptop eingenickt war. Das Traditionsunternehmen war nach dem Tod des Vaters im Jahr 2001 an den einzigen Sohn Janpeter übergegangen. Anders als der Alte, ein engagierter Stifter, der sich gern im Hintergrund hielt und trotz seiner Millionen als bescheiden galt, zeigte Janpeter laut Google-Bildersuche gern, was er hatte. Breitbeinig posierte er vor einem Reetdachhaus auf Sylt, präsentierte seine Finca auf Mallorca, seine Motorjacht. »Sammelt Grundstücke«, stand in einem Zeitungsartikel über ihn. Genau der Richtige für sie! Vor ein paar Jahren war gegen ihn ermittelt worden, Verdacht auf Geldwäsche, das Verfahren wurde schnell wieder eingestellt. Einzelheiten ließen sich nicht finden. Sie würde später die Kollegen fragen. Jetzt machte sie sich erst mal selbst ein Bild.

Als sie den glänzenden Klingelknopf drückte, spürte sie ein Pieksen im Fingerknöchel. »Scheißsäule!«

»Bitte?«, knarzte es aus der Sprechanlage.

»Kopetzki. Ich möchte zu Herrn Kampmann.«

»Herr Kampmann ist nicht da.«

»Ich bin von der Kripo.«

»Herr Kampmann ist trotzdem nicht da.«

»Wann kommt er denn?«

»Montag wieder. Diese Woche hat er Urlaub.«

Mist! »Und Frau Trott?«

»Die müsste gleich hier sein.«

Svea hörte lautes Motorbrummen hinter sich, Reifen knirschten durch den Kies. Sie drehte sich um. Knapp vor der kniehohen Mauer, die Auffahrt und Vorgarten voneinander trennte, kam ein silberner Sportwagen zum Stehen. HH-KT, las sie auf dem Nummernschild, daneben ein halb abgeblätterter Syltaufkleber. Die Fahrertür öffnete sich, ein Bein in einem hochhackigen Wildlederstiefel streckte sich heraus. Es gehörte zu einem rothaarigen Vamp im enganliegenden Wollmantel mit Handy am Ohr. Katja Trott?

»Nein, Janpeter. Wann soll ich das denn noch machen? Lass uns das später besprechen.« Die Frau wischte über den Bildschirm, ließ das Handy in ihre überdimensionale Handtasche plumpsen und kam näher.

»Frau Trott?«

»Von Trott, bitte.« Irritierter Blick. »Haben wir einen Termin?«

»Ich habe ein paar Fragen an Sie.«

»Tut mir leid, ich habe keine Zeit.« Sie wühlte in ihrer Tasche, zog eine Plastikkarte heraus und schob sie in einen Schlitz unter dem Türgriff. Es klickte leise. »Würden Sie bitte zur Seite gehen?«

Svea zückte ihren Ausweis. »Kripo Hamburg, es ist wirklich dringend.«

Von Trott stockte. Als sie nach dem Ausweis greifen wollte, rutschte ihr die Türkarte aus der Hand. Svea bückte sich und gab sie ihr zurück.

»Na gut, zehn Minuten.«

Das sehen wir dann, dachte Svea.

Ein roter Teppich führte quer durch die Eingangshalle, der nierenförmige Empfangstresen war nicht besetzt. In einer Nische neben drei Drehsesseln, die wie ausgelöffelte Dinosaurier-Eier aussahen, entdeckte Svea eine schmale Frau mit kurzen silbernen Haaren. Sie wandte ihnen den Rücken zu und legte einen Stapel Broschüren in einen Aufsteller.

»Guten Morgen, Katja, da war jemand an der Tür und hat nach dir gefragt.« Die Stimme aus der Sprechanlage.

Als die Frau sich umdrehte, sagte sie: »Ach, da sind Sie ja.«

Svea nickte ihr zu. Klar, dass es hier Kameraüberwachung gab.

Von Trott zeigte auf Svea. »Frau … wie war Ihr Name?«

»Kopetzki«, half Svea nach.

»Frau Kopetzki kommt kurz mit in mein Büro. Falls Groothuis zu früh kommt, servier ihm einen Tee.«

»Tee?«

»Oder Kaffee, ist mir egal.«

Von Trott stellte ihre Tasche auf ihrem Schreibtisch ab. »Was wollen Sie?«, wandte sie sich an Svea. »Ich habe nicht ewig Zeit.«

Svea sah aus dem Fenster. Seitlicher Elbblick. Wie der Kaffee den angemeldeten Besuchern, war das volle Panorama wohl dem Chef vorbehalten. »Es geht um den Falkenstieg, die Zwangsversteigerung von vorgestern. Warum haben Sie in verdeckter Vollmacht mitgeboten?«

73

Von Trott guckte verständnislos. »Weil wir das Haus haben wollten.«

»Ja, aber warum in verdeckter Vollmacht?«

»Das ist Usus. Herr Kampmann kann sich nicht um alles allein kümmern.«

»Schon klar, aber das erklärt nicht das ›verdeckt‹.«

»Wissen Sie«, jetzt holte sie doch tatsächlich ein Schminktäschchen heraus und zog ihre Lippen nach, »Diskretion ist nie verkehrt.«

So kann man es auch sagen, dachte Svea. Heidenich war deutlicher geworden; wenn ein Investor mitbot, sprach das in der Regel für ein lukratives Objekt und trieb den Preis in die Höhe, was natürlich nicht im Interesse des Investors war. Blieb die Frage, was Kampmann an dieser Bruchbude interessierte.

»Und wozu wollen Sie das Haus haben?«

»Ich verstehe Ihre Frage nicht. Wir sind ein Immobilienunternehmen. Da kauft man Häuser.«

»Ein kleines Einzelhaus, das man nicht abreißen darf, passt nicht ganz in Ihr Portfolio.« Das Wort, fast so schlimm wie Unternehmensphilosophie, war Svea gleich ins Auge gesprungen, als sie Kampmanns Internetseite aufgerufen und sich die aktuelle Projektliste der Firma angesehen hatte. Kampmann war spezialisiert auf Luxusobjekte. Er kaufte Grundstücke und baute darauf Einkaufszentren, exklusive Mehrfamilien- und Reihenhausanlagen oder Apartmenttürme wie in der Hafencity, die kleinste Wohneinheit knapp 200 Quadratmeter groß.

»Wenn Sie meinen.« Von Trott sah Svea in die Augen. Wenn sie etwas zu verbergen hatte, ließ sie es sich nicht anmerken. »Es gibt auch Liebhaberobjekte, wissen Sie. Dazu fragen Sie besser Herrn Kampmann direkt.«

»Das werde ich so schnell wie möglich tun. Wo ist er im Urlaub?«

»Auf Mallorca.«

Natürlich! Svea hätte sich denken können, dass er nicht Wandern im Sauerland war. Wo sollte da die Jacht ankern?

»Warum ruft er Sie aus dem Urlaub an?«

»Wie kommen Sie darauf?« Die Antwort dauerte eine Sekunde zu lange. Winzige Schweißperlen sickerten durch von Trotts Make-up. Das konnte allerdings vieles bedeuten. Vielleicht hatte sie eine Affäre mit Kampmann. Er war zwar verheiratet, wie Svea dank ihrer Recherchen wusste, aber das hieß ja nichts.

»Waren Sie schon mal auf seiner Finca?«

»Ich glaube, das geht Sie nichts an, oder? Haben Sie noch eine Fachfrage? Sonst würde ich mich jetzt um meinen Termin kümmern.«

»Nein, danke. Es war sehr aufschlussreich, Sie zu treffen.« Das konnte Svea sich nicht verkneifen, auch wenn sie nicht wirklich weitergekommen war.

Ohne eine Miene zu verziehen, drückte von Trott eine Taste auf ihrer Telefonanlage. »Amelie, du kannst Groothuis jetzt reinschicken.«

»Er ist noch nicht da«, schepperte es zurück.

Trotzdem ging von Trott um ihren Schreibtisch herum und geleitete Svea zur Tür. »Warum interessieren Sie sich überhaupt für den Falkenstieg?«

Auf die Frage hatte Svea gewartet. »Dazu darf ich im Moment nichts sagen. Tschüss, Frau Trott.«

»Darf ich?«, fragte Svea die Empfangsdame, als sie auf dem Weg nach draußen an dem Aufsteller mit den Broschüren vorbeikam. Vielleicht stand da noch mehr zum Portfolio.

»Gerne. Und entschuldigen Sie, ich habe Ihnen gar nichts angeboten.«

»Kein Problem.« Wenigstens eine von Kampmanns Angestellten war nett zu ihr! »Aber ich habe noch eine Bitte.«

»Gerne«, kam es wieder zurück. Von Trott sollte mal einen Benimmkurs bei der Empfangsdame machen.

»Können Sie mir Herrn Kampmanns Nummer auf Mallorca geben, oder seine Handynummer?«

»Das tut mir leid«, sie wirkte ehrlich zerknirscht, »Herr Kampmann möchte in seinem Urlaub nicht gestört werden. Nur in allergrößten Notfällen.«

Interessant, was für einen Notfall hatte es wohl mit von Trott gegeben? »Ich muss ihn wirklich dringend sprechen.«

»Hm ... wenn Sie mir Ihre Karte geben, schicke ich ihm eine Mail. Die checkt er einmal am Tag, und dann kann er sich bei Ihnen melden.«

»Wenn's nicht anders geht.« Svea reichte ihr ihre Karte. Die Nummer würde sie auch so rausbekommen.

In der gekiesten Auffahrt trat sie fester auf als nötig, ein Steinchen schlug gegen den Kotflügel von Katja von Trotts Wagen. Es juckte ihr in den Fingern, den Sylt-Aufkleber ganz abzuknibbeln. In dem Moment klingelte es in ihrer Jackentasche.

Freder. Sie wischte über das Display.

Während sie seinem Bericht lauschte, ging sie langsam weiter Richtung Straße. Untypisch für Hamburg wehte kein Lüftchen. Der Himmel war genauso grau wie bei ihrer Ankunft.

2

»Dieser Typ!« Tamme stöhnte, als Svea sein Büro betrat.

»Welcher Typ?«

»Dein Kumpel Helge.« Hörte Svea da einen Unterton heraus? Nach ihrem Rendezvous mit von Trott hatte sie gleich die Morgenrunde informiert, dass Freders Team weitere Knochen gefunden hatte und das Skelett jetzt bis auf ein Schulterblatt, einen Schienbeinknochen und den Schädel komplett war und die Anatomie des Beckens für einen Mann sprach.

Tamme und Franzi wiederum hockten seit Dienstbeginn vor ihren Rechnern und werteten die Videoaufnahmen der Überwachungskameras aus. Bisheriges Ergebnis: Am Sonntag um 17:19 Uhr war Helge Dreyer an der Haltestelle Königstraße in die S-Bahn eingestiegen und um 17:35 Uhr in Blankenese wieder ausgestiegen, sieben Minuten später hatte er am Bahnhofsvorplatz den Bus 286 bis zur Endhaltestelle Falkenstein genommen, weitere sechs Minuten später war er dort angekommen.

»Bist du enttäuscht, dass er nicht gelogen hat?«, fragte Svea.

»Das würde ich nicht allein an seinen vagen Angaben zur Fahrtzeit festmachen. Guck ihn dir an.« Tamme startete die abgespeicherte Videosequenz und stand auf. »Auch einen Kaffee?«

»Gerne.«

Svea erkannte Helge Dreyer sofort, als er aus dem Bahnhofsgebäude auf den Vorplatz trat. Mit seinen Dreadlocks und dem Schlabberpulli stach er deutlich aus den geschniegelten Sonntagsspaziergängern in ihren gesteppten Daunen-jacken hervor. Sie zoomte auf seine rechte Hand. Zwischen Zeige- und Mittelfinger klemmte eine selbstgedrehte Ziga-rette, die sich trichterförmig zur Spitze hin verdickte. Der längliche Gegenstand in seiner linken Hand musste ein Feu-erzeug sein.

»Du hast ja recht«, gab Svea zu, als Tamme zurück war. Kiffen beeinträchtigte nun mal nachweislich das Gedächtnis. »Aber die Fahrtzeit kommt trotzdem hin.« Sie wollte ein-fach nicht glauben, dass Dreyer etwas mit dem Mord zu tun hatte. Schließlich war er auch, wie angegeben, am 10. Ok-tober letzten Jahres über Dubai nach Mumbai geflogen und erst letzten Freitag zurückgekommen. Das hatten sie durch einen Anruf beim Flughafen überprüft. Sein Name stand auf den Passagierlisten von Emirates, er hatte beide Male am Mittelgang gesessen und das vegetarische Menü gewählt.

»Wir haben das Video von dem Medienheini weiter oben im Falkenstieg bekommen«, schaltete Franzi sich ein. »Dreyer kommt zehn Minuten nachdem er den Bus verlassen hat an Hausnummer 22 vorbei. In normalem Schritttempo muss er fünf Minuten später an seinem eigenen Grundstück gewesen sein. Also um kurz nach sechs. Nach knapp vier Stunden ist er wieder verschwunden, um Bigi beim Fernsehen zu stö-ren. Ihre Lieblingssendung scheint Promiflash auf RTL 2 zu sein, jedenfalls gibt es sonntagabends keine anderen Promi-Sendungen.«

Svea dachte nach. »Die Mädchen waren erst am nächsten Tag gegen 16 Uhr da. Unser Unbekannter hatte mehr als ge-nug Zeit, um zurückzukommen und ungestört die zwei oder drei Knochen verschwinden zu lassen, die ihm bei seiner Flucht runtergefallen sind.«

»Alles vorausgesetzt, wir trauen Dreyers Angaben«, sagte Tamme.

»Da wir im Moment nichts anderes haben, tun wir das.« Gesundes Misstrauen war gut, aber Tamme übertrieb es gerade. »Was zeigt denn die Kamera von dem Medienheini in dem Zeitraum?«

»Nicht viel. Willst du's dir angucken?«

Svea trat hinter Franzi. Und konnte es nicht fassen. Die Kamera zeichnete die gesamte Straße auf, bestimmt zehn Meter oberhalb und unterhalb des Eingangstors. Anders als bei der öffentlichen Videoüberwachung war das Bild gestochen scharf und in Farbe.

»Jetzt«, sagte Franzi. Auf der anderen Straßenseite öffnete sich ein zweiflügeliges, blickdichtes Metalltor, eine Frau mit Hut und Lodenmantel humpelte heraus, ihren ebenfalls humpelnden Dackel zog sie an der Leine hinter sich her.

Franzi grinste. »Ich kann dir die Szene bis Montagnachmittag noch fünfmal zeigen. Die beiden gehen jedesmal hangaufwärts.«

»Lass mal.« Svea hatte plötzlich den Eindruck, den Hund zu riechen. »Was ist das für ein Tee, den du da trinkst?«

»Ayurvedischer Wohlfühltee. Willst du auch eine Tasse?«

»Nein, danke!« Sie hob ihren Kaffeebecher an die Lippen. Dann wandte sie sich an Tamme: »Haben die Kollegen schon mit der Frau gesprochen?«

»Ja, außer dass sie Dienstagvormittag um kurz nach elf beinahe von einem Raser umgefahren worden wäre, hat sie nichts Verdächtiges gesehen. Sie kommt allerdings nie direkt am Grundstück vorbei, weil sie immer hangaufwärts geht. Der Dackel will das so, hat sie den Kollegen erzählt.«

»Und sonst gibt es keine Fußgänger?«

»Da geht niemand zu Fuß, der nicht muss.«

Franzi ließ das Video weiterlaufen. Ab und zu zockelte ein Auto durchs Bild, fast alles Geländewagen. Auch die Streife, Brandt vom KD, Tamme und die Spurensicherung waren gut im Dunkeln zu erkennen. Am Dienstagvormittag um 11:17 Uhr trat dann erst die Dackelfrau aus ihrem Tor und verschwand wieder aus dem Kamerablickwinkel, kurz darauf raste ein silbrig glänzender Sportwagen durchs Bild. »Der hatte mindestens 80 Sachen drauf«, kommentierte Franzi. »Vielleicht sollte man da mal einen Blitzer aufstellen.«

»Halt, stopp!«, rief Svea. »Das Auto kenne ich.«

»Seit wann kennst du dich mit Porsches aus?«, wunderte sich Tamme.

»Wieso Porsche?« Das sah aus wie das Auto von Katja von Trott. »Zoom mal aufs Nummernschild.«

HH-KT-5875. Daneben prangte der Syltaufkleber, er war noch heil. Da hatte wohl kürzlich jemand den gleichen Impuls gehabt wie Svea und war ihm, anders als sie, auch gefolgt. »Das ist von Trotts Wagen. Zeig ihn noch mal von vorn.« Tatsächlich. Am Steuer saß von Trott. Sie guckte ziemlich grimmig. »Wieso fährt sie da lang?«

»Um das Haus noch mal zu besichtigen«, schlug Franzi vor.

»In dem Tempo? Da sieht man doch nichts. Bei der nächsten Gelegenheit werde ich sie fragen, was die Raserei sollte.« Svea wandte sich an Tamme. »Wie weit sind Demirs Leute eigentlich mit ihren Befragungen?«

»Sie haben noch nicht alle Anwohner erwischt. Aber die, die sie angetroffen haben, haben nichts gesehen.«

»Haben sie auch im Schluchtweg rumgefragt?«

Tamme verneinte. »Bis jetzt nur in den Parallelstraßen

und den abzweigenden Straßen.« Er klickte Google Maps an. »Wie sollte man über den Schluchtweg in den Falkenstieg kommen? Da gibt es keinerlei Verbindung.«

»Doch, gibt es. Durch den Wald.« Svea hatte heute Morgen die Hamburger Wanderkarte hervorgekramt, mit der sie ihre Laufroute geplant hatte. »Die Treppe an Dreyers Hintertür führt nicht nur runter ans Elbufer, sie kreuzt auch den Elbhöhenweg. Wenn man den Richtung Westen weitergeht, quert man erst den Siebeneichenweg und trifft dann nach ein paar Hundert Metern auf den Schluchtweg. Kannst du da zur Sicherheit jemanden hinschicken?«

»Heute Nachmittag ist schlecht, da haben Demirs Leute einen anderen Einsatz.«

»Dann fahr ich selbst hin«, entschied Svea spontan. Je länger sie mit der Befragung warteten, umso mehr hätten die Leute vergessen.

»Ich komm mit.« Franzi sprang auf.

Tamme gab seinem Monitor einen Klaps. »Ich hab hier genug zu tun.«

Er sah müde aus, fiel Svea plötzlich auf.

»Habt ihr gerade Zeit?« Freder stand in der Tür. »Ich habe jetzt die Fingerabdrücke am Filter des Joints, am Zaun sowie an der Türklinke innen und außen miteinander verglichen. Das wird euch erstaunen.« Er blätterte in seiner Akte. »Also, womit soll ich anfangen?«

»Mach's nicht so spannend.« Wenigstens Freder legte sich ins Zeug. Die Ergebnisse aus der Rechtsmedizin hingegen ließen immer noch auf sich warten. »Was hast du herausgefunden?«

»Die Fingerabdrücke beider Mädchen finden sich am Zaun. Leonie hat außerdem die Klinke von außen angefasst.«

81

»Und den Joint?«

»Die Abdrücke am Filter stimmen zwar mit der Klinke überein, sowohl innen wie außen, aber sie gehören nicht den Mädchen.«

»Doch Dreyer?«, fragte Franzi.

»Nein, Dreyers Abdrücke finden sich zwar an der Klinke. Aber die wurde auch von einer dritten, unbekannten Person angefasst. Dieselbe, die den Joint in den Fingern hatte.«

»Irgendjemand muss noch einen Schlüssel haben. Ich bin mir immer sicherer.« Svea überlegte. »Kannst du sagen, wie lange der Joint da lag?«

»Der ist frisch. Hat noch keinen Regen abgekriegt.«

Svea rieb sich die Hande. »Ein kiffender Zweitschlüsselbesitzer, der gern Knochen vergräbt. Wäre doch gelacht, wenn der niemandem aufgefallen ist.«

3

Der Schatz des Pharaos, Tresorknacker, Fang die Mäuse oder Extra-Mäuse? Im Lotto-Kiosk an der Reeperbahn stand Helge Dreyer ratlos vor dem Aufsteller mit den Rubbellosen.

»Hasten Tipp?«, fragte er die junge Frau hinter dem Tresen.

»Das mit dem Pharao ist ganz neu.« Sie zog ein goldbedrucktes Pappkärtchen hervor. »Du musst links die Felder mit den Pyramiden und rechts die Sphinx freirubbeln. Wenn links ein Pharao ist, gewinnt man den rechtsstehenden Betrag.«

»Rechtsstehenden Betrag?« Was wollte die Frau von ihm? Helge gähnte. Bigi hatte ihn heute Morgen nicht lange schlafen lassen.

»Hier rechts unter der Sphinx!« Die Frau tippte auf ein kniendes Strichmännchen. »Der Betrag verdoppelt sich, wenn unter der Pyramide eine Münze ist.«

Woher kam denn jetzt die Münze? »Das ist mir zu kompliziert. Gibt's nichts Einfacheres? Nur mit Zahlen.«

»Ich dachte, du willst ein bisschen Spaß!« Sie zog eine Schnute.

Spaß? Er brauchte Geld. Zwar hatte er am Montag, als er sich neues Gras besorgt hatte, mit Timo geredet, und der hatte gemeint, Helge könne sich auf ihn verlassen. Aber bis jetzt hatte er sich nicht wieder gemeldet. Nur noch vier Tage, um das Geld aufzutreiben! Helge sah sich erneut das Los-Angebot an. *Hauptgewinn 30.000*, stand schwarz auf käsegelb auf dem Extra-Mäuse-Los. Genau die Summe, die er brauchte, oder? 20.000 für die Bank. Etwas mehr als 9.000 für diese dämliche Versteigerung. Von dem Rest würde er Bigi einladen, das würde sie hoffentlich endgültig besänftigen.

»Was ist mit den Extra-Mäusen?«

»Sechs Felder mit Zahlen. Damit kannst du nichts falsch machen. Kostet auch nur einen Euro.«

Helge begann das Rechteck zwischen den drei irre grinsenden Mäusen aufzurubbeln. Zuerst eine 1. Dann 1000. 10. Wieder eine 1. Danach 1000.

»Ja«, rief er. »Jetzt noch mal 1000.« Er ließ sich Zeit, bevor er das letzte Feld in einem Zug freischabte.

Eine 1. Scheiße!

»Glückwunsch, gewonnen«, sagte die Frau und hielt ihm einen Euro entgegen.

»Ich nehme lieber noch ein Los.« Diesmal rubbelte er gleich alles auf. Niete!

»Kollege!«

Helge zuckte zusammen. Hinter ihm stand ein Mann in Müllfahrer-Kluft.

»Der Jackpot ist oberfett, und du kaufst Rubbellose!« Der Mann hob seine schaufelgroßen Hände und starrte an die Decke, als stünden dort die Lottozahlen. Dann wandte er sich zum Tresen. »Quicktipp, Schatz. Fünf Felder.«

Helge kratzte sich. Sollte er sich auch einen Schein kaufen? Aber er brauchte das Geld jetzt. Bis zur Jackpotauszahlung wäre sein Haus längst weg. Vielleicht doch der Pharao-Schatz? Oder sollte er bei den Extra-Mäusen bleiben? In seine Überlegungen hinein quakte sein Handy. Eine SMS.

15:30 Treffen beim Stein. Ich hab das Geld. Timo.

Glück musste man haben, dachte Helge. Die Verwunderung darüber, dass sie sich seit Jahren nicht mehr beim Stein getroffen hatten, streifte sein Hirn nur flüchtig.

Als sie um kurz nach drei jäh in sein Bewusstsein zurückkehrte, war es zu spät.

4

»Warum hat Kampmann das Haus ersteigert?« Franzi saß auf dem Beifahrersitz neben Svea und blätterte durch die Hochglanz-Broschüre, die sie im Fußraum des Wagens gefunden hatte. »Parkside-Living, Riverside-Residence«, las sie mit näselnder Stimme vor. »So ein Schwachsinn.«

Svea lachte.

»Im Ernst, das sind stinknormale Wohnblöcke!« Franzi schnaubte. »Riesige Klötze. Wie passt der Falkenstieg da rein? Das Haus ist kein Spekulationsobjekt und auch nicht das, was jemand wie Kampmann sich als schnuckeliges Wochenendhaus zulegt. Ich hab immer mehr das Gefühl, da ist was faul.«

»Kann schon sein.« Die Ampel auf der Abbiegespur Richtung Blankenese schaltete auf Rot. »Mir sind der Typ und seine Firma auch suspekt. Aber deshalb ist er noch lange kein Mörder.« Würde jemand eine Leiche zerteilen und auf dem Grundstück eines Hauses verscharren, von dem er wusste, dass es zur Zwangsversteigerung ausgeschrieben war? So dumm war Kampmann ganz bestimmt nicht. »Vergiss nicht die Spuren am Joint«, fuhr sie fort. »Jemand wie Kampmann könnte koksen, aber er ist bestimmt kein Kiffer.«

Die Ampel schaltete auf Grün. Wie aus dem Nichts platschten dicke Tropfen auf die Scheibe. Svea gab Gas und fuhr in einen Vorhang aus Regenschnüren hinein. Wenn sie bloß mehr über die Knochen wüssten! Womöglich hatten die gar nichts mit der Versteigerung zu tun.

»Ja, du hast recht. Irgendwas ist trotzdem faul«, beharrte Franzi. »Das spüre ich.«

Die Villen in der Umgebung wurden zunehmend protziger und weißer, das Navi zeigte noch 900 Meter bis zum Schluchtweg, als Sveas Telefon klingelte. Tamme. Sie schwenkte auf den Parkstreifen rechts der Straße. Hupend zog ein blankpolierter Range Rover an ihnen vorbei, am Steuer ein Jüngling mit Gelfrisur.

Lackaffe! Svea stellte das Telefon auf Lautsprecher.

»Wir haben die Ergebnisse aus der Rechtsmedizin. Die Knochen stammen tatsächlich von einem einzigen Toten. Männlich, wie Freder gesagt hat, 25 bis 35 Jahre. Todeszeitpunkt etwa vor zwei bis drei Monaten. DNA-Abgleich negativ. Die Knochen wurden mit Axt und Säge zerteilt. Fachmännisch, kein Gemetzel.«

»Na, das ist Ansichtssache«, warf Franzi ein.

»Ich gebe nur die Worte der Rechtsmedizin wieder. Auf diese Art zerlegen Metzger oder Jäger einen Körper. Aber eine Spur haben wir.« Sie hörten Tammes Tastatur klicken. »Das Kahnbein der rechten Hand war gebrochen und wurde operativ zusammengeschraubt.«

»Dann überprüf die handchirurgischen Kliniken«, beauftragte Svea ihn.

Der Schluchtweg machte seinem Namen alle Ehre, zumindest für norddeutsche Flachlandverhältnisse. Steil ragte der Hang rechts und links der schmalen Straße auf, in weiten Windungen mäanderten die Zufahrten zu den einzelnen Anwesen hindurch.

Auf halber Höhe der Straße verlangsamte Svea die Fahrt. Das Navi war genauso uninformiert wie Google Maps und zeigte keinen abzweigenden Weg an. Aber laut ihrer Wanderkarte, die sie auf dem Schoß ausgebreitet hatte, mündete hier der Elbhöhenweg. Da! Das musste er sein. Steinerne Stufen führten linkerhand bergan, ein Pfeil wies Richtung Blankenese.

Gleich hinter dem Abzweig stoppte sie an einer Parkbucht. Der Regen war zum Glück in Nieseln übergegangen. Als sie ausstiegen, rauschte der Wind durch die Kiefern, am Horizont wurde es heller.

»Willst du jetzt den Wanderweg abgehen?« Franzi zog sich die Kapuze ihrer Regenjacke ins Gesicht.

»Nein, wir machen erst wie geplant die Befragung. Ich habe wenig Hoffnung, dass es brauchbare Spuren gibt.«

Die Strecke unterhalb des Falkenstiegs hatte Freder bereits gründlich abgesucht und nichts gefunden. Den Weg nutzten zu viele Leute. Und dann natürlich das Wetter! Zur Sicherheit würde sie trotzdem morgen jemanden dorthin schicken.

Franzi und sie beschlossen, sich aufzuteilen. Franzi schlug vor, das Stück zurückzugehen, bergzusteigen, wie sie es nannte. Svea folgte dem Schluchtweg weiter Richtung Elbe.

Nach etwa hundert Metern verbreiterte sich das schmale Tal, neben fünf weißen Würfelhäusern, wie von der Hand eines Riesen im Gelände verstreut, stand ein Reihenhausriegel stramm. Zwei kleinere Villen, eine mit Reetdach, eine rotgeklinkert, duckten sich unter uralten Eichen. Im Vergleich zu den Anwesen oben auf dem Hügel wirkte es hier fast bescheiden. Auch wenn das mit Sicherheit täuschte. In Hamburg zählte »Lage, Lage, Lage«, wie Jos Werber-Bruder erklärt hatte, bevor er sie »Wo bist du noch mal her?« gefragt hatte. Als wenn er das nicht wusste!

Sie stapfte auf die Reetdachvilla zu und klingelte.

Eine ältere Frau im Nickianzug öffnete die Tür. Kaum hatte Svea sich ausgewiesen, vorgestellt und nach Auffälligkeiten in den letzten Monaten gefragt, ergoss sich ein Redeschwall über sie. Vor allem, was die Nachbarn in einem der weißen Würfel anging.

»Zwei Männer! Der eine hatte anfangs noch Geheimratsecken und seit Kurzem volles Haar. Und immer schick gekleidet, die beiden.« Ausführlich legte die Frau dar, warum sie die beiden für ein Paar hielt. Natürlich hatte sie nichts gegen Homosexuelle, das Wort holperte über ihre Lippen. »Aber seit die hier wohnen, gehen den ganzen Tag Leute ein und aus.«

»Aha.« Svea sah keine Leute.

»Jetzt nicht«, schränkte die Frau ein. »Die kommen immer spät nach Hause. Ich glaube, die arbeiten beide.«

Soll's geben. Doppelverdienerpaare waren längst nichts Ungewöhnliches mehr, ob gleichgeschlechtlich oder nicht, zumindest in Großstädten wie Hamburg oder Dortmund. Und Besucher, die sich auf Sveas Nachfrage als Haushälterin, Fensterputzer und Feinkostlieferanten entpuppten, hatte Svea zwar in der Hochhaussiedlung, in der sie aufgewachsen war, nie gesehen, ebenso wenig auf dem Campingplatz, auf den ihr Vater zwischenzeitlich gezogen war. Aber hier, in den Elbvororten, gehörte Hauspersonal zum guten Ton; man fiel eher auf, wenn man keins hatte, das hatte sie gleich zu Anfang von Jos Mutter gelernt, nachdem sie sich geweigert hatte, deren Putzhilfe auch bei sich zu beschäftigen.

Putzte die Frau im Nickianzug etwa selbst? Bestimmt nicht. Kaum hatte Svea ihr das Zugeständnis entlockt, das die beiden Männer »trotzdem« ganz nett waren, lästerte diese über die nächsten Nachbarn.

In der Rotklinkervilla wohnte ein pflegebedürftiger alter Mann zusammen mit wechselnden Betreuerinnen. »Schlimm mit der Rumänin, wenn Sie mich fragen. Seit sie da ist, sitzt sie nur in ihrem Zimmer und heult, weil sie ihre Kinder zurücklassen musste.« Sie schlug die Hände zusammen. »Zustände sind das! Also, wenn Sie mich fragen …«

Tue ich ja, lag es Svea auf der Zunge. Sie ließ die Frau weiterreden. Manchmal wusste man leider erst hinterher, was wichtig war und was nicht.

»… könnte sich die Tochter um ihren Vater kümmern. Die hat genug Zeit, die arbeitet ja nicht richtig. Sie ist eine, warten Sie mal!« Sie rief hinter sich in den Flur hinein: »Bruno, was ist Julia?«

»Konzeptkünstlerin«, brummte es zurück.

Die Frau verzog das Gesicht. »Was immer das bedeutet. Bis mittags schlafen gehört auf jeden Fall dazu.«

»Ist Ihnen sonst noch jemand aufgefallen?«

Die Frau zuckte zusammen. »Ach, Entschuldigung, ich rede zu viel. Bruno hat schon gesagt, ich soll die Nachbarn in Ruhe lassen und mich um meinen eigenen Kram kümmern. Die Nachbarn können doch machen, was sie wollen, sagt er.«

Da hat er nicht ganz unrecht, dachte Svea.

»Bruno, kommst du mal«, rief die Frau jetzt. »Hier ist eine nette Polizistin, die unsere Hilfe braucht.«

Brunos Pantoffeln schlappten über die Fliesen. »Die Überwachung der Nachbarschaft überlasse ich meiner Frau. Leider ist sie seit ihrer Herz-OP Mitte Januar noch nicht ganz wieder auf dem Posten.« Er legte den Arm um sie, seine Fingerkuppen gruben sich in den Nickistoff. »Was hast du gesehen, Schatz?«

»Nichts Besonderes. Alles wie immer.« Die Frau neigte den Kopf. »Es tut mir leid, dass ich Ihnen nicht weiterhelfen kann.«

Als Bruno sich wieder zurückgezogen hatte, hakte Svea nach: »Wie lange waren Sie eigentlich im Krankenhaus?«

»Zwei Wochen, und anschließend vier Wochen in der Reha.«

Routinemäßig drückte Svea ihr zum Abschied ihre Karte in die Hand. Auf ein Falls-Ihnen-noch-was-einfällt verzichtete sie. Zum maßgeblichen Zeitpunkt war die Frau sowieso nicht hier gewesen.

Als sie auf den nächstgelegenen weißen Würfel zuging, rief die Frau in ihrem Rücken: »Da brauchen Sie nicht zu klingeln. Keiner da.«

Svea ignorierte es.

Zwei Häuser weiter empfing sie eine viel zu dünne Blondine in fliederfarbenen Leggings. Sie schnaufte, Svea hatte sie beim Poweryoga unterbrochen. Sie hatte nichts gesehen und nichts gehört, das auf ein Verbrechen hinwies. Genauso wie die anderen Nachbarn, die Svea antraf. Eine junge Frau aus den Reihenhäusern kannte den Falkenstieg nicht einmal. Nach einer halben Stunde hatte Svea alles abgeklappert, bis auf die Rotklinkervilla.

Alfred Burmester, las sie auf dem Klingelschild.

»Tschüss, Papa«, rief eine helle Stimme von drinnen.

Die Tür wurde aufgerissen. »Hoppla, was machen Sie denn hier?« Eine Riesin mit wilden dunklen Locken drängte an ihr vorbei, hielt inne und setzte ihre Sporttasche ab. Mit ihrem breiten Kreuz wirkte sie mindestens so durchtrainiert wie Svea.

»Wohnen Sie hier?«, fragte Svea zurück. Sie reichte der

Frau knapp bis zur Schulter und musste den Kopf in den Nacken legen.

»Nein, mein Vater. Warum wollen Sie das wissen?« Misstrauen im Blick.

»Kopetzki. Ich bin von der Polizei, wir machen eine Anwohnerbefragung. Vielleicht haben Sie oder Ihr Vater in den letzten Tagen und Wochen etwas Ungewöhnliches bemerkt oder jemanden gesehen, der sich verdächtig verhalten hat.«

»Verdächtig?«

»Genaueres darf ich nicht sagen. Es besteht der Verdacht eines Tötungsdelikts im Falkenstieg.«

»Wieso fragen Sie dann hier?« Die Frau sah sich um, als suche sie jemanden.

»Der Elbhöhenweg verläuft von dort bis zum Schluchtweg.«

»Da haben Sie recht. Aber Papa geht nicht mehr raus, er sitzt meist am Fenster und guckt in den Garten.«

»Und die Pflegerin Ihres Vaters?«

»Woher wissen Sie davon? Ach, die Hexe!« Sie winkte demonstrativ in Richtung Reetdachhaus, wo sich ein Schatten hinter der Gardine bewegte. Der Beobachtungsposten war besetzt.

»Wissen Sie was, ich komme noch mal kurz mit rein und stelle Sie Papa vor. Sonst spricht er nachher nicht mit Ihnen.« Sie zog einen Schlüsselbund aus ihrer Hosentasche. »Mein Vater ist ziemlich …«, sie stockte, »krank. Und Elena versteht nicht so gut Deutsch. Sie ist erst seit zwei Monaten hier.«

Efeu überwucherte die Scheiben des Wintergartens wie ein Tarnnetz, durch das spärliches Licht hereindrang. Dafür baumelte unter der Decke ein riesiger schmiedeeiserner

Leuchter. In einem Lehnstuhl saß eine füllige junge Frau mit auberginefarbenem Haar und blickte ihnen erstaunt entgegen. Verweint sah sie nicht aus, fand Svea. Neben ihr kauerte ein Mann im Rollstuhl, die Strickjacke schlackerte um seinen schmalen Körper. Auf dem schweren Eichentisch vor den beiden lag ein aufgeschlagenes Fotoalbum mit Schwarz-Weiß-Bildern.

»Julia, da bist du ja endlich!« Ein Lächeln huschte über sein Gesicht.

Die Tochter ging um den Tisch herum und beugte sich zu ihrem Vater hinunter. »Papa, das ist eine Freundin. Sei bitte nett zu ihr.«

Svea wollte widersprechen, aber Julia Burmester nickte ihr unmerklich zu. Bitte!, formten ihre Lippen, dann wandte sie sich wieder an ihren Vater. »Sie möchte wissen, ob du jemanden gesehen hast.«

»Dich, mein Kind.« Er strahlte.

»Nein. Jemand, der hier nicht hingehört.«

»Einbrecher?« Sein Blick verdüsterte sich. Mit zitterndem Finger wies er auf eins der Fotos in dem Album. Svea trat näher. Auch wenn das Bild auf dem Kopf stand, zeigte es eindeutig eine jüngere Version der Tochter. Ihre Mutter?

»Einbrecher, Einbrecher.« Alfred Burmesters Stimme brach, dann sah er Svea an. »Wer sind Sie denn?«

»Papa, die Frau ist eine Freundin von mir.« Die Tochter griff die Hand ihres Vaters und legte sie ihm zurück in den Schoß. »Alles ist gut! Hier ist kein Einbrecher.« Sie schlug das Album zu. »Was soll das, Elena?«

»Erinnern. Tutt gutt.« Treu blickte die Pflegerin zu ihnen auf.

»Nein, Elena, das tut nicht gut. Papa regt sich viel zu sehr auf.« Die Tochter nahm das Album, räumte es zurück in den Wandschrank und zog den Schlüssel ab.

»Ist denn hier eingebrochen worden?«, fragte Svea.

»Nein«, sagte die Tochter bestimmt.

»Ja«, sagte ihr Vater, so laut, dass alle zusammenfuhren. »Der Mann war da. Der Mann mit den schwarzen Haaren.« Triumphierend blickte er in die Runde. »Ich bin nicht dumm. Der Mann war da!«

»Hat der Mann hier eingebrochen?«

Er nickte heftig.

»Wann war das?«

Schweigen. Alfred Burmester sah durch Svea hindurch und sackte noch mehr in sich zusammen. »Wer sind Sie denn?«, murmelte er.

»Ich hab's Ihnen gesagt.« Julia zog Svea zur Seite. »Das war's für heute mit Papa. Aber ich glaube, ich weiß, wen er mit Einbrecher meint. Der Mann hat hier geklingelt und nach dem Weg gefragt.«

»Wann war das?«

»Muss zwei, drei Monate her sein. Im Vorgarten steckten die ersten Schneeglöckchen ihre Spitzen raus.«

»Wo wollte er hin?«

»Ich glaube …« Sie zögerte, ihre Antwort klang wie eine Frage. »Elbhöhenweg?« Sie rieb sich den Hals. »Ja, es war der Elbhöhenweg! Dass mir das nicht gleich eingefallen ist, Sie haben doch gerade davon gesprochen.« Sie lachte, als wäre es ihr peinlich.

»Können Sie den Mann beschreiben?« Svea zückte ihr Notizbuch.

»Etwas kleiner als ich, eher schlank. Superkurze Haare, so Stoppeln. Dunkel, fast schwarz.«

»Und seine Kleidung?«

»Jeans, glaube ich. Lederjacke. Oder ein brauner Anorak? Tut mir leid, das kann ich nicht genau sagen. Jedenfalls trug er keine Mütze, sonst hätte ich ja nicht die Haare bemerkt.«

»Haben Sie gesehen, ob er tatsächlich zum Elbhöhenweg ging?«

»Keine Ahnung.« Sie rieb sich über die Stirn, als würde das die Erinnerung zurückbringen.

Svea ließ ihr Zeit. Als nichts mehr kam, beendete sie das Gespräch mit ein paar Routinefragen.

»Ich bringe Sie noch zur Tür«, bot Julia an.

Ihr Vater schien mittlerweile komplett in seiner inneren Welt versunken, als Svea sich von ihm verabschiedete. Die Pflegerin hatte ihr Gesicht abgewandt, ihre Schultern zuckten. Die Beobachtungsgabe der Nachbarin war offenbar doch nicht so schlecht gewesen.

»Mir ist noch etwas eingefallen«, sagte Julia, als Svea mit ihr im Flur stand. Sie guckte zu der Tasche hinunter, die sie auf den Fliesen hatte stehenlassen. »Der Mann trug genauso eine Tasche wie ich. Wäscht der auch seine Wäsche?, habe ich mich gefragt.«

»Julia, Julia«, unterbrach sie ein Ruf aus dem Wintergarten.

»Es tut mir leid, ich muss zurück.«

Letzte Wolkenfetzen huschten am Himmel, als Svea zum Auto zurückging. Das Wetter änderte sich schnell in Hamburg. Sobald die Sonne durchbrach, roch es nach Frühling.

5

Tamme hatte erneut die Vermisstenmeldungen abgeglichen, den Zeitraum vergrößert, ebenso die Entfernung um Hamburg. Drei Männer kamen infrage, er würde DNA-Proben zum Abgleich anfordern.

Erfolgversprechender schien ihm allerdings der Knochenbruch an der Hand. Bis er feststellen musste, dass er mehr als ein paar handchirurgische Kliniken durchtelefonieren musste. Allein in Hamburg gab es über dreißig Krankenhäuser, die solche Operationen durchführten, hinzu kamen Spezialkliniken und Fachärzte. Morgen bekamen sie hoffentlich Verstärkung zum Telefonieren!

Jetzt versuchte er gerade, einer energischen Stationssekretärin im Marienkrankenhaus die Dringlichkeit seines Anliegens zu vermitteln, als es hinter ihm piepste. Das Faxgerät. Nachdem er aufgelegt und ein Häkchen auf seiner Liste gemacht hatte, guckte er nach.

Für Svea Kopetzki, stand schräg über das Deckblatt, per Hand in großzügigen Schwüngen. Darunter verbarg sich, zum Glück am Computer getippt, das Protokoll der Zwangsversteigerung. Tamme überflog die Seiten, an einem Namen blieb er hängen: *Röder, Dennis.* Hieß so nicht sein Nachbar eine Straße weiter? *Anschrift: Große Weide 7.* Ja, das war er tatsächlich.

Wieso bot Röder bei einer Zwangsversteigerung? Sein Haus war doch bestimmt nicht abgezahlt. Vier, fünf Jahre wohnte Röder dort erst. Tamme war irritiert. Dann fiel ihm das letzte Siedlungsfest ein. Imke und er hatten eine Zeitlang mit Röder und seiner Frau an einem Tisch gesessen. Röder hatte erzählt, dass er endlich einen Halbtagsjob ergattert hatte, um sich nachmittags um sein Kind zu kümmern. Irgendwo im Bauamt, wo, erinnerte Tamme nicht mehr, es war spät und bierselig gewesen. Hatte Röder nicht sogar Architektur oder Bauingenieurwesen studiert?

Egal, bevor er lange überlegte, machte er etwas früher Feierabend und ging direkt bei ihm vorbei. Vielleicht hatte Röder etwas Interessantes zu erzählen, das nicht im Protokoll stand. Das war besser, als ihn gleich als Zeugen aufs Präsidium zu laden, schließlich wollte Tamme es sich nicht leichtfertig mit der Nachbarschaft verscherzen. Und Imke würde sich auch freuen, wenn er früher nach Hause kam. Heute war Mittwoch, da hatte sie keinen Nachmittagsunterricht. Gestern Abend hatte sie gestresst gewirkt. Er würde beim Blumengeschäft halten und ihr einen Strauß Tulpen mitbringen.

Er fuhr gerade seinen Rechner runter, als Sveas Telefon klingelte. Und nicht aufhörte zu klingeln. Sie hatte wohl vergessen, den Apparat umzustellen.

»Claußen, Apparat Kopetzki.«

»Ist Frau Kopetzki da?« Eine Männerstimme.

»Mit wem spreche ich bitte?« Dass die Leute nie ihren Namen nannten, wenn sie im Präsidium anriefen. Oder war es Sveas Ex?

»Ich hab keine Zeit für solche Späße, Alter«, sagte die Stimme, und sofort wusste Tamme Bescheid. »Dreyer hier. Ich muss dringend deine Chefin sprechen. Is' wichtig.«

»Frau Kopetzki ist nicht da.« Tamme holte tief Luft. »Aber Sie können genauso gut mit mir sprechen.«

»Nee, danke, unser letztes Gespräch hat mir nicht so gut gefallen.«

Aufgelegt! War wohl doch nicht wichtig. Bevor Tamme aufbrach, würde er Svea trotzdem schnell Bescheid geben, dann könnte sie Dreyer zurückrufen, wenn sie wollte. Und sie würde sich hoffentlich freuen, dass das Protokoll gekommen war.

Tamme jedenfalls freute sich. Es ging voran, sie hatten die ersten Puzzleteile.

6

Manchmal war es besser, keinen Vater zu haben, dachte Svea, als Franzi und sie zurück zum Präsidium fuhren und die Lage besprachen. Sie beneidete Julia Burmester nicht um das, was von ihrer Familie übrig war. Und dann noch diese Nachbarin! Obwohl sie oft von den Zeugenaussagen profitierten, hatte Svea ein Problem mit Menschen, die nichts mit sich selbst anzufangen wussten und deshalb anderen auf die Pelle rückten. Abgesehen davon, waren die Beobachtungen der Frau wenig erhellend gewesen, anders als die von Julia Burmester.

Franzi wiederum hatte bei ihrer Tour durch den Schluchtweg nichts Interessantes erfahren. »Alles Ignoranten«, schimpfte sie und dass ihr solche Spitzel wie Burmesters Nachbarin allemal lieber wären.

Gerade hatten sie die Stelle passiert, an der Tamme auf dem Hinweg angerufen hatte, als eine dunkle Limousine aus einer Seitenstraße herausschoss. Svea trat in die Eisen.

»Hey, Vorsicht!« Franzis Hände klatschten aufs Armaturenbrett. Der Wagen rauschte an ihnen vorbei, als wären sie unsichtbar.

Waren hier eigentlich nur Arschlöcher unterwegs? Svea suchte den Wagen im Rückspiegel, aber die tiefstehende Sonne blendete sie. Dafür fiel ihr plötzlich das Schild an der Seitenstraße auf. Schinckels Park. Hieß so nicht Kampmanns Privatadresse? Nummer 17, meinte sie sich zu erinnern.

Auch wenn ihr Villenpensum für heute mehr als gedeckt war, sollten Franzi und sie kurz checken, wie er wohnte. Nur so. Wo sie schon mal da waren.

Eingefasst von hohen Mauern, versperrte ein Portal mit hölzernen Toren die Sicht auf das Anwesen. Keine Hausnummer, kein Name, keine Klingel. In den Pfeiler am linken Rand des Portals war eine Tastatur mit Zahlenfeld eingelassen, obenauf hockte ein gemeißelter Löwe und starrte auf sie herunter. Waren sie hier überhaupt richtig? Sveas Kopfhaut prickelte, ihr war, als würde jemand sie beobachten.

Auf dem gegenüberliegenden Grundstück, etwa zwanzig Meter weiter, ragte hinter einer dunkelgrünen Thuja-Wand eine Leiter auf. Zuerst erschien eine Wolke aus grauen Haaren auf den Sprossen, dann ein Karohemd. In der Hand hielt der Mann eine motorbetriebene Heckenschere. Svea ging näher.

»Suchen Sie was?«

»Kampmann. Ich meine, sein Haus.« Svea reckte ihm ihren Dienstausweis entgegen.

»Da waren Sie schon richtig. Hoffentlich kriegt die Polizei ihn endlich dran. Ein schrecklicher Mensch. Meinetwegen hätte er gern länger im Urlaub bleiben können.« Die Heckenschere ratterte los, Laub rieselte auf Svea herab, ein Geruch nach Apfelmus, Nelken und Benzinabgasen. Sie musste niesen. Hatten Kampmanns Empfangsdame und von Trott sie angelogen?

»Seit wann ist er denn zurück?«, rief sie durch das Rattern.

»Gestern, und hat sich gleich wieder mit der Rothaarigen getroffen.« Der Mann legte die Schere auf der glattrasierten Thujahecke ab. »Seine Frau ist echt ein dummes Ding, sie hockt auf Mallorca, und er amüsiert sich.«

Svea musste morgen bei der Wohnungsbesichtigung unbedingt auf die Nachbarn achten. Von wegen, hamburgische Diskretion! So was ging gar nicht. Trotzdem, danke für die Info. »Sie meinen nicht zufällig die große Frau mit der roten

Lockenmähne?«, hakte sie nach. »Welches Auto fährt sie noch gleich?«

»Porsche 718 Cayman, Silbermetallic.«

Kein Zweifel, Katja von Trott. Der Mann strahlte, als hätte er die 100.000-Euro-Frage in einer Quizshow gewusst. In gewisser Weise hatte er das sogar.

Svea tauschte einen Blick mit Franzi. Hatten sie den gleichen Gedanken? Von hier bis zum Falkenstieg war es nicht weit. Mit dem Auto fünf, höchstens zehn Minuten. Vorausgesetzt es stimmte, was der Mann behauptete, dann könnte von Trott von Kampmann gekommen sein, als sie mit grimmigem Blick den Falkenstieg entlanggerast war.

»3-5-7-Raute. Sesam, öffne dich.« Der Mann wies mit der Scherenspitze in Richtung des Löwen. Dann warf er den Motor wieder an.

»Wie oft soll ich es Ihnen noch sagen: Herr Kampmann ist nicht da!« Die Haushälterin stand im Türrahmen und zog die überdimensionale Schleife an ihrer leuchtend weißen Seidenbluse zurecht. Eine zitronige Wolke kitzelte Svea in der Nase. Sie kam nicht auf den Namen des Parfums. Sie wusste nur, dass es teuer sein musste, Jos Mutter roch genauso.

Die Haushälterin war so groß wie Svea, aber sie neigte den Kopf mit dem akkuraten roten Bob so, als würde sie auf Svea herabsehen. Stimmte etwas nicht? Unwillkürlich guckte Svea ebenfalls an sich hinab. Nein, keine Löcher in ihrer Jacke, kein Kaffeefleck auf der Jeans, alles in Ordnung. Svea hatte nicht vergessen, wie Jo sie das erste Mal zu seinen Eltern in die Othmarscher Jugendstilvilla mitgenommen hatte, auf den Familiensitz. Sie fühlte sich, als wäre es erst gestern gewesen. Wie sie den Riss in ihrem Ärmel entdeckt hatte, von der Schulter bis zum Ellenbogen, es war wohl beim Skaten passiert. Sie hatte laut gelacht. Jos Mutter nicht. In ihr Schweigen hinein hatte Jo vorgeschlagen, kurz zurück nach Hause zu fahren. Willst du dich nicht besser umziehen, Schatz? Nein, wozu? Der Abend war nicht wirklich lustig geworden. Zwar hatte Jo sich später für seine Mutter entschuldigt, im Nachhinein war es der erste Schatten auf ihrer Beziehung gewesen. Wenn es überhaupt eine Beziehung und nicht von Anfang an eine Illusion gewesen war. Sie hätte genauer hingucken müssen, statt sich Hals über Kopf in Jo zu verknallen. Aber dazu hatte sie keine Zeit gehabt.

Das Vibrieren ihres Smartphones holte Svea zurück auf die Eingangsstufen von Kampmanns Villa, unter das Dach des von baumstammdicken Säulen getragenen Vorbaus. Sie zog das Telefon aus der Tasche ihrer Kapuzenjacke. Unterdrückte Rufnummer. Tamme konnte es nicht sein.

»Einen Moment bitte.« Svea wartete, bis die Haushälterin die Finger mit den French Nails wieder vom Türgriff nahm, offenbar hatte sie ihr Gespräch als beendet betrachtet, erst dann nahm Svea den Anruf an.

»Kampmann hier«, blaffte es. »Ich sollte Sie zurückrufen. Was wollen Sie?« Froschstimme, trotzdem triefte Arroganz aus jedem Wort.

»Ich muss Sie dringend persönlich sprechen.« Svea blickte an der Schleifenbluse vorbei in die ebenfalls von Säulen – na klar! – getragene Eingangshalle und das daran anschließende Speisezimmer. Vor einem Panoramafenster mit Elbblick wieselte ein Hausmädchen in Schürze hin und her. Sie räumte Teller, Schüsseln, Besteck und Gläser vom Tisch auf einen Tablettwagen. Jemand hatte gerade erst gegessen. Nicht allein. »Sind Sie noch auf Mallorca?«

»Nein. Lassen Sie sich für morgen Vormittag von Amelie einen Termin geben.« Verbindung beendet.

Ist Frau von Trott dann auch da? hatte Svea noch fragen wollen. Aber das könnte sie auch direkt mit seinem Büro klären.

»Glauben Sie mir jetzt?« Die Haushälterin klang nicht mehr ganz so unterkühlt. Mit Wohlwollen könnte man ihren Gesichtsausdruck als Lächeln interpretieren. Svea ließ sich nicht täuschen.

»Natürlich«, log sie und lächelte breit zurück.

7

»Imke?« Keine Antwort. Müsste seine Frau nicht längst zu Hause sein? Tamme lief die Treppe zum Obergeschoss hoch und stieß die Tür zum Schlafzimmer auf. Die Betten waren ordentlich gemacht und auch sonst sah alles aus wie immer. Er lehnte sich für einen Moment an die Wand. Erst jetzt merkte er, dass er den Atem angehalten hatte.

Manchmal wenn sie an einem neuen Fall saßen, überfiel es ihn jäh. Das Bewusstsein, wie viele Irre da draußen herumliefen und die Leben Unschuldiger zerstörten. Die Sorge, dass es ihn und seine Familie treffen könnte. Polizistenkrankheit hatte Imke das genannt, als er ihr davon erzählt hatte. Zum Glück ging es immer schnell vorbei, schließlich kannte er selbst die Statistiken am besten, die eine abnehmende Kriminalitätsrate verzeichneten.

Zurück in der Küche fiel ihm auf, dass er die Tulpen im Papier auf dem Tisch vergessen hatte. Hoffentlich waren sie nicht zu lange ohne Wasser gewesen. Er wickelte sie aus, schnitt die Stängel an und suchte eine Vase aus dem Schrank. Sollte er Imke anrufen? Aber wahrscheinlich war sie wieder von irgendwelchen Eltern aufgehalten worden und würde sowieso jeden Moment hier sein. Er sah auf die Uhr, noch eine Stunde, bis die Mädchen aus dem Hort nach Hause kamen. Marit, Rike und Bente.

Er schrieb Imke einen Zettel, dass er kurz wieder wegmusste, und klemmte ihn unter die Vase. Spontan stellte er eine Flasche Prosecco in den Kühlschrank. Sie könnten sich einen schönen Abend machen, wenn die Kinder im Bett waren. Das hatten sie schon länger nicht mehr getan. Und es war abzusehen, dass der Fall bald mehr Zeit in Anspruch nahm und heute womöglich sein letzter freier Abend war.

Jetzt musste er aber los! Röders Lastenfahrrad hatte auf der Straße statt unter dem Carport gestanden, als Tamme gerade dort vorbeigefahren war. Nicht dass Röder noch zum Einkaufen wollte, zum Schwimmunterricht oder Kinderarzt. Was man so tat als Vater eines Kleinkindes.

»Tamme?« Röder sah ihn fragend an, als er die Tür öffnete. Die eine Hälfte seines Hemdes hing über dem tiefsitzenden Jeansbund, in Brusthöhe prangte ein feuchter Fleck. Tamme roch seinen Alkoholatem.

»Moin. Darf ich reinkommen? Ich hab ein paar Fragen an dich. Dienstlich.« Besser, er stellte das gleich klar. Er wollte schließlich nicht als Schnüffler gelten. Nicht dass künftig die Gespräche erstarben, wenn seine Nachbarn ihn sahen.

»Aha.« Röder schien verwirrt. Dann trat er zur Seite und wedelte mit der Hand. Tamme wertete es als Einladung und trat in den Flur.

»Ich sitz grad im Wohnzimmer. Das Kind schläft.« Röder nahm eine geöffnete Bierflasche von der Kommode neben sich. »Willst du auch eins?«

»Nicht im Dienst.«

»Alkoholfrei«, sagte Röder. »Was denkst du denn?«

»Dann gerne.« Tamme merkte plötzlich, wie viel Durst er hatte. Eigentlich hatte er zu Hause etwas trinken wollen.

»Geh schon mal vor ins Wohnzimmer.« Röder wies mit der Flasche auf die offen stehende Tür am Ende des Flures und verschwand im Keller.

Tamme staunte. Das hätte er in der Hafencity erwartet, aber nicht hier, in einem Siedlungshaus am Stadtrand, bei jemandem wie Röder. Mitten in dem riesigen Wohnzimmer,

Tamme schätzte es auf vierzig Quadratmeter, lag ein Flickenteppich aus Kuhfell. Darauf thronte eine Art Liegestuhl aus Leder und Chrom. Ein Designermöbel. Unbequem und viel zu teuer. Imke und er hatten es lieber gemütlich.

An der linken Außenwand, hinter einer niedrigen Sitzgruppe aus schwarzem Leder, zog sich meterlang ein Riss durch den Putz. Vor der Fensterfront stand ein Barwagen, dahinter entdeckte Tamme einen Stapel Zementsäcke auf der Terrasse, die Schrift verblichen, der obere aufgeplatzt. Offenbar hatte Röder die Renovierungsarbeiten eine Weile schleifen lassen. Dafür war das wenige Kinderspielzeug umso penibler in einer Kiste in der Ecke verstaut.

»Willst du dich nicht setzen?« Röder drückte Tamme eine Flasche in die Hand, dirigierte ihn Richtung Sofa und ließ sich ihm gegenüber in den Sessel sinken. »Und, wie läuft's so?«

»Danke. Gut.« Hatte Röder nicht kapiert, dass Tamme nicht für Smalltalk hier war? »Ich habe ein paar Fragen«, wiederholte er.

»Stimmt ja!« Kurzer Schreck in Röders Augen. »Ist in der Siedlung wieder eingebrochen worden?« Er schien zu überlegen. »Nee, du bist ja im Morddezernat. Hat Piet Wendland die Alte erschlagen?«

Der Frührentner wohnte drei Häuser weiter zusammen mit seiner herrischen, fast neunzigjährigen Mutter. Wenn sie sich stritten, waren das Schimpfen und die Schreie durch die geschlossenen Fenster bis auf die Straße zu hören. Letzten Herbst hatte eine Polizeistreife nach dem Rechten gesehen. Aber wenn überhaupt, schlug die Mutter den Sohn und nicht umgekehrt. Das war allgemein bekannt.

»Es geht nicht um die Siedlung.« Tamme nahm einen

großen Schluck, dann fixierte er Röder. »Hast du letzten Montag bei einer Zwangsversteigerung mitgeboten?«

Röder guckte irritiert. »Was hast du damit zu tun?«

Tamme überhörte die Frage. »Ist dir dabei irgendetwas aufgefallen? Hat sich jemand ungewöhnlich benommen?«

»Kann man so sagen. Da war die Hölle los. Schlimm!« Röder knibbelte am Etikett seiner Flasche. »Hätte ich mir sparen können.«

»Warum hast du überhaupt mitgeboten?«

»Äh … ist ein schnuckeliges Häuschen.«

»Du hast doch schon ein Haus.«

»Bei den Zinsen im Moment muss man zuschlagen, wo's geht.« Röder setzte die Flasche an die Lippen.

Tamme nickte leicht. Röder hatte ihm allerdings immer noch keinen Grund geliefert, warum er so weit über den Verkehrswert gegangen war. »Mir liegt das Protokoll vor. Warum hast du fast doppelt so viel geboten, wie das Haus wert ist? Es steht unter Bestandsschutz, da kann man nicht mehr rausholen.«

»Wie kommst du darauf?«

»Dennis, so kommen wir nicht weiter, beantworte bitte meine Fragen.«

»Ist ja schon gut!« Röder stellte die Flasche neben sich ab. Erst jetzt bemerkte Tamme die dunklen Ringe im Parkett. Feuchtigkeitsflecken? Saß Röder öfter in dem Sessel und trank?

»Das heißt doch nichts.« Röder klammerte die Hände ineinander. »Wäre nicht der erste Fall, bei dem der Bebauungsplan trotzdem geändert wird.«

»Hast du bei deiner Arbeit etwas mitbekommen?«

Röder zuckte die Achseln. »Kann sein.«

»Dennis, das ist eine ernste Sache!« Tamme hob die Stimme. Würde jemand sie beobachten, wären sie nur zwei Nachbarn, die beim Bier zusammensaßen und sich angeregt unterhielten. Von wegen! »Wenn du meine Fragen nicht beantwortest, muss ich dich als Zeuge vorladen.«

Röder sah nach draußen. »Ich habe da was mitgekriegt.«

»Genauer bitte. Was? Wo? Von wem?«

»Weiß ich nicht mehr. Im Flur vor dem Konferenzraum habe ich ein Telefonat aufgeschnappt. Eine Männerstimme, zumindest war sie sehr tief.« Röder wich stur Tammes Blick aus, als gäbe es nichts Interessanteres als die Säcke auf der Terrasse. Selbst Tammes Mädchen hatten mehr schauspielerisches Talent, wenn sie etwas vor ihm verbergen wollten.

»Was hat der Mann gesagt?«

»Irgendwas ... dass der Bebauungsplan doch geändert werden kann.«

»Kann? Oder wird?«

»Ich weiß es nicht mehr!«

»Und du hast keine Idee, wer das war?«

»Ein Mann.«

»Das sagtest du bereits. Denk nach. Hast du die Stimme vorher schon gehört?«

»Ich glaube nicht.« Ruckartig wandte Röder den Kopf. »Warum willst du das alles wissen? Ist das ein Verhör?«

Tamme hatte schon gedacht, Röder würde nie fragen. Er entschloss sich für die Wahrheit. »Wir haben eine Leiche auf dem Grundstück gefunden.«

»Nein! Von wem?« Röder schoss aus dem Sessel hoch.

»Unbekannt.«

»Jetzt könnte ich doch einen gebrauchen. Ausnahmsweise.« Röder schwankte leicht, als er zum Barwagen ging und sich großzügig aus einer Kristallflasche einschenkte.

Gin, vermutete Tamme. Nicht der erste heute.

Das Sofa knarzte, als er ebenfalls aufstand. Auf Höhe des Liegestuhls ließ er seinen Schlüssel aus der Tasche fallen. Während er sich umständlich danach bückte, zupfte er ein Haar aus dem Fellteppich.

Für heute reichte ihm Röders Antwort. Sein Nachbar würde noch reden, jedoch nicht vor morgen früh. Er kannte solche Kandidaten, die brauchten mindestens eine schlaflose Nacht, bevor sie mit der Wahrheit rausrückten.

»Ausnahmsweise«, wiederholte Röder, als er sich nachschenkte. »Nicht vor dem Abendessen, haben Ruth und ich vereinbart.« Seine Hand zitterte, als er das Glas zum Mund führte. »Dienstags war das immer eine besondere Herausforderung.«

»Dennis, ich gehe dann mal.« Tamme hatte keine Lust auf Röders Alkoholbeichte.

»Ruth wollte immer erst um neun nach dem Hulakurs essen«, redete Röder einfach weiter. »Zum Glück ist das vorbei.«

»Wieso vorbei?« Tamme horchte auf. »Hat Ruth dich verlassen?«

Röders Lachen schepperte. »Wie kommst du darauf? Der Kurs hat …«, er zählte die Finger seiner freien Hand ab, »vor fünf Wochen aufgehört.« Er sah auf. »Stimmt was nicht?«

»Nein, nein. Alles okay.«

Möglicherweise brauchte Imke einfach ein bisschen Zeit für sich. Was auch immer. Sie würde ihre Gründe haben. Tamme würde sie trotzdem bei Gelegenheit fragen, was sie anstelle des Hulakurses unternommen hatte. Gestern Abend. Und die vier Dienstage zuvor. Wahrscheinlich gab es eine harmlose Erklärung.

8

Svea schob das Blech mit der angetauten Pizza in den Ofen. Thunfisch-Zwiebel, sie hatte die Packung im untersten Fach des Gefrierschranks entdeckt, Jos Lieblingssorte. Er musste sie bei seinem Auszug übersehen haben. Sie mochte Fisch nicht besonders, aber besser als nichts. Bis auf ein Käsebrötchen, das Franzi und sie sich nach ihrem Besuch bei Kampmann beim Bäcker rausgeholt hatten, hatte sie seit dem Frühstück nichts gegessen. Jetzt war es kurz nach zehn. Sie stellte die Uhr am Herd auf sechzehn Minuten. Dann lehnte sie sich ans Küchenfenster und sah den Regentropfen zu, wie sie im Schein der Straßenlaterne in den Pfützen und auf den Autodächern tanzten. Heute Nachmittag war kurz die Sonne durchgekommen, jetzt goss es schon wieder. Aprilwetter. Hamburger Wetter. Mehr als der ständige Regen nervte nur das menschliche Klima, vor allem in den Elbvororten. Eine eiskalte Höflichkeit, der auch das sonnigste Gemüt nichts anhaben konnte. Diese parfümierte Haushälterin heute Nachmittag, zum Kotzen. Was machte sie überhaupt bei Kampmann? Putzen jedenfalls nicht, mit den Fingernägeln! Der Dünkel der Frau hatte Svea in die Zeit mit Jo und seiner Familie zurückversetzt. Und das regte sie gleich doppelt auf. Normalerweise waren ihre restlichen Sorgen tagelang komplett ausgeknipst, wenn sie einen neuen Fall am Wickel hatte. Aber was konnte sie dagegen tun, wenn die Ermittlungen sie in genau das Schnöselmilieu führten, das sie mit der Trennung von Jo glaubte, hinter sich gelassen zu haben?

Es sah nicht so aus, als würde der Fall schnell gelöst werden. Von ihrer Zuversicht, die sie nach ihrem Besuch bei

Burmester verspürt hatte, war nicht mehr viel übrig.

Und was war mit Dreyer los? Wollte er ein Geständnis ablegen? Sie hatte mehrfach versucht ihn zurückzurufen, ohne Erfolg. Hoffentlich erwischte sie ihn morgen.

Svea glaubte nicht, dass er etwas mit dem Mord zu tun hatte, aber vielleicht schätzte sie ihn falsch ein und ließ sich durch das betont entspannt zur Schau gestellte Kiffertum blenden. Immerhin schien er als Einziger verrückt genug, um die Knochen im Fellmantel anzurichten.

Als draußen auf der Straße jemand seinen Schäferhund an den Laternenpfahl pinkeln ließ und zu ihrem Fenster hochsah, stieß sie sich von der Scheibe ab, nahm ein Bier aus dem Kühlschrank und ging ins Wohnzimmer. Aufs Sofa. Kissen in den Nacken. Nachdenken.

Obwohl jetzt klar war, dass es sich um einen einzigen Toten handelte, hatte sie immer noch keine Idee, wie Mord und Versteigerung zusammenhängen könnten. Hingen sie überhaupt zusammen? Oder war es Zufall? Ihr fiel einfach kein Grund ein, warum jemand wie Kampmann eine Leiche ausgerechnet dort verstecken sollte, wo verstärkt Aufmerksamkeit zu erwarten war. Denn auch wenn die Versteigerung Dreyer überrascht hatte, Kampmann hatte garantiert schon lange vorher Bescheid gewusst. Solche Verfahren liefen über Monate, in diesem Fall war der Termin Mitte Dezember veröffentlicht worden. Wochen vor dem Zeitpunkt, an dem der Mann umgebracht und seine Leiche zerteilt und vergraben worden war. Abgesehen davon, dass Kampmann so etwas natürlich nicht selbst erledigen würde. Jemand wie er, mit Geld und Einfluss, hätte seine Leute für die Drecksarbeit. Aber sie schweifte ab. Mit dem Mittelfinger massierte sie die Falte zwischen ihren Augenbrauen glatt.

Noch mal von vorn, anderer Blickwinkel: Alles purer Zufall? Kein Zusammenhang zwischen Versteigerung und Mord? Rein vom Kopf her war das möglich. Aber ihr Bauch hatte auch ein Wörtchen mitzureden, Zufall schmeckte ihm selten. Sie seufzte. Wenn man Glück hatte, war eine Fallermittlung logisch wie früher in der Schule der Mathe-Unterricht. Eine Gleichung mit vielen Unbekannten, nichts passte anfangs zusammen, egal in welche Richtung man dachte, es wurde verwirrender statt klarer. Trotzdem versteckte sich irgendwo die Lösung. Man musste nur darauf kommen, was X war. Und dann Y kombinieren. Und Z. Aber in diesem Fall war das lange nicht alles. Sie setzte sich auf. So wurde das nichts. Sie musste ihren Kopf in Ruhe lassen und sich um ihren Bauch kümmern.

Sie wollte gerade zum Bier greifen, als nebenan die Musik aufgedreht wurde. Helene Fischer in Disco-Lautstärke. Atemlos durch die Nacht. Der Refrain schallte durch die dünne Altbauwand. Sie schlug mit der flachen Hand auf den Putz, dass es klatschte. Jo war mehrfach bei den Nachbarn gewesen und hatte das Gespräch gesucht. Sie hatten Besserung gelobt, danach war tatsächlich ein paar Wochen Ruhe gewesen, bis es doppelt so laut weitergegangen war. Seitdem öffneten die Nachbarn die Tür nicht mehr. Svea nahm den schmiedeeisernen Kerzenständer vom Tisch und schlug damit noch zweimal gegen die Wand, einfach so, zum Aggressionsabbau, das wirkte fast wie Boxtraining und hinterließ schicke Kerben im Putz, dann holte sie sich die Ohrstöpsel aus dem Bad.

Zurück auf dem Sofa, hörte sie nur noch ihre eigenen Ohren rauschen, spürte ein leises Zittern der Bässe unter der Haut. Wo war sie gerade mit ihren Gedanken gewesen? Versteigerung, Leiche, Zufall, Unbekannte … Sie bekam es nicht mehr ganz zusammen. Jedenfalls musste es einen Grund geben, warum Kampmann so einen Mondpreis geboten hatte. Genauso wie für seine verfrühte Rückkehr aus Mallorca. Vielleicht war es derselbe. Vielleicht auch nicht, vielleicht hatte der Leichenfund Kampmann ebenfalls überrascht und war ihm bei seinen Plänen mit dem Haus in die Quere gekommen. Hatte ihn derart nervös gemacht, dass er sogar seinen Urlaub abbrach, und zwar, ohne dass er irgendetwas mit dem Mord zu tun hatte. Das schien ihr plötzlich gar nicht so abwegig. Im Gegenteil. Und wenn sie ihren Gedanken weiterspann, musste auch der Mörder nichts mehr direkt mit der Versteigerung zu tun haben, sie hatte ihn nur ähnlich nervös gemacht. War ihm zufällig in die Quere gekommen, hatte ihn bei seinem Plan gestört, die Leiche unauffällig verschwinden zu lassen.

Svea ließ ihr Bier aufploppen. So einfach war das. Versteigerung und Mord, Zusammenhang und Zufall. Jetzt passte es. Gerieten die Gedanken in eine Sackgasse, war eine Zwangsunterbrechung oft das einzig Richtige. Aufstehen und ein paar Schritte gehen. Danach floss es umso besser.

Wenn sie ihren Nachbarn das nächste Mal im Treppenhaus traf, würde sie sich für die anregende Musik bedanken. Auf seinen Blick freute sie sich schon.

Als ihr der erste Schluck Bier die Kehle hinabrann, stieg ihr Brandgeruch in die Nase. Die Pizza!

DONNERSTAG, 16.04.2015

1

Svea saß mit Franzi in der Empfangshalle von Kampmann-Immo und wartete darauf, vorgelassen zu werden. Um elf war ihr Termin gewesen, jetzt war es kurz vor halb zwölf.

Zeit genug, um die Morgenrunde zu rekapitulieren. Sie hatten Verstärkung bekommen, zwei Kollegen halfen Tamme, die Krankenhäuser abzutelefonieren, zwei andere waren dem Unbekannten mit der Sporttasche auf der Spur. So weit, so gut. »Aber«, Svea dämpfte ihre Stimme noch ein bisschen mehr, »Schott ging heute gar nicht.« Sie hatte gerade ihren Fallbericht in Stichpunkten präsentiert und die Übergriffigkeit einiger Zeugen erwähnt, als der Kollege mal wieder dazwischengegangen war. Stell dich nicht so an. Du bist aus dem Ruhrgebiet, oder? Sind da nicht alle so? Überflüssig, jemandem wie ihm zu erklären, dass krankhafte Neugier und Lästerei, im Übrigen seine eigene Domäne, nichts mit der fürs Ruhrgebiet typischen Direktheit zu tun hatten. Wenn du meinst, war ihr einziger Kommentar dazu gewesen.

»Warum lässt du dich ärgern?« Franzi legte den Kopf schief, Svea las Mitleid in ihren Augen. »Schott ist ein armes Schwein. Ist doch offensichtlich, dass er kompensieren muss.«

»Egal warum. Ich ertrage den Typ nicht!« Svea drückte sich aus ihrem Dinosaurier-Ei-Sessel hoch und wandte sich dem Prospektständer zu. Darin lagen die gleichen Broschüren wie gestern, trotzdem blätterte sie kurz durch die Seiten. Franzi wieder! Zwar war Svea selbst klar, dass sie so empfindlich auf Schott reagierte, weil er fast eins zu eins die

Worte ihrer Ex-Schwiegermutter gewählt hatte. Aber das sagte sie nicht laut, dann würde Franzi gleich die nächste Diagnose raushauen.

»Herr Kampmann hat jetzt Zeit für Sie«, flötete die Empfangsdame hinter ihrem Tresen hervor. Hatte sie tatsächlich nicht gewusst, dass Kampmann früher zurückgekommen war, oder hatte sie Svea am Vortag ins Gesicht gelogen? Schätzungsweise Letzteres, vermutete Svea.

Die Empfangsdame ging voraus und hielt ihnen eine gepolsterte Tür am Ende des roten Teppichs auf. Ein mächtiger Schreibtisch mit Schnitzereien, der Chefsessel stand mit der Rückseite zu ihnen. Kampmanns Hinterkopf, auf dem zwischen graublonden Strähnen reichlich Haut durchschien, ragte knapp hinter der hohen Lehne hervor. Als er sich mit einem Ruck zu ihnen drehte, quietschte der Sessel auf. »Hab länger nicht draufgesessen, muss mal geölt werden.« Die Andeutung eines Doppelkinns wölbte sich über dem babyblauen Hemdkragen. Er grinste etwas zu breit, die Zähne in dem gebräunten Gesicht unnatürlich weiß. Seine Ärmel waren aufgerollt, als säße er nicht im Büro, sondern in einer Strandbar auf Mallorca. Eigentlich bin ich im Urlaub, sollte das wohl heißen. Regulär war sein Rückflug erst für übermorgen gebucht, das hatte ein Anruf am Flughafen ergeben. Jetzt musste seine Gattin alleine reisen, mit richtig viel Platz auf dem Nebensitz für eine extragroße Handtasche.

Kampmann selbst hatte Dienstagmorgen einen Privatjet mit Piloten gechartert. Abflug um 6:30 Uhr in Palma, Landung um 9:22 Uhr in Fuhlsbüttel. Svea war gespannt auf seine Begründung für die verfrühte Abreise.

»Womit kann ich dienen?« Kampmann wies auf die bei-

118

den ungepolsterten Stühle vor seinem Schreibtisch, die nicht zum Rest der protzigen Einrichtung passten. Wollte er gleich die Fronten klären, indem er Franzi und ihr die Sitzgruppe vor der Fensterfront verweigerte? Svea sollte es recht sein, so hatten Franzi und sie ihn und seine Reaktionen bestens im Blick.

Sie setzte sich, straffte die Schultern. »Kommt Frau von Trott nicht?«

»Meine Mitarbeiterin hat noch kurz zu tun. Die Damen müssen mit mir vorliebnehmen. Womit kann ich dienen? Kaffee? Tee?«

»Zweimal Kaffee«, sagte Svea. »Schwarz.«

»Sie auch ohne Milch?« Kampmann starrte Franzi auf die Brüste.

»Gerne.« Franzi lächelte ob dieser Plumpheit. Süß und harmlos. Kampmann sollte wohl glauben, dass er sie um den Finger wickeln konnte. Svea wusste es besser.

Sie ließ ihn seine Bestellung in die Sprechanlage quaken, dann fragte sie: »Warum haben Sie das Haus im Falkenstieg ersteigert?«

»Warum? Weil es eine Immobilie ist und wir ein Immobilien-Unternehmen sind.« Er wiegte sich mit seinem Sessel hin und her.

Die Antwort kannte sie doch. Klar, Kampmann und von Trott hatten genug Zeit gehabt, sich abzusprechen. Und das nicht nur am Telefon. So kamen sie nicht weiter. Svea hörte das Klicken des Türschlosses hinter sich und wandte den Kopf. Die Empfangsdame balancierte ein Tablett mit drei Tassen, aus denen der Dampf aufstieg. Lautlos platzierte sie drei Untersetzer auf dem Schreibtisch und stellte die Tassen darauf. Svea bedankte sich und wartete, bis sie wieder verschwunden war. »Haben Sie Ihren Urlaub wegen der Versteigerung abgebrochen?« Sie nahm sich einen Löffel vom Tablett und rührte die nicht vorhandene Milch in ihrem Kaffee um. Dabei fixierte sie Kampmann.

Kampmann drehte weiter in seinem Sessel, dann stoppte er abrupt. »Nein.«

»Welche dringenden Geschäfte haben Sie dann zu Ihrer verfrühten Abreise aus Mallorca veranlasst?«

»Sie bringen mich in ein Dilemma.« Er beugte sich vor, seine Stimme ein zischelndes Flüstern, als würde er sie ins Vertrauen ziehen. »Dringende Geschäfte, habe ich meiner Frau gesagt. Nach zehn Ehejahren brauche ich ab und zu etwas Abwechslung, wenn Sie verstehen, was ich meine.«

Plumper ging's wohl nicht. Fehlte nur, dass er ein Auge zukniff. Svea machte sich noch gerader. »Vielleicht bin ich begriffsstutzig, Sie müssen schon genauer werden.«

Bevor Kampmann antworten konnte, ging erneut die Tür. Von Trott. Na endlich! Während sie auf sie zustöckelte, zog sie sich ihren hautfarbenen Kaschmirpulli über dem engen Lederrock gerade. »Es tut mir so leid, dass Sie warten mussten.« Im Gegensatz zu gestern wirkte ihre Stimme wie gezuckert. Lag das an Kampmanns Anwesenheit?

»Katja, die Damen wollen wis...«

»Frau von Trott, Sie haben mir nicht erzählt, dass Sie sich mit Herrn Kampmann bei ihm zu Hause getroffen haben«, fiel Svea ihm ins Wort.

Von Trott verharrte neben dem Schreibtisch, sah zwischen Kampmann und ihr hin und her. »Das kommt schon mal vor.« Die Zuckerschicht bröckelte.

»Bestimmt. Aber wie ging das vorgestern hier in Hamburg, wenn er laut Ihrer Aussage auf Mallorca war?«

»Lassen Sie doch diese Spielchen«, polterte Kampmann los. »Sie sehen doch, dass Sie Frau von Trott in Verlegenheit bringen.« Er stützte sich auf den Schreibtisch, als wolle er zum Sprung ansetzen. Der goldfarbene Kleincomputer an seinem Handgelenk blitzte auf. »Ich erspare Ihnen die Schnüffelei in meinem Privatleben. Frau Trott ist meine Geliebte. Seit Jahren, wenn Sie's genau wissen wollen.«

Svea beobachtete von Trott. Keine Reaktion. Nur an der Wölbung ihrer Kiefermuskeln war die Anspannung zu erkennen.

»Kommen Sie, wir setzen uns rüber.« Mit Schwung bewegte Kampmann einen Arm zur Seite. Wollte er von Trott einen Klaps auf den Hintern geben? Nein, er legte ihr die Hand ins Kreuz, um sie in Richtung Sitzgruppe zu dirigieren. Wie eine Puppe.

Svea wurde den Eindruck nicht los, Teil eines Schauspiels zu sein. Ein Privatflug von Mallorca nach Hamburg kostete immerhin knapp 20.000 Euro. Ziemlich viel für ein bisschen Sex. Oder waren das Peanuts für Kampmann?

»Wir sitzen eigentlich sehr gut hier«, wandte sie ein. Ihr reichte es. Sie hatte keine Lust, sich von Kampmann an der Nase herumführen zu lassen. Von Trott konnte sich auf seinen Schoß setzen, wenn sie keine Lust hatte stehen zu bleiben.

»Wie Sie wünschen.« Kampmann löste seine Hand aus von Trotts Kreuz. »Wären Sie dann so freundlich uns zu sagen, warum die Versteigerung Sie so beschäftigt?«

Dieser arrogante Tonfall! »Es gab gewisse Unregelmäßigkeiten, denen wir nachgehen müssen. Genauer gesagt ein Tötungsdelikt. Und Sie sind natürlich verdächtig.«

Er lachte auf. »Ich? Machen Sie sich nicht lächerlich. Damit habe ich nichts zu tun. Außer dass es mir das Geschäft versauen könnte.«

»Haben Sie sich das nicht selbst versaut mit Ihrem viel zu hohen Gebot?«

»Frau Kopetzki, hören Sie auf! Mir gefällt das Haus. Ganz einfach. Sicher ist es im Moment noch wenig wert. Aber haben Sie eine Ahnung, wie sich der Immobilienmarkt entwickelt?«

»Wir haben eine Leiche auf dem Grundstück gefunden!« War ihm der Todesfall komplett egal?

»So was kommt vor. Ich hab mal ein Haus gekauft, da war jemand in die Eingangstreppe einbetoniert.« Er lehnte sich zurück, die Arme verschränkt. Wenn er beunruhigt war, ließ er es sich zumindest nicht anmerken.

»Noch eine Frage.« Sie nahm ihr Buch aus der Jackentasche und zog zwei identische Fotos zwischen den Seiten hervor. Eins reichte sie Kampmann über den Schreibtisch, das andere hielt sie von Trott entgegen. »Sind Ihnen diese Personen in letzter Zeit begegnet?« Sie bemerkte Franzis amüsierten Blick.

»Kenne ich nicht.« Das Foto flatterte leicht in von Trotts Hand.

»Ich auch nicht. Wer ist das?«

»Darf ich nicht sagen.« Es waren Tammes Eltern, die ihren Hof in Tating quasi nie verließen. Als Tamme neulich die Bilder von der goldenen Hochzeitsfeier ausgedruckt hatte, hatte sie ihn um ein paar Abzüge gebeten. Alter Trick, um unbürokratisch an Fingerabdrücke zu kommen.

Kampmann gab ihr das Foto zurück. »Wenn Sie uns jetzt entschuldigen wollen, wir haben zu tun.«

Als er aufstand, merkte Svea, wie klein er war. Höchstens eins fünfundsiebzig. Welches Wort hatte Franzi vorhin im Zusammenhang mit Schott benutzt? Kompensieren?

Sie blieb sitzen. »Gehört der Bentley vorm Haus Ihnen?« Auf Kampmann waren sechs Autos registriert, darunter eine Limousine wie die, die sie geschnitten hatte. Ein Bentley. Frozen Black Metallic, limitierte Sonderlackierung, hatten die Kollegen recherchiert.

»Ja, und?« Unbewegtes Gesicht.

»Sie haben uns gestern die Vorfahrt genommen.«

»Gestern? Da hatte ich den Wagen verliehen.« Für alles eine Erklärung. Oder besser eine Ausrede. Sie glaubte ihm kein Wort.

»An jemanden, der sonst einen Range Rover fährt? Gegelte Haare, Brille, jünger als Sie.« Es war ein Versuch. Eine Ahnung.

»Ich weiß nicht, von wem Sie sprechen. Den Wagen ist ein Freund meiner Haushälterin gefahren.« Ein Muskel in seiner Wange zuckte.

»Name? Wie sieht er aus?«

»Kann ich nicht sagen, da müssen Sie sie schon selbst fragen.«

»Das werden wir tun. Trotzdem: Wer ist der Range-Rover-Fahrer?« Svea war sich plötzlich sicher, dass Kampmann den Mann kannte, der aus seinem Wagen auf sie herabgesehen hatte. Gestern, als sie auf der Fahrt in den Schluchtweg rechts rangefahren war, um Tammes Anruf anzunehmen.

»Was wollen Sie von mir?« Der Muskel in Kampmanns Wange hielt wieder still. »Ich kenne den Mann nicht.«

»Herr Kampmann, ich rate Ihnen, mit uns zu kooperieren.« Sie nickte ihm auffordernd zu und stand auf.

123

Ob Kampmann am Steuer des Bentleys gesessen hatte oder jemand anders, war nicht so wichtig. Aber wer war der Mann im Range Rover? Wenn Kampmann nicht damit rausrückte, würde Svea eine Großfahndung einleiten. Wäre doch gelacht, wenn sie den Typen nicht fänden!

2

Röders Gesicht wirkte teigig, die Haare fettig und unge-
kämmt. Sein Hemd sah aus, als hätte er sich darin die Nacht
auf dem Sofa herumgewälzt. Oder auf der Designerliege?

»Ich hab kein Auge zugekriegt nach diesem Anruf.« Röders Stimme brach, er sackte auf dem Stuhl im Vernehmungszimmer zusammen.

Vor einer Stunde war er unangemeldet im Präsidium aufgetaucht und hatte nach Tamme gefragt. Beziehungsweise
hatte er den Pförtner erst angefleht und dann angeschrien,
dass er ihn bitte schön sofort reinlassen solle. In Absprache
mit Tamme hatte der Pförtner ihn erst mal ein bisschen
runterkochen lassen. Im Foyer war er schließlich in Sicherheit.

»Beruhige dich bitte, Dennis.« Tamme startete die Aufnahme. Auch wenn bei Nachbarn keine generelle Befangen-
heit galt, wollte er nicht den Verdacht aufkommen lassen,
Röder zu übervorteilen. Am besten, er hielt sich stur an die
Vorschriften und nahm zuerst die Personalien auf.

»Das weißt du doch«, sagte Röder auf die Frage nach seiner Anschrift.

»Dennis, das ist eine offizielle Zeugenvernehmung.«
Tamme belehrte ihn über sein Aussageverweigerungsrecht.

»Ist mir egal.« Röder war wirklich völlig durch den Wind.

»Noch mal: Was hat der Anrufer gesagt?«

»Deine Frau und dein Kind werden den Sommer nicht
erleben!« Röders Stimme ging um zwei Töne nach oben. Er
schluchzte auf. »So eine Scheiße!«

»Warum wirst du bedroht, Dennis?«

Röders Augen flehten Tamme um Hilfe an. Schließlich kam es fast geflüstert: »Die Versteigerung ... ich soll nicht noch mehr verraten.« Stockend fuhr er fort: »Im Konferenzraum. Mir ist eingefallen, wer da telefoniert hat. Der Baudezernent. Im Planungsausschuss sollte der Bestandsschutz für den Falkenstieg aufgehoben werden. Und dann der Bebauungsplan geändert werden. 80.000 Euro sollte es dafür geben.«

Imkes und sein Jahresgehalt zusammen, dachte Tamme, verdient mit einem Telefongespräch. »Hast du dich auch bestechen lassen?«

»Ich bin ein viel zu kleiner Fisch für die.« Röder klammerte die Hände ineinander.

Wer waren die? »Hattest du in den letzten Tagen das Gefühl, beobachtet zu werden? Hat dich jemand verfolgt?«

Röder verneinte, den Blick ins Leere gerichtet.

Sie würden den Anruf zurückverfolgen, doch Tamme machte sich wenig Hoffnung. Kriminelle kauften Prepaid Karten auf Vorrat und nutzten sie dann häufig nur für einen einzigen Anruf. Da müsste sich dringend was ändern, Ausweispflicht beim Kauf der Karten zum Beispiel.

»Was hattest du mit dem Haus vor? Bitte die Wahrheit.«

»Nichts. Weiterverkaufen. Um meine Schulden loszuwerden. Mitbieten ist doch nicht verboten!« Er sah auf, wollte Zustimmung oder wenigstens Verständnis.

Tamme schwieg. Insiderhandel war strafbar, auch versuchter. Die Nichtanzeige einer geplanten Straftat in diesem Fall allerdings nicht. Aber konnte man Röder überhaupt glauben? Hatte er sich die ganze Geschichte ausgedacht, um ihn auf eine falsche Spur zu führen? Möglich, dass er im Auftrag von jemand anderem geboten und es Streit gegeben

126

hatte. Was, wenn er selbst ein Bauprojekt im Falkenstieg realisieren wollte? Das schien Tamme allerdings ein paar Nummern zu groß für das Häuflein Elend, das vor ihm saß. Die wahren Kriminellen waren andere.

Wer wollte Röder mundtot machen?

»Keine Ahnung, ehrlich!« Wieder der flehende Blick.

Dieser Melic? Aber der war dafür viel zu früh ausgestiegen. Tamme hatte mit ihm telefoniert, und danach mit dem Rechtspfleger, der die Versteigerung durchgeführt hatte. Melic tat das öfter, kaufen und sofort wieder verkaufen, allerdings nur, wenn er ein Schnäppchen machen konnte. Wertsteigerung durch Weiterverkauf. Moralisch bedenklich, 100 Prozent legal. Blieb Kampmann. Zumindest im Bezirk Altona war es das erste Mal, dass er bei einer Versteigerung mitgeboten hatte. Aber irgendwann war immer das erste Mal. Tamme war schon gespannt, wie Sveas und Franzis Treffen mit ihm verlaufen war.

Doch zunächst war jetzt Röders Sicherheit wichtig. »Ich besorg dir einen Wagen, Dennis, der soll dich nach Hause bringen.« Und dann würde Tamme gleich beim PK 38 anrufen, damit die Kollegen von der Streife so oft wie möglich einen Abstecher an Röders Haus vorbei machten. Zu seinem Schutz – und um ihn zu überwachen. Alles Weitere würde Tamme mit Svea besprechen. Je nachdem, wie sie die Gefährdung einschätzte, wäre auch Personenschutz angezeigt.

Kaum war Röder weg, kamen die Gedanken über Imke zurück, die ihn seit gestern immer wieder plagten. Sollte er sie fragen, wo sie ihre Dienstagabende verbrachte, oder nicht? Und wie? Er wollte ihr nicht das Gefühl geben, dass er ihr nachspionierte. Da war Imke empfindlich. Aber so konnte er es auch nicht stehenlassen. Gestern hatten sie keine Gelegenheit mehr gehabt, miteinander zu reden. Die Kinder waren lange aufgeblieben, aus einem schönen Abend zu zweit waren drei Runden Sagaland zu fünft geworden. Eigentlich mochte Tamme solche Spieleabende, und Sagaland besonders. Gestern war er jedes Mal leicht zusammengezuckt, wenn Imke ihn gebeten hatte, die Märchenkarte umzudrehen. Am Ende war Imke todmüde gewesen und zeitgleich mit Bente ins Bett gegangen. Der Prosecco blieb ungeöffnet im Kühlschrank stehen.

Zum Glück war heute auch noch ein Abend.

Tamme sah auf die Uhr. Viertel vor eins, höchste Zeit für die Kantine. Donnerstags stand Currywurst auf der Karte. Die war immer schnell aus.

3

»Wir beobachten Kampmann seit Jahren. Ohne Erfolg.«
Henner Uptmoors Schnäuzer wippte, während er sprach.
Svea saß dem Kollegen von der Wirtschaftskriminalität in
der Kantine gegenüber, zwischen ihnen auf dem Tisch stan-
den zwei Teller Currywurst mit Pommes. Die allerletzten
Portionen, es war schon halb zwei. Svea spießte ein Stück
Wurst auf und genoss das prickelige Brennen, das die Sauce
an ihrem Gaumen und in der Kehle hinterließ.

»Vor vier Jahren hätten wir Kampmann fast drangekriegt.
Geldwäsche. Anonymer Tipp.« Uptmoor stach seine Gabel in die Wurst und setzte das Messer an. »Kurz bevor es
zur Anklage kam, haben seine Anwälte ihn rausgehauen.
Wir sind uns immer noch sicher, dass er ein Grundstück für
knapp zwei Millionen zur Hälfte bar bezahlt hat.« Ohne sich
mit Sauce zu beschmieren, balancierte er die Wurst unter seinem Bart durch. Haare im Gesicht fand Svea normalerweise
schlimm, dem Kollegen stand es.

»Woher stammt das Geld?«

»Rotlichtmilieu, ist anzunehmen. Spätestens nach dem
Tod seines Vaters ist Kampmann damit in Berührung gekommen. Der Alte war noch ein echter Hanseat, der zwar
seine Steuerschlupflöcher kannte, ansonsten aber ehrbar war
und auf Understatement setzte. Kampmann junior steht auf
unhanseatische Protz-Auftritte, Ferraris und Bentleys auf
dem Jungfernstieg, Gala-Abende in teuren Hotels und Be-
suche in Luxus-Restaurants, gern auch mit Kiezgrößen wie
Jarek.« Er trank einen Schluck von seiner Cola. »Der hat die
Boxbude auf der Reeperbahn aufgekauft und Deutschlands

129

größten FKK-Club in Billbrook gebaut. Auch die Luden haben erkannt, dass Immobilien heutzutage die größte Rendite bringen.«

Nicht nur die Luden. Svea dachte an Jos Mutter, die neben der Villa in Othmarschen und der Wohnung in Bahrenfeld mehrere Mietshäuser in Eppendorf besaß. Wahrscheinlich kannte sie Kampmann sogar, wenn nicht den jungen, dann bestimmt den alten. Aber erst mal hielt Svea sich jetzt an Uptmoor. »Bietet Kampmann öfter bei Zwangsversteigerungen?«

»Nicht, dass wir wüssten. Er ist uns vermehrt als Entmieter aufgefallen, sprich, er kauft marode Immobilien und ekelt die Mieter raus. Zuletzt einen Künstlerhof. Stand groß im Abendblatt, noch vor deiner Zeit. Warte …« Er legte sein Besteck zur Seite, zog sein Handy aus der Hemdtasche und tippte, wischte. Tippte wieder. »Nichts … da hat er gründlich hinter sich aufräumen lassen.«

»Geht das so einfach?« Bettina Wulff hatte Klage einreichen müssen, damit beim Googeln neben ihrem Namen nicht mehr das Wort Escort erschien. Was mehr Aufsehen erregt hatte als die eigentliche Sache.

»Mit genug Geld kannst du alles aus dem Internet verschwinden lassen.« Er steckte sein Handy wieder ein. »Egal, es steht in den Akten. Ich lasse dir nachher die Handakte und die Akte aus der Staatsanwaltschaft kommen.«

»Danke.« Svea pickte zwei Pommes auf, kaute, schluckte. »Kennst du einen Range-Rover-Fahrer, gegelte blonde Haare, Brille, jünger als Kampmann? Sieht nicht nach Rotlichtmilieu aus, im Gegenteil. Geleckt, fast spießig.«

»Keine Ahnung, solche Typen gibt's mehr als genug in Hamburg. Könnte mein Schwager sein, nur dass der einen Audi Q7 fährt.«

Schade. Aber Uptmoor hatte ihr so schon mehr als genug geliefert, sodass Kampmanns Abschiedsworte ihr zunehmend wie Hohn erschienen. Sie hatte die Breitmaulfroschstimme von heute Vormittag noch genau im Ohr: *Geben Sie sich alle Mühe, Sie werden nichts finden. Weil es nichts zu finden gibt. Ich bin ein Hamburger Kaufmann, ich mache Geschäfte, sonst nichts.*

Nichts war relativ.

»Weißt du was von einer Affäre mit seiner Mitarbeiterin Katja von Trott?«

Uptmoor zwirbelte seinen Bart. »Konkret nicht. Kampmann und seine Gattin scheinen allerdings eine Art offene Ehe zu führen. Als wir ihn wegen der Geldwäsche am Wickel hatten, hat sie sich mit einem jungen Lover amüsiert.«

Svea schob ihren Teller zur Seite und stützte die Ellenbogen auf den Tisch. »Traust du ihm eigentlich einen Mord zu?«

»Klar. Typen wie er werden doch irgendwann komplett größenwahnsinnig. Vielleicht ist es jetzt so weit.« Als Uptmoor aufstand, klopfte er mit den Fingerknöcheln auf das Portemonnaie in seiner Gesäßtasche. »Wenn wir Kampmann diesmal drankriegen, gebe ich einen aus.«

Zurück in ihrem Büro war Svea in Gedanken noch halb bei Kampmann, während sie Tamme zuhörte. Er berichtete von Röders Auftauchen und der ungeplanten Vernehmung. Hielt Svea eine Gefährdung für wahrscheinlich? Er bestand darauf, dass sie in die Aufnahme der Vernehmung hineinhörte. Sie tat ihm den Gefallen. Und konnte ihn beruhigen, sie war ganz seiner Meinung, nach nur einem Drohanruf hielt auch sie Personenschutz für übertrieben. Bevor man das in Betracht zog, sollte Tamme versuchen, den Anrufer zu identifizieren, dabei würden sie Röder natürlich die ganze Zeit im Blick behalten.

Was noch? Das Dezernat Interne Ermittlungen musste eingeschaltet, die Kampmann-Akten der Kollegen durchgesehen werden. Und am wichtigsten: Sie mussten endlich den Toten identifizieren.

»Neuigkeiten zu der Kahnbein-OP? Den Vermisstenmeldungen? Hat jemand den Mann mit der Sporttasche gesehen?«

Dreimal Nein. Svea ließ Franzi erneut die Überwachungsvideos durchsehen, ob irgendwo der Lackaffe mit dem Range Rover auftauchte. Und was war eigentlich mit den Mädchen, die die Knochen gefunden hatten? Leonie und Kim Schröder. Svea hätte immer noch gern gewusst, was die beiden wirklich im Falkenstieg gewollt hatten. In Dreyers Haus einbrechen und was zu rauchen suchen? Überhaupt, Dreyer! Svea versuchte erneut ihn anzurufen. Nichts, keine Mailbox. War ihm etwas passiert? War er auch bedroht worden? Oder war er einfach nur träge, zu zugekifft, um an sein Telefon zu gehen?

»Womöglich hat er sich bei Bigi verkrochen, um seinen Rausch auszuschlafen«, schlug Tamme vor. Er hatte Ränder unter den Augen wie ein Waschbär und sah knittrig aus. Kein Wunder, er hatte die ganze Zeit nur im Präsidium gehockt.

»Willst du zum Campingplatz fahren?« Frische Luft täte ihm bestimmt gut.

»Um Gottes willen, bloß nicht, das fehlt mir noch.«

Alles okay, sie würde gern einen Ausflug an die Elbe machen. Bigi sprechen, hoffentlich auch Dreyer. Und danach ihre erste und einzige Wohnungsbesichtigung. 20. Etage am Osdorfer Born. Bestimmt eine grandiose Aussicht.

4

Der türkisfarbene Wollmantel hing an einer Hakenleiste im Vorzelt. Svea hatte ihn im Vorbeigehen registriert, genauso wie das rote Klappfahrrad, die gestapelten Plastikstühle und den Haufen leerer Flaschen auf dem welligen Teppich. Erst als sie um die Ecke zum Café bog, fiel ihr ein, woher sie den Mantel kannte. Sofort drehte sie um.

Sie trat ins Vorzelt und klopfte an die Tür des Wohnwagens. »Frau Schröder?« Keine Reaktion. Sie klopfte fester. Die Jalousie am Fenster wurde gelupft, dann öffnete sich die obere Hälfte der Tür.

»Sie sind's!« Frau Schröders Kopf erschien im Rahmen. Der graue Haaransatz war verschwunden.

Ein Klick, dann öffnete sich auch der untere Teil der Tür. »Was haben Kim und Leonie jetzt wieder angestellt?« Sie trug ein enges Jeanskleid, wirkte entspannter als vor zwei Tagen, als sie mit schiefgeknöpftem Mantel im Präsidium aufgetaucht war. »Kommen Sie rein, hier draußen hört sonst jeder mit. Ich hab schon überlegt, ob ich Sie anrufe.«

»Was haben Sie mir Neues mitzuteilen?« Svea zwängte sich Frau Schröder gegenüber in die braungeblümte Rundsitzgruppe. Sie hatte ganz vergessen, wie eng es in einem Wohnwagen war.

Frau Schröder fixierte sie. »Kim und Leonie haben nicht gespielt. Hätte ich das geahnt … Sie nehmen Drogen.«

Weiß ich, dachte Svea. Oder ging es um mehr als Kiffen? »Welche Drogen?«

»Haschisch, haben sie mir gesagt. Sie rauchen Joints.«

Frau Schröder sprach das Wort Deutsch aus, mit J wie in Joghurt.

»Woher haben die Mädchen das Haschisch?«

»Von einem Bekannten.«

»Wie heißt er?«

Frau Schröder knetete ihre Finger. »Darf ich das sagen?«

»Sie dürfen nicht, Sie müssen.«

Sie klammerte ihre Hände so fest ineinander, dass die Fingerknöchel weiß wurden. »Helge Dreyer, er arbeitet manchmal hier im Café. Ihm gehört das Haus oben im Wald. Vorgestern Nachmittag, als die Mädchen die Knochen gefunden haben, wollten sie sich mit ihm treffen.« Ihre Stimme klang gequetscht, hustend griff sie zu einer Plastikflasche auf dem Tisch. »Möchten Sie auch ein Glas Wasser?«

»Nein, danke.«

Frau Schröder trank direkt aus der Flasche.

Sveas Blick schweifte zum Fenster, auf der Elbe tuckerte der Raddampfer vorbei. Das lächerliche Ausflugsschiff passte noch weniger nach Hamburg als sie selbst, fand Svea. Sein Schaufelrad am Heck drehte sich in die falsche Richtung, reine Deko. Oder Betrug, wie man es nahm. »Frau Schröder, Kim und Leonie sind ohne Erlaubnis über den Zaun geklettert. Das nennt man Hausfriedensbruch.«

»Oh!« Frau Schröder setzte die Flasche ab, so ruckartig, dass ein Rinnsal aus ihrem Mundwinkel lief. »Werden die beiden verhaftet?« Sie wischte sich übers Kinn.

»Ich denke nicht.« Svea rieb sich die Wange. »Zumindest wenn Sie mir jetzt die Wahrheit sagen. Wissen Sie, ob er den Mädchen auch was zu rauchen verkauft hat?«

»Hat er. Aber das ist doch erlaubt in Hamburg, oder nicht?« Sie klang verunsichert.

»Nein. Wie kommen Sie darauf? Der Verkauf, Kauf und Besitz von Haschisch ist natürlich verboten.« Dass die Staatsanwaltschaft das Verfahren bei einer geringen Menge zum Eigenbedarf oft einstellte, zumindest wenn jemand zum ersten Mal erwischt wurde, verschwieg sie.

»Die kriegen was zu hören!« Die Angst in Frau Schröders Blick verschwand so plötzlich, wie sie gekommen war.

»Sind die Mädchen auch hier?«, fragte Svea.

»Ich hab sie heute zu Hause gelassen. Schlechter Umgang hier auf dem Campingplatz! Da kommen sie auf dumme Gedanken.«

Dass sie allein zu Hause keine Dummheiten machten, schien Svea wenig wahrscheinlich. »Haben die beiden Ihnen noch mehr über den Hausbesitzer erzählt?«

»Nur, wie schlimm es in dem Haus aussah. Er hat Kim und Leonie letzten Sommer mal mit reingenommen. Er hängt wohl sehr an dem Haus, hat überlegt, dort dauerhaft einzuziehen und ein Café zu eröffnen.«

Interessant, Svea bezweifelte, dass er das hinbekam – die fehlenden 30.000 Euro aufzutreiben, war das kleinste Problem. »Haben Sie Dreyer in den letzten Tagen gesehen?«

»Nein, ich bin heute zum ersten Mal seit Montag hier. Seit einer Stunde, ich war gerade im Waschhaus. Da saß nur Bigi, die Eigentümerin, vorm Café.«

Als Svea wieder im Vorzelt stand, stellte sie ihre letzte Frage: »Wie geht es Leonies Mutter?«

»Besser, ich glaube, sie schafft es.«

Eine Frau saß auf einer Bank vor dem Café und reckte das Gesicht in die frühlingswarme Nachmittagssonne. Auch wenn sie kein Namensschild trug, hatte Svea keine Zweifel, das war Bigi. Blonde kurze Haare, zu viel Schminke, eine frisch angezündete Zigarette zwischen den Fingern.

»Komme gleich!« Sie hatte Svea bemerkt und nahm einen tiefen Zug.

»Rauchen Sie ruhig zu Ende, ich habe Zeit.« Svea zog sich einen Stuhl heran. »Schön hier. Super Arbeitsplatz.«

»Ja.« Bigi lächelte und hielt Svea ihre Zigarettenschachtel hin. »Auch eine?«

Svea hatte vor über zehn Jahren zum letzten Mal geraucht. Jetzt wieder anzufangen war keine gute Idee. Zumindest nicht im Sinne ihrer Lunge. »Nein danke«, sagte sie. »Ist Helge hier?«

Misstrauen legte sich wie ein Schatten auf Bigis Gesicht. »Wieso wollen Sie das wissen?«

»Er hat gestern mehrfach versucht, mich anzurufen. Irgendetwas Dringendes, und jetzt erreiche ich ihn nicht mehr. Ehrlich gesagt mache ich mir Sorgen, dass ihm etwas passiert ist.« Sie holte ihren Ausweis aus der Jackentasche. »Svea Kopetzki, Morddezernat.«

Svea rechnete damit, dass Bigi aufstand und ging. Aber Bigi zog nur noch stärker an der Zigarette als vorher. Ihre Lippen stülpten sich nach innen, hinterließen einen roten Ring auf dem Filter.

»Da geht es Ihnen wie mir. Eigentlich hat er heute Brötchendienst. Aber der Scheißkerl geht nicht ans Telefon.« Bigi stieß den Rauch aus, inhalierte gleich wieder, dann schnipste sie die halb aufgerauchte Zigarette zur Seite. »Langsam reicht's mir.« Sie zertrat die Kippe auf der Betonplatte. »Dienstagabend ist er noch angeschissen gekommen.«

»Hier?«

»Bei mir zu Hause.«

»Haben Sie etwas Ungewöhnliches an ihm bemerkt?«

»Alles wie immer. Als ich morgens los bin, hat er so getan, als würde er noch schlafen.«

»Haben Sie ihn danach noch mal gesehen oder gesprochen?«

»Nein. Letzte Nacht war er wieder verschwunden.« Sie stand auf, bückte sich nach der Zigarettenkippe und beförderte sie mit spitzen Fingern in einen mit Sand gefüllten Blumentopf neben der Bank. »Kaffee?«, fragte sie.

»Gerne.« Svea folgte Bigi ins Café. Tamme hatte recht, auch wenn sie es nicht rustikal, sondern abgefuckt nennen würde. Angenehm abgefuckt. Sie stützte sich auf den Tresen und sah Bigi beim Bedienen der Kaffeemaschine zu.

Als Bigi zwei kitschige Tassen mit Rosenmuster zwischen ihnen abstellte, fragte Svea: »Haben Sie eine Ahnung, wo Herr Dreyer letzte Nacht gewesen sein könnte?«

Bigi schüttelte den Kopf.

»Vielleicht hat er bei seiner Ex-Freundin übernachtet?«, schlug sie vor.

»Wenn er noch mal bei Anna pennt, ist es aus, das weiß er.«

»Kennen Sie seine Ex-Freundin?«

»Die kann mich mal!« Bigi zog die Augenbrauen zusammen, bis sie zitterten.

»Den vollständigen Namen bitte.«

Bigi starrte in ihre Tasse.

»Wenn ihm etwas passiert, sind Sie schuld«, sagte Svea. »Noch können wir ihm vielleicht helfen.«

Nach gefühlten fünf Minuten sah Bigi auf, holte wortlos eine rosafarbene Lackhandtasche aus einem Fach hinter dem Tresen hervor und zog ihr Handy heraus.

»Anna, hier ist Bigi, hast du in letzter Zeit von Helge gehört?« Bigi legte das Handy auf den Tresen und stellte auf Lautsprecher.

Anna Quehl las Svea auf dem Display. Sie hörte die Frau atmen. »Er hat hier geschlafen. Als ihr euch gestritten habt. Montag war das.«

»Das weiß ich.« Der Vorwurf in Bigis Stimme war unüberhörbar, mischte sich mit Ungeduld. »War er danach noch mal da?«

»Nein, wie kommst du darauf?«

»Hmmm«, machte Bigi und sah Svea fragend an.

Svea nahm sich Bigis Block und schrieb: *Wo kann er sein?*

»Glaub mir«, kam die Stimme aus dem Telefon, bevor Bigi fragen konnte. »Er war bloß von Montag auf Dienstag hier. Er hat allein auf dem Sofa geschlafen, er liebt dich. Nur dich, das weiß ich!«

»Ist mir egal. Helge kann mich mal.« Trotz ihrer Worte wurde Bigis Gesichtsausdruck sanfter. »Hast du eine Ahnung, wo er steckt?«

»Nee. Er hatte da was mit Timo am Laufen. Timo hat angeboten, ihm Geld zu besorgen. Eine Riesensumme, über 20.000. Ich hab ihm noch gesagt, er soll damit nicht rumprahlen. Aber du kennst ihn ja.«

»Ich könnte ihn umbringen!«, sagte Bigi, nachdem sie aufgelegt hatte.

»Seine Ex-Freundin heißt Anna Quehl?«

Bigi nickte.

»Und wer ist Timo?«

»Sein Dealer. Helge hat versprochen, ihn nicht mehr zu treffen.« Wie in Zeitlupe schüttelte sie den Kopf. »Und ich war so doof, ihm zu glauben.«

»Helge hat auch gedealt, oder?«

Wortlos räumte Bigi ihr Handy zurück in die Handtasche, ließ sich Zeit dabei.

»Im großen Stil?«, fragte Svea weiter.

»Würde er dann noch Brötchen schmieren?« Bigi starrte sie böse an, dann wandte sie sich ab. »Ich habe zu tun. Die Brötchen. Hilft mir ja keiner.«

»Einen Moment.« Svea schrieb ihre Handynummer auf den Block, ihre Karte würde Bigi womöglich gleich in den Mülleimer werfen, dann stieß sie sich vom Tresen ab. »Falls er vorbeikommt, soll er mich sofort anrufen!«

»Der kann was erleben, wenn er wieder auftaucht!« Bigi verschwand hinter der Schwingtür zur Küche.

Svea stapfte durch den Sand zurück Richtung Parkplatz. Bigi und Frau Schröder hatten bestätigt, was sie sich nach Dreyers Vernehmung schon gedacht hatte: Dreyer dealte. Sie mussten dringend herausbekommen, an wen er noch verkaufte. Vielleicht gehörte die Person, die die Jointkippe auf den Weg geworfen und die Tür im Zaun angefasst hatte, zu seinen Kunden. Abgesehen davon war Dreyer wohl kein Dealer im großen Stil. Oder Bigis Café diente der Geldwäsche. Sie würde morgen den gemeldeten Umsatz beim Finanzamt abfragen, falls Tamme das nicht längst getan hatte.

Als sie wieder an Frau Schröders Stellplatz ankam, war der Reißverschluss der Vorzelttür geschlossen, neben dem Deichselkasten des Wohnwagens lehnte ein Klappspaten. Hatte der gerade schon dagestanden?

Svea trat näher und bückte sich, betrachtete die Stelle, wo der Stiel an die Schaufel geschraubt war. Das Dunkle in den Ritzen, war das Erde? Mit ihrem Schlüssel kratzte sie es so gut es ging heraus und ließ es in ein Taschentuch rieseln.

»Moin.« Eine Frau in Jogginganzug ging an ihr vorbei, im Nacken ein Handtuch, unterm Arm einen Kulturbeutel geklemmt. Ihre Flip-Flops schlappten durch den Sand. Svea hörte, wie sie stehen blieb, und drehte sich um. Die Frau starrte sie an. Als eine Tube aus dem Kulturbeutel in den Sand plumpste, hob sie sie auf, wandte sich ab und schlappte hastig weiter. »Ist was?«, rief Svea ihr hinterher.

Auf dem Parkplatz klopfte sie sich den Sand von den Schuhen und setzte sich ans Steuer ihres Dienstwagens.

Ein leises Klicken, als sie den Startknopf drückte. Sie versuchte es erneut, das Motorsymbol im Armaturenbrett leuchtete rot auf. Langsam zählte sie bis sechzig, wartete. Nichts passierte. An der Batterie lag es nicht, die Uhr funktionierte noch.

17:59 Uhr. Um 18:30 Uhr musste sie am Osdorfer Born sein. Sollte sie ein Taxi rufen? Die Streife? Könnte knapp werden.

Ein Klopfen an der Scheibe schreckte sie auf. Den blaulila Daumennagel kannte sie doch. Der Rechtspfleger. Alexander Heidenich. Was machte der denn hier? Sie öffnete die Tür.

»Brauchen Sie Hilfe?« Er guckte auf sie herab.

»Der Wagen springt nicht an, obwohl die Batterie Saft hat.«

»Klingt nach Marderbiss.«

»Tagsüber?«

»Warum nicht?« Er zuckte die Achseln. »Ich kann Sie mitnehmen. Wo müssen Sie hin?«

»Osdorfer Born, in einer halben Stunde, das klappt zu Fuß nicht mehr.«

»Mein Wagen steht ein Stück die Straße runter. Knapp fünf Minuten entfernt.« Er schob seinen Ärmel hoch und blickte auf die Uhr. »Das schaffen wir.«

»Haben Sie noch mal von Herrn Dreyer gehört?«, fragte sie, als sie neben Heidenich den Uferweg entlanglief.

»Nein, aber vorgestern, kurz nachdem Sie weg waren, hat mich Frau von Trott überraschend besucht.«

»Was wollte sie?« Kampmann legte sich ganz schön ins Zeug für sein Liebhaberobjekt.

»Dass ich den Termin der Zuschlagserteilung vorziehe. Habe ich natürlich nicht getan.« Er lachte. »Was macht der Fall? Haben Sie eine heiße Spur?«

»Das darf ich Ihnen nicht sagen. Was haben Sie eigentlich hier zu tun?«

»Spazierengehen.« Vor einem olivfarbenen Lada blieb er stehen.

»In der Nähe des Tatorts?«

»Vom Gericht hier runter sind es nur knapp drei Kilometer.« Er machte eine ausholende Armbewegung. »Schön hier, finden Sie nicht?« Er sah ihr in die Augen, gerade, freundlich, ohne Hintersinn. Sie spürte ein Kribbeln.

War es wirklich eine gute Idee, zu ihm ins Auto zu steigen?

»Ich rufe kurz meinen Kollegen an, dass er meinen Wagen abschleppen lässt.«

Als sie neben Heidenich in den Ledersitz sank, roch es nach Sandelholz. Fast geräuschlos rollte der Wagen los.

»Musik?«, fragte Heidenich.

Sie nickte.

Dire Straits, »Money for Nothing«. Das passte zu ihm. Sie wippte mit dem Fuß im Takt, als am Horizont, inmitten von Feldern und Wiesen, die Kulisse einer Hochhaussiedlung auftauchte.

»Wo müssen Sie hin?«

»Achtern Born.« Die Hausnummer verschwieg sie, er musste nicht wissen, wo sie demnächst vielleicht wohnte.

Sie fuhren an einer Pferdekoppel vorbei, einem Einkaufszentrum, einem braun-weiß gekachelten Häuserriegel. Hinter einer Verkehrsinsel, auf der zwei Frauen mit bunten Turbanen lebhaft gestikulierten, bog Heidenich ab. Achtern Born, stand auf dem Straßenschild.

»Wohin genau?«

»Lassen Sie mich gleich hier raus. Das reicht.«

Heidenich bremste ab und lenkte den Wagen in die nächste Parklücke. Auf dem Grünstreifen neben ihnen ließ eine Gruppe Männer eine Flasche kreisen. Am Ende der Straße ragte eine weiße Hochhauswand auf.

»Was haben Sie hier zu tun?«, fragte Heidenich.

»Wohnungsbesichtigung.« Franzis Reaktion fiel ihr ein. Der Affenfelsen? Bist du verrückt?

Heidenich verzog keine Miene. »Ich habe Zeit. Soll ich mitkommen? Als Fachmann sozusagen.«

»Danke, das schaffe ich schon alleine.« Er gefiel ihr. Viel zu gut.

Als sie die Hand am Türgriff hatte, piepste sein Handy.

»Mist. Ich muss nach Hause.«

Na klar, was hatte sie sich eingebildet? »Ihre Frau wartet?«, rutschte ihr heraus.

Irritiert sah er sie an. »Meine Frau ist vor zwei Jahren gestorben. Ich muss mit dem Hund meines Nachbarn raus.« Er tippte auf seine Armbanduhr. »Es ist kurz vor halb.«

5

»Können Sie mir helfen?« Ein kleiner Junge, sein HSV-Shirt reichte ihm bis zum Knie, tippte sie an, als sie das Klingelbrett am Hauseingang absuchte. »Ich krieg das Schloss nicht auf.« Er wies nach rechts, auf eine Reihe niedriger Wellblechcontainer an der Hauswand. Mit der anderen Hand hielt er ein Fahrrad am Lenker fest, um seinen Hals hing ein Schlüsselband.

Svea kniete sich vor den Container und nahm den Schlüssel, dessen Band der Junge immer noch umklammerte. »Du kannst ruhig loslassen, ich klau dir nichts.«

Zwei Mal fest hin und her geruckelt, und die Tür sprang auf.

»Danke.« Der Junge strahlte sie an und schob sein Fahrrad in den kleinen Verschlag. Sie hatte früher ihr Fahrrad im Aufzug mit nach oben genommen, die Lektion hatte sie gelernt.

Vor dem Aufzug warteten zwei Frauen mit Kinderwagen und ein grauhaariger Mann im Rollstuhl. Svea sah sich um, da, der Eingang zum Treppenhaus. Sie nahm zwei Stufen auf einmal. Bis in die 20. Etage.

»Bitte hier entlang.« Ein Mann im Anzug winkte sie in den Wohnungsflur und reichte ihr einen streifig kopierten Zettel. »Unser Kurzexposé. Wenn Sie interessiert sind, füllen Sie bitte den Fragebogen auf der Rückseite aus.«

Zwei Zimmer für 650 Euro warm. Ein echtes Schnäppchen … für Hamburger Verhältnisse.

Svea besichtigte die Räume. Grüngeblümte Fliesen im Bad. Wann war das modern gewesen? In der Küche eine

Spüle mit untergebautem Kühlschrank und zwei angerosteten Herdplatten. Die Wände brauchten dringend einen neuen Anstrich. Der PVC-Belag auf den Böden hatte einen undefinierbaren Farbton, schien aber immerhin frisch verlegt. Außer Svea guckten sich höchstens zehn Personen um.

»Ganz okay, die Wohnung«, sagte eine kräftige Blondine im Lederblouson. »Aber im Dunkeln allein hier über den Parkplatz? Nein danke.«

Eine Mitbewerberin weniger.

Svea hatte schon bessere Wohnungen gesehen. Und viele schlechtere. Hauptsache, sie kam erst mal aus der Wohnung von Jos Mutter raus.

Sie ging ins Wohnzimmer und öffnete die Balkontür. Wind schlug ihr entgegen.

Felder, Wiesen, Wald, eine Miniaturlandschaft, durchschnitten von grauen Linien. Baumkronen verdeckten die Elbe in der Ferne, dahinter ragten die Hafenkräne auf. Von ihrem Balkon in Dortmund hatte sie aufs Stahlwerk geguckt, wo die Väter ihrer Freunde in drei Schichten schufteten. Sie beugte sich über das Geländer, direkt am Haus fingen die Felder an, über einen der Wege joggte jemand im leuchtroten Trikot. Hier müsste sie sich nicht wie in Bahrenfeld eine Straße mit den Autos teilen, sondern könnte direkt lossprinten, wenn sie Lust hatte.

Sie füllte den Bogen aus, gewünschtes Einzugsdatum: *sofort*, und gab ihn beim Anzugmann ab.

Anschließend wartete sie bestimmt fünf Minuten auf den Aufzug. Als die Tür aufglitt, schlug ihr eine leichte Pissenote entgegen. Na gut, das musste wahrscheinlich so sein. Es dauerte einfach zu lange, bis man vom Spielplatz in seiner Wohnung war.

In der Ecke unter der Schalttafel lag eine matschige Erd-
beere neben einer Zigarettenkippe. *Die Erde ist Flach*, hatte
jemand in das Metall der Tür geritzt. Der Aufzug ruckelte
los. Zogen Hochhäuser Verschwörungstheoretiker an? Herr
Libuda, ihr frühpensionierter Nachbar in Dortmund, hatte
ein ganzes Regal mit Büchern von Erich von Däniken besessen, in seinem Wohnzimmer hatte ein Fernrohr gestanden.
Wenn ihre Mutter Spätschicht hatte, war Svea oft bei ihm gewesen. Während er in der Küche eine Dose Suppe erhitzte,
durfte sie zu den Sternen gucken. Ganz allein.

Herr Libuda, ihr Ersatzopa. Er war es gewesen, der mit
ihr Hausaufgaben gemacht hatte, wegen dem sie aufs Auf-
baugymnasium gegangen war und nicht wie ihre Freundin
Emine eine Ausbildung zur Verkäuferin gemacht hatte, oder
Krankenschwester wie ihre Mutter. Wegen dem sie aufgehört hatte mit den Drogen.

Er hätte gewollt, dass sie Astronomie studierte, statt sich
bei der Polizei zu bewerben. Aber das hatte er nicht mehr
erlebt. Da hatte sich längst das Alien in seinen Eingeweiden
eingenistet und ihn von innen her aufgefressen.

Ping machte es. Der Aufzug hielt, die Tür schob sich auf.
Hatte nicht vorhin jenseits des Parkplatzes das Schild eines
Discounters geleuchtet?

Eine Viertelstunde später ging sie mit einer Dose Texani-
scher Feuertopf unter dem Arm zur Bushaltestelle.

FREITAG, 17.04.2015

1

Tamme saß am Küchentisch, die Sonne ging hinter dem Wäldchen auf, sandte ihre Strahlen zwischen den Stämmen der Bäume hindurch. Wie ein goldfarbener Fächer legte sich das Licht über den Boden. Marit, seine Kleinste, würde hinter jedem Baum ein Einhorn oder eine Prinzessin vermuten. Tamme fühlte sich verhöhnt. Wie konnte die Natur ignorieren, wie es ihm ging? Ein Sturmgewitter wäre passender. Einschlagende Blitze, entwurzelte Bäume, die Berner Au, die über die Ufer trat. Alles, nur nicht diese märchenhafte Schönheit.

Ein anderer Mann! Im Nachhinein fügte es sich wie ein Puzzle für Fünfjährige: die Dienstagabende, die Müdigkeit, die immer häufigeren Elterngespräche zu den unmöglichsten Terminen, zuletzt die Gereiztheit, wenn er Imke in die Arme nehmen wollte. Wie hatte er so blind sein können? Wäre es ein offizieller Fall, auf der Polizeischule wäre er sofort durchgefallen.

Imkes Kollege Jonas. Tamme hatte ihn beim letzten Schulfest gesehen. Ein unscheinbarer Kerl, Französischlehrer, knapp so groß wie Imke, schmalbrüstig, dunkelhaarig. Zumindest optisch das genaue Gegenteil von Tamme. Dazu zehn Jahre jünger als sie beide. Steckte Imke in einer Midlife-Crisis? Mit dreiundvierzig war das schon möglich. Er sei nicht schuld, hatte sie gesagt. Und dabei geschluchzt, dass Tamme gefürchtet hatte, sie würde hyperventilieren. Ihre Aussage war wahrscheinlich nett gemeint, für ihn machte es die Sache nur noch schlimmer. Wenn es doch etwas gäbe, das sie an ihm störte. Damit er es ändern könnte. Irgendetwas tun! So konnte er nur zusehen, wie sein Leben vor seinen Augen zerbrach.

Nein, nicht sein ganzes Leben. Die Kinder. In zwanzig Minuten müsste er sie wecken, Milch aufsetzen für ihren Kakao, Müsli, Obst und Joghurt auf den Tisch stellen, Marits Kindergartentasche packen, Rike und Bente ihr Pausenbrot schmieren. Dazu Marit beim Zähneputzen helfen und gucken, ob ihre selbst ausgewählte Kleidung halbwegs dem Wetter entsprach. Das war sonst Imkes Job. Zum Glück hatte Tamme im Moment nicht so viel im Präsidium zu tun, die Ermittlungen ließen sich ruhig an, sodass er sich auch allein um die Kinder kümmern konnte. Nach ihrem Gespräch gestern Abend hatte Imke ihren neuen kleinen Rollkoffer gepackt und Tamme mit der halb ausgetrunkenen Proseccoflasche im Wohnzimmer zurückgelassen. Fürs Erste würde sie bei ihrer Freundin Doro auf der Couch unterschlüpfen. Hatte sie zumindest gesagt. Sie musste einfach raus, um einen klaren Kopf zu bekommen. Er wusste nicht, ob er ihr trauen konnte, schließlich hatte sie ihn wochen- oder sogar monatelang belogen. Vielleicht war sie gleich bei diesem Jonas eingezogen.

Er stand auf, um sich einen zweiten Kaffee aufzubrühen. Er hatte noch ein paar Bier getrunken, nachdem Imke gegangen war, jetzt fühlte er sich, als steckte ein muffiger Lappen unter seiner Schädeldecke. Gerade auf dem Klo hatte ihn sein Anblick im Spiegel an Röder erinnert – wenn er selbst nicht schlimmer aussah mit seinen Kaninchenaugen. Er konnte sich nicht erinnern, wann er zuletzt derart einen über den Durst getrunken hatte. Es musste gewesen sein, bevor Imke und er Eltern geworden waren.

Während der Kaffee durchlief, machte er einen Schritt zur Spüle, klatschte sich kaltes Wasser ins Gesicht und trocknete sich mit dem Küchenhandtuch ab. Die Kinder mussten nicht gleich alles mitbekommen. Imke hatte vorgeschlagen, er solle sagen, dass Doro sich das Bein gebrochen hatte und Hilfe brauchte mit Haushalt und Kindern, bis bei der Krankenkasse eine Pflegerin beantragt war. Hoffentlich begegnete die kerngesunde Doro den Kindern nicht durch Zufall irgendwo, zumindest bis Sonntag. Dann wollte Imke noch mal in Ruhe mit ihm reden.

Vielleicht brauchte sie nur eine Auszeit. Wie sein Leben aussah, wenn Imke ihn wirklich verlassen würde, darüber wollte er gar nicht nachdenken!

Als er die Haustür öffnete, um die Zeitung aus dem Fach unter dem Briefkasten zu ziehen, fuhr ein Streifenwagen vorbei und bog in die Große Weide ab. Bis jetzt war bei Röder alles ruhig geblieben.

2

Auf Sveas Schreibtisch türmten sich die Ordner. Die Ermittlungsakten der Staatsanwaltschaft zum Geldwäsche-Verdacht gegen Kampmann, dazu die Handakte vom LKA 5. Nur unterbrochen durch eine kurze Morgenrunde, arbeitete Svea sich seit Dienstbeginn durch die über zweitausend Seiten, knapp die Hälfte hatte sie geschafft. Mit jedem Umblättern prickelte ihre Haut mehr. Das lag am Staub, aber auch an Kampmanns Unverfrorenheit, die mit jeder Seite deutlicher hervortrat. Dass er auf die Elbe statt auf Gitterstäbe gucken durfte, hatte er ausschließlich seinen Anwälten zu verdanken.

Mieter raus und Luxussanierung?, las Svea jetzt. Der Zeitungsartikel, den Uptmoor in der Kantine erwähnt hatte. Kampmann präsentierte sich darin als Wohltäter, der Wohnraum verbesserte – während er Straftaten beging.

Heizungs- und Stromausfall, Wasserschäden, Buttersäure, verklebte Türschlösser, Prostitution in den Nachbarwohnungen.

Die Liste an Terror, um die alten Mieter rauszuekeln, war lang. Was für ein selbstherrliches, geldgieriges Schwein! Das Haus im Falkenstieg ein Liebhaberobjekt? Von wegen! Kampmann wollte es mit allen Mitteln an sich bringen, weil er das dicke Geschäft witterte. Auch wenn in Fell gewickelte Knochenreste dabei nicht wirklich Sinn machten. Bestechung schon eher, wenn Röder recht hatte. Svea nieste.

»Gesundheit«, rief Tamme von nebenan.

Müssten sie nicht längst die Ergebnisse von der KTU haben? Svea stand auf und streckte sich. Aktenpause.

Tamme hatte seinen Kopf in die Hände gestützt. War er heute Morgen auch schon so bleich gewesen? »Stimmt was nicht?«, fragte sie.

»Alles in Ordnung. Bisschen Stress zu Hause.« Seine Stimme klang matt.

Sie fragte nicht weiter. Wenn er reden wollte, würde er es tun. Wenn nicht, auch okay. »Wo steckt eigentlich Franzi?« Ihr Stuhl war leer, über den Bildschirm schwebten neonfarbene Blasen und zerplatzten am Rand.

»In der Küche.« Tamme drehte seinen Monitor zu Svea. »Die Mail von der KTU ist gerade gekommen. Willst du mitlesen?«

Tamme hatte das Haar aus Röders Fellteppich von der KTU untersuchen lassen. Eindeutig Kuhfell, wie er es sich gedacht hatte. Gleichzeitig lag die endgültige Auswertung sämtlicher Fellreste aus dem Falkenstieg vor: ganz sicher keine Kuh. Ein bisschen Kunstfell war dabei, aber hauptsächlich hatte der Täter echte Felle verwendet, von Kaninchen.

»Da war mein spontaner Eindruck nicht so falsch.« Svea dachte daran, wie Freder ihnen das erste Fellbündel präsentiert hatte. »Auch die Größe der einzelnen Knochen passt dazu, nicht zu groß und nicht zu klein. Kein Hund und auch kein Hamster. Und die Kartons – so beerdigen die meisten Leute doch tatsächlich ihre Kaninchen. Illegal im Garten.« Sie fing Tammes entrückten Blick auf. »Hörst du mir überhaupt zu?«

»Entschuldige, kannst du wiederholen, was nach ›Hamster‹ kam?« Tamme rieb sich die Augen.

»Durch die Kartons hat es mich noch mehr an ein Kaninchengrab erinnert.«

»Ja und?«

»Der Täter wollte nicht, dass die Knochen von einem Hund ausgegraben werden. Und er hat sich daran erinnert, wie man kleine Haustiere beerdigt«, erklärte sie geduldig.

»Rikes Hamster haben wir so beerdigt. In einem Schuhkarton von ihr, unter dem Apfelbaum.«

»Schade, dass der Täter das nicht genauso gemacht hat, dann wüssten wir wenigstens seine Schuhgröße.« Stattdessen waren alle Kartonreste, die sie im Falkenstieg ausgegraben hatten, aus einwelliger brauner Pappe, diejenigen, die nicht komplett vergammelt waren, hatten alle die gleichen Maße: 30 x 20 x 10 cm. Standardware, die man in unzähligen Onlineshops, in Schreibwaren- und Bastelläden sowie bei der Post bekam. Noch beliebiger als die Hand-OP, wegen der sie sich nach wie vor die Finger wundtelefonierten.

Sie wussten immer noch nicht, wer der Tote war. Die Erdkrümel von Frau Schröders Spaten stimmten nicht überein mit den Proben aus dem Falkenstieg, es war einfache Blumenerde aus dem Gartenmarkt – wenn Svea wollte, könnte die KTU es genauer analysieren. Nein, wollte sie erst mal nicht. Dafür hatten die Kollegen sich gleich ihren Wagen angesehen, außer einem Marder hatte sich niemand daran zu schaffen gemacht.

Wie es aussah, liefen gerade alle Spuren ins Leere.

»Happy Birthday!« Franzi war zurück aus der Küche und hielt einen Teller mit einem kranzförmigen Kuchen in den Händen. Die brennende Kerze in der Mitte ließ ihr Gesicht golden aufleuchten.

Svea sah zu Tamme. Er guckte erschrocken, dann lächelte er gequält.

»Habe ich was verpasst?«, fragte sie.

»Tamme hat Geburtstag.« Franzi stellte den Kuchen auf seinem Schreibtisch ab. »Wollt ihr schon ein Stück?«

»Gerne.« Svea gratulierte Tamme, indem sie ihm aufmunternd auf die Schulter klopfte. Er wirkte, als könne er es gebrauchen.

»Okay, dann nehme ich auch eins.«

»Erst die Kerze auspusten!«

Tamme verdrehte die Augen, aber er spitzte gehorsam die Lippen und blies. Als die Flamme erlosch, stieg eine feine Rauchsäule auf. Er leckte Daumen und Zeigefinger an und presste sie auf den glühenden Docht.

»Ich hoffe, du hast dir etwas Schönes gewünscht.« Franzi legte drei Servietten zurecht, schnitt den Kuchen an und reichte Svea und Tamme je ein Stück.

Tammes Augenwinkel schimmerten feucht, er schnäuzte sich. »Heuschnupfen«, erklärte er ungefragt.

Ach Tamme, wem wollte er was vormachen? Svea brach eine Ecke von ihrem Kuchenstück ab und schob sie sich in den Mund. Trocken und krümelig. »Was ist das?«

»Mein erster selbstgebackener Möhrenkuchen«, verkündete Franzi stolz. »Mit Ei-Ersatz und Agar-Agar. Hundertprozent vegan.«

Svea hustete.

»Eigentlich ganz lecker!« Tamme schmatzte. »Könnte bloß etwas süßer sein.«

»Zucker ist ein Nervengift«, belehrte Franzi ihn empört.

»Das ist nicht dein Ernst!«, entfuhr es Svea mit vollem Mund. Franzis Blick zeigte ihr, dass es sehr ernst war. Svea fiel ein Zeitungsartikel ein, den sie neulich gelesen hatte. »Glaubst du eigentlich an Gott oder so was?«

»Nee, wie kommst du darauf?«

»Nur so.« Erst der Müffeltee, jetzt dieser Kuchen! Vegane Ernährung als neue Ersatzreligion. Ohne Milch, ohne Butter, ohne Eier. Ohne Fleisch sowieso. Wo führte das hin?

Das Klingeln ihres Telefons ersparte Svea eine Diskussion über die Gefährlichkeit von Milchprodukten.

Anruf von intern. Henner Uptmoor. Er hatte Neuigkeiten zu Kampmanns Verbindung ins Bauamt. Aber bevor er loslegte, sollte Svea sich die Fotos ansehen, die er ihr vor einer Viertelstunde gemailt hatte. Mit besten Grüßen vom Dezernat Interne Ermittlungen.

Während Svea ihr Mailprogramm öffnete, rief Franzi im Nebenzimmer: »Nein!« Offenbar hatte Tamme falsch geraten, wie viel Prozent aller Erwachsenen Laktose vertrugen.

»Party?«, erkundigte sich Uptmoor.

Svea überhörte die Frage. Das erste Foto im Anhang von Uptmoors Mail war eine Portraitaufnahme. Svea erkannte die Gelfrisur, den dicken Brillenrahmen und das babyspeckige Gesicht dahinter sofort wieder.

»Guter Hinweis mit dem Range-Rover-Fahrer«, räumte Uptmoor ein, während sie die restlichen Dateien anklickte.

Eine Ganzkörperaufnahme des Mannes an einem Stehtisch, in der Hand hielt er ein halb leeres Weinglas, dann noch zwei Bilder, wie er auf dem Parkplatz vorm Altonaer Rathaus aus seinem Wagen ausstieg. Ja, das war der Mann, den sie gesehen hatte. Zweifelsfrei.

»Das ist Benedikt Marquordt. Referent des Baudezernenten Peter Stein. Marquordt hat sich bei der Befragung durch die Kollegen so lange in Widersprüchen verheddert, bis er zugeben musste, dass er vorgestern bei Kampmann war. Er kennt Kampmann von früher. Während seines Studiums hat er ein Praktikum bei Kampmann-Immo gemacht und anschließend als Aushilfe dort gearbeitet, danach war er zwei Jahre in einem Architekturbüro beschäftigt. Seit Anfang des Jahres ist er im Bauamt.«

»Hat Kampmann ihn dort eingeschleust?« Svea zog ihre Schreibtischschublade auf. Hatte sie nicht noch eine Packung Butterkekse? Da! Im Dezember abgelaufen, egal.

»Gut möglich«, sagte Uptmoor. »Auch wenn die Kollegen bis jetzt keinerlei Beweise gefunden haben. In jedem Fall fungiert Marquordt als Kontaktmann zwischen Kampmann und Stein. Die Kollegen haben Rechner und Handy von beiden mitgenommen. Ein kürzlich gelöschter Eintrag im Kalender kam ihnen gleich verdächtig vor. Gestern vor sechs Wochen, 20 Uhr: *Hansegold*, dazu nur ein *K*. Sonst findet sich bei gemeinsamen Terminen von Marquordt und Stein immer der Anlass und mindestens ein Name.«

Während Svea zuhörte, friemelte sie einen Keks aus der Verpackung und stopfte ihn in den Mund. Immer noch besser als Franzis Kuchen. Sie schluckte. »K kann alles Mögliche bedeuten«, wandte sie ein.

»Kampmann verkehrt regelmäßig im Hansegold. Ein teurer Club am Hafenrand«, fügte Uptmoor erklärend hinzu. »Aber ich bin noch nicht fertig. Nächsten Mittwoch tagt der Planungsausschuss. Der letzte Tagungsordnungspunkt auf der Liste heißt ›Weiteres‹. Die Kollegen haben eine inoffizielle Kopie der Liste in Steins Rechner gefunden. Unter ›Weiteres‹ hat er zwei Tage nach dem Treffen mit K ›Bestandsschutz Falkenstieg‹ notiert. Das hat er zwar schnell gelöscht, die ältere Version des Dokuments ist aber dank automatischem Backup in der Cloud abgespeichert. Da war sich einer seiner Sache zu sicher.«

»Oder ziemlich dämlich. Gibt es Hinweise, dass Stein und Marquordt etwas mit dem Mord zu tun haben?«

»Nein.«

»Und Kampmann?«

»Ebenfalls nein. Da seid ihr wohl endgültig raus. Auch den Vorwurf der Korruption streitet er ab, aber damit kommt er diesmal nicht durch, die Beweislage ist erdrückend. Deshalb rufe ich an.« Er machte eine Pause. »Ich brauche sofort alle Akten zurück.«

Scheiße!, dachte Svea, als mit dem Quietschen des Aktenwagens auf dem Flur die letzte Hoffnung auf eine baldige Lösung ihres Falls verklang. Während die Kollegen vom LKA 5 dank ihrer Hilfe Kampmann in kürzester Zeit drankriegten, traten sie seit drei Tagen bei der Mordermittlung auf der Stelle. Sveas Idee, dass zwei unabhängige Fälle vorlagen und die Versteigerung den Mörder zufällig dabei gestört hatte, die Leiche unauffällig verschwinden zu lassen, schien sich zu bewahrheiten. Was es allerdings nicht besser machte. Wie das Haltbarkeitsdatum der Kekse, war für ihre Ermittlung die beste Zeit längst abgelaufen. Wenn die ersten 48 Stunden ohne brauchbare Spur zum Täter verstrichen, wurde es zäh. Die alte Kriminalistenregel bewies immer wieder ihre Gültigkeit. Statt noch länger im Präsidium zu hocken und ihre verbliebenen wenig erfolgversprechenden Spuren zu verfolgen, sah Svea nur eine Chance: zurück auf Anfang!

3

Das Polizeisiegel an der Haustür im Falkenstieg 18 war unversehrt, hier versteckte sich Dreyer schon mal nicht. Der Garten sah aus, als hätte ihn eine Rotte Wildschweine durchpflügt. Gute Arbeit. Svea war sich sicher, dass Freders Leute jeden Erdklumpen mehrfach umgedreht hatten, da lag nichts mehr im Boden.

Sie stapfte los, zuerst zu der Tür im Zaun. Das Siegel an dem provisorisch angebrachten Riegel war ebenfalls heil. Weiter zu der Stelle, an der die Mädchen herübergeklettert waren. Nichts Neues, alles noch genauso wie Dienstagfrüh.

Im Fichtenwäldchen hielt sie den Blick auf den Boden, um nicht in eins der Löcher zu treten, in denen die Knochen gelegen hatten. Ihr Gespräch mit Tamme über die Hamsterbeerdigung fiel ihr ein. Auch Menschen wurden oft am Fuß eines Baumes beerdigt. Dieser Mensch war allerdings auf das gesamte Wäldchen verteilt worden, Freders Leute hatten 34 Knochen beziehungsweise Knochenpakete an verschiedenen Stellen gefunden.

Vor dem Loch, wo Freder das erste Fellbündel ausgegraben hatte, blieb sie stehen und starrte hinab. Zwischen den Erdklümpchen glänzte ein stecknadelkopfgroßer dunkler Punkt. Sie bückte sich, nahm einen Zweig auf und stupste etwas Erde zur Seite. Aufgeschreckt rollte sich eine Assel zusammen. Svea stieß die Luft aus. Was hatte sie erwartet? Eine kostbare Grabbeigabe? Das machte doch alles keinen Sinn!

Als sie losgehen wollte, gab der Rand des Loches unter ihrem Schuh nach. Halt suchend griff sie nach dem nächstbesten Fichtenast, krachend brach er ab. Svea schrie auf und rutschte bis über die Knie ins Loch.

Fluchend rappelte sie sich auf und ließ den Fuß im Gelenk kreisen. Alles okay, ihre Turnschuhe würde sie heute Abend in die Waschmaschine stecken.

Sie stieg aus dem Loch und warf den Ast zur Seite. Da bemerkte sie das Herz, das jemand in den Baum geschnitzt hatte. Es war handgroß, sehr viel breiter als hoch, der Stamm war mit den Jahren um einiges dicker geworden, die Ritzen in der Rinde waren dicht mit Moos bewachsen. Vorsichtig umrundete sie das Loch im Boden, um die Buchstaben in dem Herz zu entziffern: H + J. Helge, na klar! Aber wer war J gewesen? Das sollte Dreyer ihr beantworten, wenn er wieder auftauchte. Hoffentlich bald, ihm blieben nur noch drei Tage, um seine Schulden zu zahlen.

Svea zog ihr Handy aus der Tasche und machte ein Foto, auch wenn sie nicht wirklich glaubte, dass eine jugendliche Schwärmerei von Dreyer zur Lösung des Falls beitrug. Sie würde sich schnell noch im Haus umsehen und dann zurück ins Präsidium fahren.

Sie atmete durch den Mund ein und durch die Nase aus, die Luft im Haus hatte sich nicht gebessert, im Gegenteil. Leichengeruch, dachte sie. Sie zog ihre Schuhe aus und tapste auf Socken durch die Räume. Die Küche. Das Bad. Das leergeräumte Wohnzimmer. Schummriges Licht fiel durch die Fenster und beschien die trostlose Szenerie.

Sie hatte gerade ergebnislos die beiden Schlafkammern im Spitzboden durchsucht und den ersten Fuß auf die Stiege nach unten gesetzt, als sie ein Geräusch hörte. Sie hielt inne. Ein Rascheln, unten im Flur. Oder kam es aus der Küche?

Sie zog ihre Pistole aus dem Schulterholster und stieg leise die Stufen hinab.

Das Rascheln wurde lauter, etwas schabte über den Boden. Eine Ratte, sie huschte quer durchs Wohnzimmer und verschwand in einem Loch im Dielenboden.

Svea steckte die Pistole zurück. Außer Ungeziefer würde sie hier nichts mehr finden. Es wurde einfach Zeit, dass sie die Identität des Toten herausfanden, dann ergaben sich hoffentlich neue Ansätze für die Ermittlungen.

Sie hatte die Haustür hinter sich ins Schloss gezogen und ging über den Zufahrtsweg zurück zur Straße, als sie das Rufen hörte.

»Eika!« Eine Frauenstimme.

Svea ging schneller. Am Eingangstor humpelte ihr eine Frau entgegen. Ihre klobigen knöchelhohen Schuhe passten nicht recht zu dem eleganten Mantel und dem Hut.

»Haben Sie meine Eika gesehen?« Die Frau schnaufte, Schweiß lief unter der Hutkrempe hervor, sammelte sich in den Furchen ihres Gesichts. Sie war bestimmt über achtzig.

Die Dackeloma von dem Überwachungsvideo, das Svea mit Franzi angesehen hatte! Und Eika war wohl der Dackel, der nur bergan lief. Was hatte die Frau hier zu suchen?

»Eika muss ein Kaninchen gewittert haben. Sie ist ganz wild darauf. Letzten Monat hat sie eins erwischt, bei mir auf dem Grundstück, seitdem nehme ich sie an die Leine. Aber vorhin hat sie sich losgerissen und ist weggelaufen, den Berg runter. Da ist sie verschwunden.« Die Frau zeigte in den Wald unterhalb von Dreyers Grundstück.

Svea folgte ihrem Blick.

»Eika«, rief die Frau wieder, die Stimme mehrere Nuancen höher. »Eika, komm zu Frauchen.« Sie musterte Svea

161

von oben bis unten. »Junge Frau, wären Sie so nett, nachzugucken? Ich schaffe das nicht mit meinem Fuß. Vielleicht ist Eika in eine Falle geraten.«

»Falle?« Hier gab es doch keine Hundefänger.

»Alte Jagdfallen. Früher haben die Leute hier gewildert.«

Ein Kläffen erklang, zwanzig Meter die Straße runter brach ein Dackel hechelnd durchs Unterholz und stürzte die Böschung hinunter.

»Eika!« Die Frau strahlte. Der Dackel flitzte auf sie zu, sprang jaulend und schwanzwedelnd an ihr hoch.

Svea fasste die Frau am Arm, damit sie nicht umfiel, so zerbrechlich schien sie ihr. Sofort knurrte Eika, und Svea ließ augenblicklich los.

»Still!« Die Frau streichelte dem Dackel über den Rücken. Dann beugte sie sich erstaunlich flink vornüber, fasste ihn am Halsband, in der anderen Hand die Leine, und ließ mit einem Klick den Karabiner einrasten. Plötzlich wurde ihre Stimme hart: »Pfui, Eika, aus!«

An den Lefzen des Hundes hingen Flusen. Hatte er tatsächlich ein Kaninchen gerissen?

»Pfui, aus!« Die Frau zog daran.

»Zeigen Sie mal her.« Svea nahm eine der feuchten beigebraunen Wollflusen zwischen die Finger. Sie kam ihr verdächtig bekannt vor.

Der Dackel kläffte und zerrte an der Leine.

»Platz, Eika! Platz!«

Der Dackel ließ sich nicht beruhigen, zog und zerrte in die Richtung, aus der er gekommen war.

Wenn dort war, was Svea dachte …

»Kann ich mir Eika kurz ausleihen?« Sie griff nach der Leine.

Sofort knurrte der Dackel wieder.

»Sie geht nur mit mir mit.« Die Frau guckte verängstigt. »Wer sind Sie überhaupt?«

Svea zeigte ihren Ausweis. »Meine Kollegen waren vor ein paar Tagen bei Ihnen, ich ermittele in derselben Sache. Übrigens, warum humpelt Eika nicht mehr?« Im Gegensatz zu seinem Frauchen schien der Dackel seit den Videoaufnahmen spontangeheilt.

Die Frau guckte irritiert, als fragte sie sich, woher Svea das wusste. »Sie hat sich letzte Woche einen Rosendorn in die Pfote getreten.«

»Warten Sie hier.« Ob mit oder ohne Dackel, Svea musste dringend in den Wald.

Dort, wo der Hund aufgetaucht war, stieg sie die Böschung hoch. Mit dem Ärmel drückte sie stachelige Zweige zur Seite und folgte den Abdrücken der Pfoten im Boden.

Nach kurzer Zeit verloren sich die Spuren, hier wuchsen keine Fichten mehr, sondern Eichen und Buchen, deren letztjähriges Laub den Boden über und über bedeckte. Svea blieb stehen und sah sich um. Weiter oben erkannte sie den Zaun von Dreyers Grundstück, das sie gerade erst ergebnislos abgesucht hatte.

Sie entschied sich für die entgegengesetzte Richtung und stieg hangabwärts, als sie ein Knacken hörte.

Da war es wieder! Sie lauschte und zückte zum zweiten Mal an diesem Tag ihre Dienstwaffe.

Das Knacken kam näher. Jetzt war es ganz nah. Munter hüpfte ein Eichhörnchen an ihr vorbei und fixierte sie mit seinen Knopfaugen.

Svea stieß die Luft aus, für ihren Geschmack war hier eindeutig zu viel Getier unterwegs. Als sie weiter den Hang hinabstieg, spürte sie ihren Herzschlag bis in die Schläfen.

Nachdem sie einen Graben übersprungen hatte und über den Stamm einer umgestürzten Buche geklettert war, gelangte sie wenig später an eine niedrige, von Efeu überwucherte Mauer – Überreste eines Hauses oder eine alte Grundstücksgrenze, was auch immer. Sie beugte sich hinüber.

Auf der anderen Seite der Mauer, mit dem Rücken zu ihr, saß Helge Dreyer.

4

Tamme stocherte mit der Gabel in dem Kuchenstück auf seinem Teller herum und starrte aus dem Bürofenster. Er war allein im Raum, Franzi war mit dem restlichen Kuchen in der Küche verschwunden.

Teilnahmslos schob er die letzten Krümel hin und her, ihm war der Appetit vergangen. Als er ein Klingeln hörte, brauchte er einen Moment, um zu begreifen, dass es von dem Telefon auf seinem Schreibtisch kam. Hastig griff er zum Hörer und stieß dabei mit dem Ellenbogen den Teller zur Seite. Klirrend zerbrach er auf dem Linoleumboden.

»Papa!«, schrie es ihm aus dem Hörer entgegen.

Marit. Ihr Schluchzen gellte in seinem Ohr, schnitt in sein Herz. Am liebsten würde er mitweinen. Er riss sich zusammen. »Was ist, mein Schatz?«

»Das Halfter.« Schluchzen.

»Was ist damit?« Er hatte den Kindern letzten Sommer ein lebensgroßes Holzpferd für den Garten gebaut und vom Hof seiner Eltern ein ausrangiertes Halfter mitgenommen. Nachdem die drei sich ständig darum gestritten hatten, hatte Imke jedem Kind ein eigenes Halfter genäht, das sie zusammen mit drei ledergesäumten Abschwitzdecken zu Weihnachten bekommen hatten. Aber entweder fand Rike Marits Halfter schöner oder Marit Rikes Decke, jedenfalls stritten sie sich genauso wie vorher. Nur Bente hielt sich mittlerweile meistens raus, pubertär genervt von ihren kleinen Schwestern.

»Rike hat mich gehauen und mir mein Halfter weggenommen.« Marit hatte aufgehört zu schluchzen, zum Glück.

»Stimmt gar nicht!« Rikes Stimme aus dem Hintergrund.

Ein Poltern, dann schrie Marit: »Aua!«, und fing richtig an zu heulen.

»Was ist da los? Gebt mir mal Bente!« Seine Große sollte die beiden Streithennen trennen, bevor es Tote gab.

Tamme hörte den Hörer auf den Boden fallen, das Heulen entfernte sich, ging in wütende Schreie über. Immerhin, beide konnten noch laufen. Er wartete, aber Marit und Rike hatten ihn wohl vergessen.

Mist. Normalerweise wäre Imke jetzt zu Hause.

Er legte auf und rief Bente auf dem Handy an. Heute Morgen hatte er mit seiner Großen verabredet, dass sie ausnahmsweise ihre Pfadfindergruppe ausfallen ließ und bei den beiden Kleinen blieb. Dafür hatte er versprochen, pünktlich Feierabend zu machen und Eis aus dem Eiscafé mitzubringen. Das sollte klappen, so gemächlich, wie sich der Fall dahinschleppte.

Bente ging nicht ran. Er stöhnte. Logisch, ihr Handy war leise gestellt, immer. Er tippte eine WhatsApp-Nachricht: *Ruf mich sofort an. Dringend!*

Prompt klingelte sein Telefon auf dem Schreibtisch. Erleichtert seufzte er auf. Dass es eine Nummer mit auswärtiger Vorwahl war, sickerte erst in sein Bewusstsein, als die Anruferin sich räusperte.

»Dr. Lahiri hier, chirurgische Oberärztin in der Parkklinik Ahrensburg. Spreche ich mit Hauptkommissar Claußen? Sie hatten vorgestern bei uns angerufen und nach operierten Kahnbein-Brüchen gefragt.«

»Ja. Und?« Er klang barscher als beabsichtigt.

»Ihre Kollegin Frau Grüner hat mir vorhin die Bilder von der Hand Ihres Unbekannten gemailt. Zum Abgleich mit unseren Aufnahmen.«

Warum hatte Franzi ihm das nicht gesagt? Oder hatte sie? Er war sich plötzlich nicht sicher.

»Wir haben Ihren Mann. Ich habe ihn vor knapp fünf Jahren, am 04. Oktober 2010, operiert. Er sollte nach neun Monaten zur Röntgenkontrolle kommen und im Anschluss einen Termin zur Entfernung der Schraube vereinbaren. Hat er nie getan. Wie es aussieht, ist bei ihm alles bestens zusammengewachsen. Er hatte also keinen Grund zur Sorge.«

Wie man's nimmt, dachte Tamme. »Können Sie mir die Patientenakte schicken? Dann kann unsere Rechtsmedizin das gegenchecken.«

»Später, mein Pager geht, ich muss in den OP.«

»Ich brauche jetzt gleich Namen, Geburtsdatum und Anschrift«, insistierte Tamme.

»Stefan Marin, 13. März 1984, Seilerstraße 32 in Hamburg.« Dr. Lahiri schob ein »Ich bin mir wirklich sicher!« hinterher. Kurz darauf tutete es in der Leitung. Sie hatte aufgelegt, ohne sich zu verabschieden.

Wie seine Kinder! Warum hatte Bente sich noch nicht gemeldet? Tamme tippte die 1 auf seinem Telefon, die Kurzwahl für zu Hause.

»Marit Claußen«, piepste es, schweres Atmen, sie musste gerannt sein.

»Marit, hier ist Papa, habt ihr euch vertragen?«

»Jahaa.«

»Gib mir mal Rike.«

»Muss sie nicht.« Rike klang hohl. »Das Telefon ist lautgestellt.«

»Papa will wissen, ob wir uns vertragen haben«, wiederholte Marit seine Frage.

»Klar, der Klügere gibt nach.« Wo hatte Rike das aufgeschnappt? Sie überraschte ihn immer wieder.

Die Mädchen kicherten. Dann hörte er ein Schmatzen. Küsschen.

»Tschüss, Papa, bis später.«

»Ich hab euch lieb«, sagte er in die tote Leitung. Dann gab er Stefan Marin in die Datenbank ein.

Über sechzig Treffer. Jedoch nur einer mit Geburtsdatum am 13. März. Er klickte den Datensatz an. Kein Eintrag ins Strafregister, die Meldeadresse war dieselbe wie zur Zeit der Operation: Seilerstraße, mitten auf dem Kiez. Tammes altes Revier.

Tamme wurde warm, fast heiß, zum ersten Mal heute. Sehnsucht platzte in ihm auf wie Popcorn. Hart war es damals gewesen, kein Vergleich mit jetzt, aber er hatte für seinen Job gebrannt, war oft mehrere Tage nonstop im Einsatz gewesen. Was natürlich nicht mit einem Leben als junger Vater vereinbar gewesen war. Nach der Geburt von Bente hatte man ihn auf seinen Wunsch als Milieuermittler ausgetauscht und zurück ins Präsidium gesetzt. Dahin, wo er bis heute hockte. Was ihm manchmal etwas langweilig, aber bis gestern Abend als Garant für ein glückliches Familienleben erschienen war. Von wegen!

Während Tamme die Datenbanken nach Infos und Fotos zu Marin durchforstete, rief Bente an. Endlich!

»Warum hast du uns angelogen?« Sie klang geradezu unheimlich ruhig. »Ich habe auf dem Nachhauseweg Mamas Freundin getroffen. Sie hat kein gebrochenes Bein.«

Nein! Tamme hielt die Luft an, um nicht laut aufzuheulen wie Marit vorhin. Mit gequetschter Stimme sagte er: »Mama braucht gerade etwas Zeit für sich. Sie kommt am Sonntag zurück.« Hoffentlich! »Sag den Kleinen nichts. Wir beide reden heute Abend drüber, wenn sie im Bett sind.«

Glücklicherweise schien Bente seine Antwort zu genügen. Vielleicht stimmte es sogar, er musste es nur oft genug behaupten. Sich selbst erfüllende Prophezeiung hieß das.

»Imke kommt Sonntag zurück!«, sagte er zu Marins schmalem Gesicht mit den schwarzen Stoppelhaaren, das ihn aus seinem Computer anstarrte.

Als ihm jemand auf die Schulter tippte, zuckte er zusammen.

»Tut mir leid, hat länger gedauert.« Franzi.

Hoffentlich hatte sie ihm nicht zugehört. Stichpunktartig fasste er für sie die Neuigkeiten zu Marin zusammen.

»Komisch, an irgendwen erinnert der mich«, meinte sie. »Was sagt Svea denn dazu?«

Svea. Scheiße. Tamme hätte sie längst anrufen müssen.

Als wäre es Gedankenübertragung, klingelte sein Handy.

Svea ließ ihn nicht zu Wort kommen. Als er auflegte, schrillten seine Ohren.

»Wir müssen los. Leichenfund am Falkenstein.« Beim Aufstehen knirschte es unter seinen Schuhsohlen. Der Kuchenteller, den hatte er ganz vergessen. Mit der Schuhspitze schob er die Scherben schnell unter seinen Schreibtisch.

5

Svea hockte auf einem Baumstumpf am Elbhang, ihr gegenüber lehnte Helge Dreyer mit dem Rücken an der Mauer. Sein Kopf mit den Dreadlocks hing schräg nach vorn, die Augen blickten trüb. Die rechte Hand lag mit der Innenfläche nach oben in seinem Schoß, als wartete er darauf, dass jemand eine Münze hineinwerfen würde; im Moment krabbelten nur zwei Ameisen darin herum.

Zwischen den Efeuranken an Dreyers rechter Seite steckte die Walther P1, deren Projektil gut sichtbar an der rechten Schläfe ein- und links wieder ausgetreten war. Noch roch er nicht nennenswert, das würde sich bald ändern. Die Leichenstarre hatte bereits nachgelassen, auf seiner bleichen, ausgetrockneten Unterlippe landete eine Fliege und glotzte ihm neugierig in den Mund. Wie es aussah, war er seit knapp zwei Tagen tot.

Scheiße! Mit allem hatte Svea gerechnet, nur damit nicht. Warum hatte Dreyer vorgestern versucht, sie anzurufen? Um ihr mitzuteilen, dass er sich erschießen würde? Wohl kaum.

Je länger sie ihn betrachtete, desto unwirklicher kam ihr die Situation vor. War Dreyer ihr gesuchter Mörder und hatte dem Druck der Ermittlungen nicht standgehalten? Hatte er sich wegen seiner Schulden umgebracht, aus Angst, das Haus endgültig zu verlieren? Wie sie ihn erlebt hatte, hatte Druck ihm nicht viel ausgemacht, ebenso wenig wie Besitz ihm etwas bedeutet hatte. Es ergab einfach keinen Sinn.

Der nächste Tote. Das nächste Rätsel.

Ein Sonnenstrahl verirrte sich durch die Äste der Kiefer über ihr, Svea fröstelte. Auch wenn sie nicht wusste, was sie störte, traute sie dem Bild nicht, das sich ihr bot. Der perfekte Suizid. Nur dass Dreyer nicht der Typ dafür war. Aber sie lief jetzt besser nicht herum, um nach möglichen Hinweisen für einen Mord zu suchen. Der Dackel hatte schon genug Schaden angerichtet, indem er das Laub zerwühlt, ein Loch in Dreyers Pulli gebissen und das Blutrinnsal am Einschussloch verschmiert hatte. Jedenfalls nahm sie an, dass er es gewesen war, die Leckspur einer Zunge glänzte feucht in Dreyers Gesicht.

Hoffentlich kamen die Kollegen bald. Svea lauschte. Dichtes Ilex-Gebüsch schirmte sie vom Elbhöhenweg ab, so leicht war sie nicht zu finden. Aber sie wollte Dreyer nicht aus den Augen lassen; es war ein Wunder, dass ihn außer dem Dackel noch kein anderes Tier entdeckt und angefressen hatte.

Im Unterholz knackte es, schnaufend näherten sich zwei Streifenbeamte. Beide lang, schmal und bebrillt, der eine grauhaarig, der andere höchstens so alt wie Franzi, konnten sie Vater und Sohn sein.

»Oh Mann, ich glaube, ich kenne den«, rief der Junge. »Der wohnt da oben in dem Abbruchhaus.«

»Ich weiß.« Svea stand auf und begrüßte die beiden.

»Er meint ›wohnte‹«, korrigierte der Ältere. »Es ist seine erste Leiche.« Er begann, das rot-weiße Absperrband von der Rolle zu wickeln. »Hilfst du mir bitte«, wies er den Jungen an, der vor Dreyer stehen geblieben war und ihn anstarrte. »Und pass auf, dass du keine Spuren zerstörst.«

Die beiden waren noch dabei, den Tatort abzusperren, als Tamme und Franzi eintrafen. Tamme hatte von unterwegs angerufen und Svea informiert, dass der zerstückelte Leichnam von Dreyers Grundstück endlich einen Namen hatte. Stefan Marin. Immerhin ein Fortschritt, nachdem sie tagelang erfolglos die Handkliniken abtelefoniert hatten. Normalerweise würde Svea sich darüber freuen. In diesem Fall hatte sie es zur Kenntnis genommen.

»Suizid?« Tamme blickte kurz zu Dreyer, bevor er sein Notizbuch zückte.

»Sieht zumindest so aus.«

Er widersprach ihr nicht.

»Armer Kerl.« Franzi beugte sich vorsichtig über Dreyer. »Hat er sich selbst das Loch in den Pulli gerissen?«

»Ich nehme an, das war der Dackel«, sagte Svea. »Von dem Überwachungsvideo aus dem Falkenstieg. Stand sein Frauchen noch auf der Straße, als ihr gekommen seid?«

Tamme und Franzi verneinten.

Egal, sie wussten, wo die Frau wohnte, wenn sie sie befragen wollten.

Während sie auf die Spurensicherung warteten, fasste Tamme zusammen, was er von Dr. Lahiri und aus den Datenbanken über Marin erfahren hatte. Er zeigte Svea das Passfoto des Mannes.

»Kommt er dir auch bekannt vor?« Franzi blickte sie erwartungsvoll an.

Aber Svea hatte Marin vorher noch nie gesehen. »Vielleicht erinnert er dich an jemanden«, schlug sie Franzi vor.

»Vielleicht.« Franzi klang nicht überzeugt.

Als kurz darauf Freder mit drei Mitarbeitern erschien, gab es zuerst eine Runde weiße Anzüge und Plastikhandschuhe für alle.

Freder sah sich Dreyer an. Die Pistole. Das Einschussloch

des Projektils, das Austrittsloch. Mit dem Blick zog er eine Linie, blieb wenige Meter weiter an dem Stamm der Kiefer hängen. »Die Seriennummer der Pistole wurde ausgefeilt. Aber dort in der Rinde steckt das Projektil.« Er wies einen seiner Mitarbeiter an, es vorsichtig zu entfernen. »Wenn die KTU es nicht zuordnen kann, kommt es zum Schusswaffenerkennungsdienst.« Er pikste ein Fähnchen in die Erde am Fuß des Baumes, anschließend jeweils eins neben die Pistole und die Patronenhülse, die zwischen den Blättern des Efeus aufblitzte.

Nachdem alle Fähnchen steckten, Fotos und 3D-Scanneraufnahmen vom Tatort erledigt waren und seine Mitarbeiter die einzelnen Spuren sicherten, kniete Freder sich wieder vor Dreyer ins Laub. Svea stellte sich mit Tamme und Franzi zu ihm, gespannt auf seinen Eindruck.

»Auf den ersten Blick sind keine Kampfspuren am Körper des Toten zu erkennen, er wurde auch nicht von woanders hierhergeschleift, dann sähe seine Kleidung anders aus. Mein Eindruck ist, er hat sich an die Mauer gesetzt, die Pistole an den Kopf gehalten und abgedrückt.« Freder wies auf Dreyers rechte Schläfe. »Aufsetzschuss, der Schmauchring ist gut zu erkennen. Danach ist ihm die Pistole aus der Hand gefallen.«

Was Freder sagte, klang logisch. Und überzeugte Svea trotzdem nicht. »Ist sie ihm aus der Hand gefallen, oder hat sie jemand da hingelegt?« Sie murmelte mehr, als dass sie sprach.

»Wie kommst du darauf?«

Sie zeigte auf die Pistole. »Unwahrscheinlich, dass er selbst sie so hat fallenlassen.«

»Warum? Ich sehe daran nichts Ungewöhnliches.«

»Es kommt auf die Fallhöhe an«, erklärte sie. »Da Dreyer keine Sturzverletzungen am Hinterkopf hat, gehe ich wie du davon aus, dass er die Waffe im Sitzen abgefeuert hat.« Sie bückte sich. »Darf ich?«

Freder nickte.

Sie nahm die Waffe auf, tat, als hielte sie sie Dreyer an den Kopf, dann ließ sie los. Die Pistole landete auf der Seite, der Lauf zeigte leicht nach oben. Vorher hatte der Lauf im Efeu gesteckt.

Tamme guckte zweifelnd.

»Probier's aus.«

Dreimal ließ Tamme die Pistole fallen, dreimal landete sie auf der Seite.

»Es ist das Gleiche wie mit dem Butterbrot, das angeblich immer auf die Butterseite fällt«, mischte sich der junge Streifenpolizist ein, der unbemerkt neben ihnen aufgetaucht war. »Die Landung auf der Butterseite ist nur durch die Fallhöhe bedingt«, fuhr er eifrig fort. »Lässt man ein Butterbrot aus über zwei Metern Höhe fallen, reicht der Schwung für eine ganze Drehung aus und das Brot landet wieder in seiner ursprünglichen Lage. Wenn es hingegen von einem durchschnittlich hohen Tisch fällt, braucht es bis zum Boden nur genauso viel Zeit wie für eine halbe Drehung. Habe ich selbst ausprobiert.«

Freder grinste. »Ihr habt mich überzeugt, wir lassen die KTU einen Falltest machen.« Er steckte die Pistole in eine seiner nummerierten Tüten. »Kann ich fortfahren? Todeszei…«

»Lass mich kurz«, unterbrach Svea. Sie hob die Hand, damit Freder schwieg, und schloss die Augen. Sie sah Dreyer vor sich, wie er am Dienstag im Vernehmungszimmer vor ihr gesessen hatte, die Hand auf seinem Bauch, und mit dem

Finger in seinem Pulli gepult hatte. Die Fluse unter seinem Fingernagel. Der Kaffeebecher in seiner Hand … Und plötzlich wusste sie, was sie noch gestört hatte.

»Sind auch Schmauchspuren an der Hand?« Sie guckte Freder an.

»Kann man so nicht sagen, dazu ist sie zu dreckig. Du musst das Ergebnis aus der Rechtsmedizin abwarten, aber ich tippe mal Ja.«

»Ich tippe Nein«, widersprach sie. »Ich glaube, Dreyer ist Linkshänder. Wer mit links eine Kaffeetasse hält, schießt auch mit links.« Sie hob ihre eigene linke Hand und ahmte die Bewegungen nach. »Der Schusskanal würde entgegengesetzt verlaufen. Und natürlich müsste die Waffe auch links von ihm liegen.«

»Bist du dir sicher?« Franzi klang zweifelnd.

»Nicht hundertprozentig«, gab Svea zu. »Aber Dreyers Freundin Bigi weiß bestimmt, ob er Linkshänder war. Und die Rechtsmedizin soll untersuchen, ob seine Muskeln links stärker ausgeprägt sind, und uns schnell eine erste Einschätzung geben.«

Freder schnaubte. »Hoffentlich sind wir uns wenigstens beim Todeszeitpunkt einig, sonst machst du mich noch arbeitslos. Was haltet ihr von 48 Stunden, plus minus fünf?«

»Minus passt. Plus nicht.« Svea sah auf ihr Handy. »Es ist 14:12 Uhr. Tamme hat am Mittwoch um 15:15 Uhr noch mit Dreyer gesprochen. Womöglich als Letzter.«

Franzi klopfte Tamme auf den Rücken. »Du bist echt der Typ, der Schwierigkeiten anzieht«, scherzte sie.

Er blickte starr. Dann drehte er sich abrupt um. »Ich muss kurz telefonieren.« Und weg war er, außer Hörweite hinter einem Baum verschwunden.

»Geht ihm Dreyers Tod an die Nieren? Oder was ist mit ihm los?«, wandte Franzi sich an Svea.

»Keine Ahnung.« Svea wusste es auch nicht so genau. »Ich frage mich viel mehr: Wenn es kein Selbstmord ist, wer hat Dreyer umgebracht? Welcher Zusammenhang besteht zwischen Dreyers Tod und dem Mord an Marin?«

»Sind Marin und Dreyer von demselben Täter ermordet worden?«, sponn Franzi weiter.

Der Gedanke überzeugte Svea nicht. Das sorgfältige Werk in Dreyers Garten war das Gegenteil der dilettantischen Inszenierung, die sich ihnen hier bot. Sie sah sich noch einmal um. Aber Dreyers Leiche hatte ihr schon genug verraten. Den Rest mussten sie selbst herausfinden.

Mittlerweile hatten Freders Mitarbeiter alle Spuren gesichert und begannen, ihre Koffer zu packen.

»Können wir dann?« Die Bestatter standen bereit, um Dreyer abzutransportieren.

Svea nickte. Wenn sie eine Leiche in der freien Natur abtransportierten, wirkten die Männer in ihren grauen Anzügen und den weißen Hemden irgendwie fehl am Platz. Zwei Mormonenbrüder, die sich auf der Suche nach Bekehrungswilligen im Wald verirrt hatten. Aber statt das Buch Mormon aufzuschlagen, breiteten sie jetzt ihren Plastiksack neben Dreyer aus, packten ihn an Händen und Füßen und hievten ihn mit einem Ruck hinein.

»Sorry, das war wichtig.« Tamme kam zurück zu ihnen. »Wo waren wir stehen geblieben?«

»Wer hat Dreyer umgebracht?«, fragte Franzi.

»Bigi«, kam es spontan. »Aus Eifersucht.«

Gemeinsam brachen sie auf. Vorneweg die Streifenpolizisten, erst der Alte, dann der Junge, dahinter die Bestatter mit Dreyer auf ihrer Bahre, die Spurensicherung und zuletzt Tamme, Franzi und Svea. Wie eine Wandergruppe zockelten sie im Gleichschritt über den Elbhöhenweg in Richtung Straße. Nur dass Svea nicht zum Singen zumute war.

»Ich sehe zu, dass ich in spätestens zwei Stunden zurück im Präsidium bin.« Sie verabschiedete sich von Tamme und Franzi.

Wenn es kein Selbstmord war, wer hatte Dreyer umgebracht? Jemand aus dem Umfeld der Versteigerung? Seine Drogenkontakte? Grübelnd sah Svea dem Leichenwagen hinterher, der als Letztes um die Kurve verschwand. Ihren eigenen Wagen ließ sie stehen.

Sie ging gern ein paar Schritte zu Fuß, bevor sie Bigi die Nachricht von Dreyers Tod überbrachte. Normalerweise kannte sie die Mordopfer vorher nicht. Dass Dreyer in seiner verqueren Art ihr bei der Befragung am Dienstag sogar sympathisch gewesen war, machte die Sache doppelt schwer.

Auf dem Parkplatz vor dem Campingplatz standen die Autos dichtgedrängt. Klar, Freitagnachmittag, die Dauercamper läuteten das Wochenende ein. Hinzu kam das gute Wetter.

Kurz hinter dem geöffneten Schlagbaum krabbelte ein Mann mit Jeans und nacktem Oberkörper auf dem Dach seines Wohnwagens herum und befestigte ein Solarmodul. Drei Stellplätze weiter erkannte Svea die Frau im Jogginganzug wieder, von der sie gestern misstrauisch beäugt worden war, als sie die Erdkrumen von Schröders Klappspaten geschabt hatte. Die Frau harkte den Sand vor ihrem Vorzelt.

»Tach«, grüßte Svea.

Die Frau blickte kurz auf, lächelte, dann harkte sie wortlos weiter, als hätte sie beschlossen, dass Svea doch keine Bedrohung für die Platzordnung darstellte.

177

Bei Schröders lehnte der Spaten genauso am Deichselkasten wie gestern, hinter den Wohnwagenfenstern waren die Jalousien heruntergelassen, das Vorzelt verschlossen. Svea sollte Frau Schröder bei Gelegenheit Bescheid sagen, dass hier für Kim und Leonie keine Gefahr mehr bestand. Dreyer jedenfalls konnte die Mädchen nicht mehr mit Drogen versorgen.

An der nächsten Ecke, vor einem winzigen eiförmigen Wohnwagen, saß ein weißhaariges Paar mit seinem Sohn, auf dem Klapptisch zwischen ihnen thronte eine Erdbeertorte. Der Guss über den Früchten glitzerte in der Sonne. Die Mutter beugte sich vor, um die Torte anzuschneiden.

»Hallo, du da«, rief der Sohn, der mit seinen grauen Strähnen im Haar nur wenig jünger als Svea schien und offensichtlich das Down-Syndrom hatte. »Willst du auch ein Stück?«

»Martin, die Frau hat keine Zeit.« Die Mutter lächelte verschämt in Richtung Svea und strich ihrem Sohn mit der freien Hand über den Kopf.

»Das ist nett von dir, danke.« Svea schlug sich auf den Bauch. »Aber ich habe heute schon mehr als genug Kuchen gegessen.« Auch wenn die Torte bestimmt um Längen besser schmeckte als Franzis veganes Gebrösel, bekam sie so kurz nach dem Leichenfund nichts runter, höchstens einen Kaffee bei Bigi, am besten mit Schuss.

»Macht nichts«, rief Martin, »dann ess ich alles alleine auf!« Er streckte seinen Teller vor und lachte dröhnend.

»Na dann, guten Appetit!« Svea unterdrückte ein Grinsen.

Als sie weiterstapfte, fühlten sich ihre Beine etwas leichter an. Vielleicht sollte sie den Sommer über auf den Campingplatz ziehen, falls sie so schnell keine Wohnung fand. So wie ihr Vater es nach der Trennung von ihrer Mutter vorübergehend getan hatte.

Vor Bigis Café stand ein Aufsteller: *Heute Bockwurst und Kartoffelsalat.* Auf der Bank neben dem Eingang hockten ein Junge und ein Mädchen, jeder mit einem giftgrünen Stieleis in der Hand. Das Mädchen zeigte dem Jungen ihre Zunge.

Stimmengewirr drang durch die geöffnete Tür nach draußen. Svea atmete noch einmal durch, dann trat sie ein.

Alle vier Tische waren besetzt, hauptsächlich von jungen Paaren, zum Teil mit Kindern, die vor sich Teller mit dem Tagesgericht stehen hatten. In der Ecke kloppte eine Männerrunde Karten. Svea ging geradewegs auf Bigi zu, die einem Mann im Karohemd zwei Bierflaschen über den Tresen reichte.

»Sie schon wieder!«, blaffte Bigi. »Gibt's was Neues zu Helge? Sonst können Sie gleich wieder verschwinden.«

»Kann ich irgendwo mit Ihnen allein sprechen?« Svea wies in Richtung Küche.

»Wie stellen Sie sich das vor? Ich hab zu tun.«

»Geh schon, Bigi«, das Karohemd stellte seine Flaschen zurück auf den Tresen, »ich übernehme kurz für dich.«

»Langsam mache ich mir auch Sorgen«, gab Bigi zu, als sie sich mit Svea an die Arbeitsplatte setzte. Sie drückte den Deckel auf einen Plastikeimer mit Kartoffelsalat und schob ihn zur Seite. Nach Feierabend wollte sie sich aktiv nach Helge auf die Suche machen, erklärte sie. Am Haus vorbeigucken, noch mal bei Ex-Freundin Anna anrufen, solche Sachen.

Svea nickte. Jetzt nicht drum herumreden. »Ich habe eine traurige Nachricht für Sie. Wir haben einen Toten oben im Wald gefunden.«

Bigi guckte, als hätte Svea behauptet, zwei plus zwei sei sieben. Das konnte nicht wahr sein! Ihre Tränen tropften auf die Arbeitsplatte.

»Mein Beileid.«

Bigi griff den Lappen neben sich, wischte die Arbeitsplatte ab und weinte weiter. Immer mehr Tränen sickerten in den Stoff des Lappens. »Scheiße!« Sie schleuderte ihn zur Seite, wo er knapp das Waschbecken verfehlte und auf den Boden platschte. »Wo ist Helge jetzt? Kann ich ihn sehen?« Sie zog den Rotz hoch.

»Er wird gerade in die Rechtsmedizin im UKE gefahren. Am besten rufen Sie morgen früh dort an und vereinbaren einen Termin. Erst muss die Staatsanwaltschaft die Leiche freigeben. Herr Dreyer ist durch eine Schussverletzung gestorben.« Sie verschwieg die Einzelheiten. »Ist er Rechts- oder Linkshänder gewesen?«

»Linkshänder.« Bigi lächelte gequält. »Meistens hatte er sogar zwei linke Hände.«

»Halten Sie es für möglich, dass er Selbstmord begangen hat?«

»Helge? Nie im Leben! Warum fragen Sie das?«

»Ermittlungstechnische Gründe.« Bigi hatte nur bestätigt, was Svea längst dachte. »Wenn er sich nicht selbst umgebracht hat, wer könnte es dann getan haben?«

Bigi schwieg, sie atmete schwer, Svea entging nicht das Flackern in ihren Augen.

»Gibt es irgendetwas, das ich wissen müsste?«, hakte sie nach.

»Da ... war dieser Mann.« Bigi schnäuzte sich und berichtete stockend, dass Dienstagnachmittag, kurz nachdem Dreyer mit Tamme und Franzi zum Präsidium gefahren war,

180

ein Mann nach ihm gefragt hatte. Sie hatte den Mann noch nie gesehen, und als sie Dreyer später darauf angesprochen hatte, wusste er angeblich auch nicht, wer das war.

»Können Sie ihn näher beschreiben?«

»Mittelgroß, stämmig.« Bigi rieb sich die Augen. »Superkurze Haare, so Stoppeln. Blond, fast rötlich. So wie Ihr Kollege. Er hat eine Bomberjacke und Jeans angehabt.«

»Können Sie gleich mitkommen aufs Präsidium, um ein Phantombild anzufertigen?«

»Muss das sein? Fragen Sie doch den Platzwart, der hat Videoüberwachung. Jeder, der vom Parkplatz durch den Eingang kommt, wird gefilmt.«

Interessant, das würde Svea sich ansehen. Aber nur zusammen mit Bigi. Dann musste das Café eben heute Nachmittag schließen. Bockwurst und Fertigkartoffelsalat wurden so schnell nicht schlecht! Und wenn der Mann doch nicht auf dem Video herumspazierte oder nicht gut genug zu sehen war, würde sie Bigi aufs Präsidium mitnehmen. Ärgerlich genug, dass sie ihr gestern den Besuch des Mannes verschwiegen hatte.

Aber erst hatte sie weitere Fragen. »Ist Ihnen eine Ex-Freundin von Herrn Dreyer bekannt, deren Name mit J anfängt?«

Bigi guckte irritiert. »Ich kenne keine.«

Sonstige Angehörige?

Nein, Bigi war sich ziemlich sicher, dass Helge keine Familie mehr hatte. Sein Vater war vor mehr als zehn Jahren, die Mutter vorletztes Jahr gestorben, beide Eltern waren Einzelkinder gewesen, Helge ebenfalls. Deshalb hatte er auch das Haus geerbt.

Das alte Scheißhaus, wie Bigi es nannte. Es war einer von

Dreyers Rückzugsorten gewesen, wenn er in Ruhe kiffen wollte oder Bigi und er sich gestritten hatten, oder beides. Wenn Dreyer dorthin verschwand oder von dort kam, war er entweder untenherum gegangen, also über die Treppe, die den Elbhöhenweg kreuzte. Oder er hatte den Weg vorne raus über die Straße genommen. Den Elbhöhenweg selbst hatte er, soweit Bigi wusste, vermieden. Das wäre ein Umweg gewesen, und Helge war faul.

Den Eindruck hatte Svea allerdings auch gewonnen. Trotzdem hatte seine Leiche unweit des Elbhöhenwegs an einer Mauer gesessen. Warum?

»Keine Ahnung.« Bigi rieb sich die Augen. »Obwohl … Mauer, sagen Sie? Das könnte der Stein sein, an dem sich Helge manchmal mit Timo getroffen hat, seinem Dealer. Als Timo noch in Blankenese gewohnt hat, aber das ist ewig her. In den letzten Jahren haben sie sich immer irgendwo in Altona am Hafen getroffen. Ich glaub nicht, dass sich das wieder geändert hat.«

Warum der Dealer Helge umbringen sollte, konnte Bigi sich sowieso nicht vorstellen. Kriminell ja, aber gewalttätig war er bisher nicht geworden. Und Helge wollte doch Geld von Timo, nicht umgekehrt. Abgesehen davon konnte sie Timo nicht leiden, wie sie mit einer Auswahl an Schimpfwörtern glaubhaft darlegte. Deshalb verriet sie Svea auch nur zu gern, wo er jetzt wohnte, zumindest ungefähr.

»Auf dem Kiez. Irgendwo Simon-von-Utrecht-Straße. Scheiße, das gibt Ärger«, sie sah Svea schief an, »aber das ist jetzt auch egal.« Sie seufzte, dann flossen wieder die Tränen.

Suchend sah Svea sich um, auf der Fensterbank neben dem Spülbecken lag eine Haushaltsrolle. Sie stand auf, riss zwei Blätter ab und reichte sie Bigi.

»Eine Frage noch: Wo waren Sie vorgestern zwischen 12 und 20 Uhr?«

»Sie glauben doch nicht, dass ich Helge umgebracht habe?«

»Nein.« Eigentlich nicht. Aber Svea wusste schon, was Franzi nachher anbringen würde: Die Wahrscheinlichkeit getötet zu werden, war in einer Partnerschaft am höchsten. Das war statistisch bewiesen. »Ein Alibi kann trotzdem nicht schaden.«

»Ich war hier im Café.«

»Kann das jemand bezeugen?«

Bigi zuckte die Schultern. »Der Platzwart?« Ihre Stimme klang schon wieder trotzig. »Sonst ist in der Woche noch nicht viel los. Haben Sie ja gestern selbst gesehen.«

Die Schwingtür knarzte. Svea drehte sich um.

Der Mann im Karohemd. »Ich muss los, Bigi. Dauert es noch lange?«

»Helge ist tot«, krächzte Bigi. Sie stand auf. Sackte zusammen. Und wurde im letzten Moment von den Armen des Karohemds aufgefangen.

183

6

»Was ist denn schon wieder?« Tamme war seit knapp einer Stunde zurück im Präsidium, und ununterbrochen klingelte sein Telefon. Gerade erst hatte er den Rechtspfleger vom Gericht in Blankenese am Apparat gehabt, der sich nach Sveas Wohnungsbesichtigung erkundigte. Sollte er sie doch selbst fragen, wenn sie zurück war. Oder auf dem Handy anrufen. Welche Wohnungsbesichtigung überhaupt? Tamme wusste von nichts, und es war ihm auch egal.

Und jetzt zum x-ten Mal seine Kinder. Er hatte es aufgegeben mitzuzählen, wie oft er heute mit ihnen gesprochen hatte. Nachdem er vom Elbhang aus einen Babysitter organisiert hatte, hatte er eigentlich gehofft, dass Ruhe einkehrte.

»Wir haben Hunger«, quengelte Bente.

»Okay, bestellt euch eine Pizza. Ausnahmsweise.«

»Jeder eine? Auch Marit und Rike?«

Seinetwegen Ja. Genug Geld lag in der Schublade, im Schrank neben dem Fernseher. Zwar würden sie bestimmt die Hälfte übriglassen, aber dann stritten sie sich wenigstens nicht. Und er konnte nachher die Reste essen.

Er legte auf und stöhnte.

»Was ist denn bei euch los?«, fragte Franzi.

Tamme hatte keine Lust, ihr von seinen Problemen zu erzählen. Er konnte sich ihre schockierte Reaktion vorstellen, danach würde er sich noch schlechter fühlen.

»Ich versteh schon«, sagte Franzi in sein Schweigen.

Keine Ahnung, was sie meinte.

»Weißt du was, ich packe dir den Rest Kuchen für Imke ein.«

Für Imke? Er ließ sie in dem Glauben. Hauptsache, er hatte kurz seine Ruhe.

Zurück im Präsidium stürmte Svea vom Flur direkt in Tammes und Franzis Büro.

»Lust auf einen Videonachmittag?« Sie ignorierte Tammes müden Blick und schob den Stick, den der Platzwart ihr mitgegeben hatte, in Franzis Rechner. Während die Dateien luden, berichtete sie.

Bigi hatte sich schnell wieder aus ihrer Ohnmacht berappelt und sie zum Platzwart begleitet. Da der Unbekannte Bigi am Dienstag bei einer ihrer bevorzugten Fernsehsendungen gestört hatte, konnten sie das Zeitfenster für seinen Besuch auf dem Campingplatz gut einschränken, und sie hatten den Mann schnell gefunden. Er war deutlich auf den Bildern zu erkennen, sein Auto nicht ganz so. Aber das würden Tamme und Franzi gleich selbst alles sehen.

Svea suchte das Ladesymbol auf Franzis Bildschirm. Wie lange dauerte das noch? Sie schnipste mit den Fingern.

Der Platzwart hatte ihr auch eine Kopie der Aufnahmen von Mittwoch gezogen, anhand derer sie Bigis Alibi überprüfen konnten. Zudem hatte er angegeben, sich zweimal einen Kaffee bei ihr geholt zu haben. Demnach war sie gegen drei und um kurz nach fünf auf jeden Fall im Café gewesen.

Endlich, geladen! Svea klickte die erste Datei an. Ein Ausschnitt des Parkplatzes. Unscharf, flimmerig, in Grautönen. »Das ist sein Wagen.« Svea zeigte auf einen dunklen Kleinwagen, das Nummernschild nichts als ein verschwommenes Rechteck.

»Und wenn du näher ranzoomst?«, schlug Franzi vor.

»Nutzt nichts. Dann wird es unscharf.« Der Platzwart behauptete, ihm reiche das Bild, um alles Wichtige zu erkennen. Autoknacker und so. Von wegen, den Marder hatte er nicht erwischt, der die Kabel an ihrem Dienstwagen durchgefressen hatte.

Svea dachte an Heidenich, die Fahrt in seinem Lada, die merkwürdige Vertrautheit, die zwischen ihnen geherrscht hatte. Es kam ihr vor, als wäre es Wochen her, so viel war seit gestern passiert.

Sie klickte die nächste Datei an. »Die Aufnahmen vom Schlagbaum sind besser.«

»Ist er das?«, fragte Franzi, als ein stämmiger, hellhaariger Mann um die dreißig zum Sprung über den Schlagbaum ansetzte. Er landete federnd und verschwand nach wenigen Schritten aus dem Kamerafeld.

Svea nickte.

»Stoppelfrisur.« Tamme war hinter sie getreten. »Der ominöse Mann mit der Sporttasche?«

»Nein, der ist dunkel und schmalgesichtig!« Franzi klang ungeduldig.

Svea horchte auf. »Sag das noch mal.« Sie stoppte das Video.

»Was, dunkel und schmalgesichtig?«

»Wie Marin auf dem Foto.« Franzi hatte doch recht gehabt, als sie meinte, dass Marins Äußeres ihr bekannt vorkam. Auch wenn sie ihn noch nie gesehen hatte. »Er sieht genau so aus, wie die beiden Burmesters den Mann mit der Tasche beschrieben haben.«

»Hmm.« Franzi wog nachdenklich den Kopf. »Er kann ja schlecht seine eigene Leiche in der Tasche transportiert haben. Wie soll das gehen?«

»Das weiß ich nicht. Vielleicht täusche ich mich auch. Am besten, wir zeigen seiner Tochter und ihm das Foto von Marin. Und von Bigis Besucher gleich mit.« Svea ließ das Video weiterlaufen, bis der Mann den Campingplatz wieder verließ, der Schlagbaum war mittlerweile geöffnet. »Druckst du uns bitte ein paar gute Bilder aus, Franzi? Irgendwas sagt mir, dass dies unser Mann ist.«

»Nur weil Bigi behauptet, dass der Mann nach Dreyer gefragt hat? Was, wenn sie lügt?« Wie erwartet wies Franzi auf die Häufigkeit von Beziehungstaten hin.

»Glaube ich nicht. Wenn du dir die Aufnahmen von Mittwoch anguckst, hat sie bestimmt die ganze Zeit brav auf dem Campingplatz gehockt.« Svea war sich sicher, dass Bigi dort zu sehen war, wie sie kam und wieder ging. Natürlich hätte sie zwischenzeitlich über die Strandseite verschwinden, am Elbufer in ein Kanu steigen und ein paar hundert Meter weiter wieder an Land kommen können. Oder sie war einfach so über den Strand spaziert und hatte Helge umgebracht. Nur dass Svea ihr das einfach nicht zutraute.

Sie ließ Franzi den Dateiordner kopieren und steckte den Stick wieder ein. »Wer hat sonst noch ein Motiv? Dreyers Drogenkontakte? Jemand aus dem Umfeld seines Hauses?« Dreyers Tod brachte auch Kampmann wieder ins Spiel. Sie durften ihn auf keinen Fall komplett Uptmoor und seiner Mannschaft vom LKA 5 überlassen. Auch denkbar war, dass Dreyer dem Mörder auf die Spur gekommen war. Das würde zu seinem Anruf passen. »Is' wichtig«, hatte er zu Tamme gesagt.

»Traust du das dieser Schnarchnase wirklich zu?«, wiegelte Tamme ab. Er schlug vor, schnellstens Marins Umfeld

187

zu durchleuchten. Dabei könnte er sich auch um Dreyers Dealer Timo kümmern. »Die Seilerstraße, in der Marin gemeldet ist, verläuft parallel zur Simon-von-Utrecht-Straße, vielleicht kennen die beiden sich sogar.«

»Kannten«, meinte Svea, der vorlaute junge Streifenpolizist vorhin hatte ihr gut gefallen. Aber Tamme sollte ruhig einen Ausflug in sein altes Revier unternehmen, das würde ihn hoffentlich aufheitern. Sonst war nicht mehr viel mit ihm anzufangen.

Sie wandte sich an Franzi. »Für uns beide hat die Suche nach dem Unbekannten vom Campingplatz Priorität. Sobald du die Bilder hast, schicken wir jeden verfügbaren Kollegen damit in die Gegend um den Falkenstieg. Das Passfoto von Marin soll bei der Gelegenheit natürlich auch herumgezeigt werden«, ergänzte sie in Richtung Tamme. »Ich versuche jetzt gleich, Julia Burmester zu erreichen, ohne sie haben wir, glaube ich, wenig Erfolg bei ihrem Vater.«

»Und Dreyers Ex-Freundin?« Die Idee einer Beziehungstat ließ Franzi offensichtlich keine Ruhe.

Tamme räusperte sich.

Aber auch wenn Svea Franzis Meinung nicht teilte, sollten sie mit Anna Quehl sprechen. Sie konnte ihnen bestimmt mehr über Dreyers Geschäfte mit seinem Dealer erzählen. Im Moment mussten sie jede Spur verfolgen. Bevor nicht die Ergebnisse aus der Rechtsmedizin und von der KTU vorlagen, war ja nicht mal offiziell bestätigt, dass es Mord war.

»Ich hab die Nummer drüben in meinem Rechner.« Svea nahm ihren Rucksack, um in ihr Büro zu gehen, als sie das silberne Päckchen auf Tammes Schreibtisch bemerkte. »Ist das was zu essen in der Alufolie?«

»Die Reste von Franzis Kuchen. Kannst du gerne haben.«
Ruckartig stand Tamme auf, er schien seine Energie wiedergefunden zu haben und wollte sofort los. Schon in der Tür, sagte er: »Übrigens hat dieser Rechtspfleger angerufen und wollte dich sprechen.«

7

Tamme parkte an der Glacischaussee. Achtzehn Euro pro Tag. Halsabschneider, diese privaten Unternehmen. Aber er war dreimal um den Block gefahren, selbst das Parkhaus im neuen Millerntor-Hochhaus war besetzt. Es war Dom, Parkplätze Mangelware.

Es roch nach Zuckerwatte, gebrannten Mandeln und Wildpinklern, als er zügig am Rand des Festplatzes entlangging. Blinkend drehte sich das Riesenrad, Schunkelmusik wehte aus dem Bierzelt herüber. Hinter der Geisterbahn, die seit Jahrzehnten mit ihrem echten Ungeheuer warb, lungerte ein Mensch im mottenlöcherigen Affenkostüm herum und rauchte eine Zigarette; einmal hatten die Kollegen von der Wache ausrücken müssen, weil ein verängstigter Teenager während der Fahrt aus dem Wagen gesprungen war und sich dabei das Bein gebrochen hatte.

Ob es Uwe's Imbiss noch gab? Seit sie mit den Kindern auf den Dom gingen, aß Tamme Matjes-Brötchen oder Champignon-Pfanne und verkniff sich seine Gelüste nach Pferdewurst. Als er jetzt in die Ecke hinter dem Stadion kam, stieg ihm der typische strenge Grillgeruch in die Nase.

Gestern geritten, heute mit Fritten, las er auf dem Metallschild über der Fritteuse, den speziellen Humor des Betreibers hatte er ganz vergessen. Das war wirklich nichts für die Mädchen! Tamme nahm vier Kleine auf die Hand, wer weiß, wann er das nächste Mal allein hier vorbeikam.

Er querte die Budapester Straße und bog in die Simon-von-Utrecht-Straße ein. Im Gehen tunkte er die Würstchen eins nach dem anderen in den Senf und verschlang sie gierig.

Er war gerade am Anfang der Seilerstraße angekommen, da zwitscherte sein Handy.

Sonntag!, schrieb Imke ihm. *Wenn bis dahin was ist: Schreib!* Sie brauche wirklich ihre Ruhe und er solle es nicht noch schlimmer machen, indem er ständig anrief.

Ständig? Er hatte zwei Mal versucht, sie anzurufen, als klar war, dass er es heute nicht – und morgen schätzungsweise auch nicht – pünktlich nach Hause schaffte. Nach seinem ersten Anruf hatte sie ihre Mailbox abgehört und per WhatsApp vorgeschlagen, sie könne ihre Mutter fragen, die würde bestimmt gern kommen und sich um ihre Enkelkinder kümmern.

Vor Imkes Mutter zugeben, was los war? Tatsachen schaffen und sich von ihr bemitleiden lassen? Auf keinen Fall, lieber schlug er sich mit Babysitter und Pizzaservice durch. Empört hatte er ein weiteres Mal versucht, Imke zu sprechen. Schließlich hatte er ihrer Mailbox gesagt, sie würde die Kinder im Stich lassen. Was gab es da noch zu schreiben?

Er steckte das Handy ein und suchte nach einem Mülleimer für den Pappteller, als ihm der Neubaublock auffiel. Bodentiefe Fenster, im Erdgeschoss eine Kita, musikalische Früherziehung ab einem Jahr. Daneben ein französisches Feinkost-Geschäft. Hatte hier nicht das Haus mit den bröckelnden Balkonen und dem SM-Buchladen im Keller gestanden? Auch der angrenzende Flachbau mit dem Massagesalon war verschwunden.

Anders als der Dom, hatte der Kiez sich in den letzten Jahren verändert. So wie Tamme sich verändert hatte. Nur dass der Kiez neuer und glatter wurde – und er älter und faltiger.

Das Haus Seilerstraße 32, in dem Stefan Marin gemeldet war, stand noch, war aber kürzlich saniert worden. Die ehemals graue Fassade sah aus wie ein frischgeborenes Ferkel, rosig und graffitifrei. Zumindest Letzteres würde sich schnell ändern.

Tamme las die Namen auf dem Klingelbrett. Marin war nicht dabei. Bevor er sich die Mühe machte und alle Bewohner rausklingelte, hörte er sich im Kuddel um.

In der Eckkneipe im selben Haus war die Zeit stehen geblieben. Tamme atmete auf, als sich die Tür hinter ihm schloss. Halbe Gardinen in den Fenstern schirmten die Gäste vor Blicken ab, darüber baumelten Pflanzampeln mit Efeu und Farn. Der Stammtischaschenbecher thronte auf dem runden Tisch in der Ecke, an der holzvertäfelten Wand neben dem Tresen hing der Schrank des Sparclubs. *Hans, Ilse, Maik*, las Tamme die alten Namen. Sein Fach hatte eine Gitte übernommen. Er zog einen der Barhocker zu sich heran, er war der einzige Gast.

»Wenn das nich' Tamme is'!«, begrüßte ihn der Wirt. »Wir dachten schon, du hättest uns vergessen.«

Kalle war mittlerweile komplett kahlköpfig, ansonsten schien er konserviert durch Schnaps und Zigarettenrauch. Es war mindestens sechs Jahre her, dass Tamme zuletzt im Kuddel gewesen war, noch vor Marits Geburt. Er hatte sich mit Imke gestritten, sie war mit Bente und Rike zu ihren Eltern gefahren. Als ihm nach ein paar Tagen allein in Farmsen-Berne die Decke auf den Kopf gefallen war, hatte er sich auf den Kiez verzogen, im Kuddel mehr als ein Bier zu viel getrunken und Kalle sein Herz ausgeschüttet.

»Alles gut bei dir?« Kalle musterte ihn.

»Im Grunde ja. Bisschen Stress im Job.« Tamme gab seiner Stimme einen beiläufigen Klang.

Kalle griff an den Zapfhahn. »Auch eins?«

Im Kuddel gab es nur Holsten Pils, klein oder groß. Schickimicki-Schnickschnack, schimpfte Kalle schon, wenn jemand ein Alster bestellte. Weizenbier mit Grapefruitgeschmack, Bionade und ähnliches Gedöns hatte Hausverbot bei ihm.

Klein, zeigte Tamme. Er musste noch nach Hause fahren.

Nach dem ersten Schluck war das Glas halb leer. Er schob es zur Seite, um länger etwas davon zu haben. »Stefan Marin, sagt dir der Name was?«

Kalle zog an seiner Zigarette, schüttelte den Kopf.

Tamme legte einen Ausdruck von Marins Foto auf den Tresen.

»Hm.« Kalle kniff die Augen zusammen.

»Kennst du den Mann?«

»Moment.« Kalle drehte sich um, wühlte in einer Schublade und nestelte umständlich seine Lesebrille hervor. Er zeigte keine Regung, während er das Foto betrachtete. »Was ist mit dem?«

»Tot.« Tamme nippte diesmal nur an seinem Bier, trotzdem war das Glas leer, als er es abstellte. »Auf nicht so schöne Art und Weise.«

»Kommt vor in deinem Job, oder?«

»Kennst du den Mann?« Beharrlich wiederholte Tamme seine Frage.

Kalles Blick ging an ihm vorbei zur Tür. Tamme drehte sich um. Über einen mit Kuscheltieren geschmückten Gehwagen gebeugt, schob sich eine grauhaarige Gestalt herein. Der Mann nickte Kalle zu, parkte den Gehwagen in der Stammtischecke und erklomm erstaunlich flink einen Barhocker am anderen Ende des Tresens.

»Moin, Bernd.« Kalle stellte ein großes Bier vor den Mann.

193

Dann sagte er in Tammes Richtung: »Kann sein, dass es der ist, der ab und zu oben bei Tanya gewohnt hat.«

»Tanya?«

»Die im Safari aufgetreten ist. Jetzt arbeitet sie im Dollhouse.«

Tamme kannte keine Tanya.

»Wie hat sie ihn noch genannt?« Kalle tippte auf das Foto. »Stevie. Stefan. Ist ja alles das Gleiche.«

»Die hat keinen guten Männergeschmack«, mischte sich Bernd ein.

»Weil sie dich verschmäht hat. Mensch, Bernd, du bist dreißig Jahre zu alt für Tanya. Mindestens.«

Bernd lachte, ein Geräusch wie ein verstopfter Abfluss. Er sah Tamme von der Seite an. »Bulle?«

Kalle legte Bernd die Hand auf den Unterarm. »Is' schon okay. Hast du Stevie in letzter Zeit gesehen?«

»Nee. Der ist abgetaucht.« Bernds Augen leuchteten auf. »Die Gelegenheit, bei Tanya anzuklopfen!« Er prostete Tamme zu. »Auf dich, Bulle. Die Hoffnung stirbt zuletzt.«

Tamme dachte an Imke. Er hob sein Glas. »Eins nehme ich noch.«

Seit ein paar Jahren tauchte Marin ab und zu im Kuddel auf, erfuhr Tamme, nachdem er Bernd und sich ein Bier spendiert hatte. Anfangs hatte Marin im Hotel gewohnt, danach öfter bei Tanya. Zwischendurch wohl auch bei anderen Frauenbekanntschaften, das hatte Tanya zumindest vermutet, wenn Marin mal wieder verschwand und sie sich bei Bernd ausweinte.

Womit er sein Geld verdiente? Keine Ahnung. Hat auf dicke Hose gemacht, wenn er mit Tanya am Tresen saß. Bernd guckte listig. »Vielleicht isser Lude.«

»Mach mal halblang, Bernd«, sagte Kalle. Tamme sollte am besten Tanya selbst fragen, dritte Klingel von oben. Kalle sah auf die Uhr über dem Tresen. »Jetzt ist es aber noch zu früh. Wenn du ihren Schönheitsschlaf störst, ist sie zu nichts zu gebrauchen.«

Während Tamme wartete, dass es dunkel wurde und Tanya aufwachte, bestellte er sich noch ein Bier. Er war von klein auf groß umgestiegen und würde sich später ein Taxi nehmen und das Auto morgen abholen. So lohnte sich wenigstens die Parkplatzgebühr.

Er sah aus dem Fenster. Zwischen Farn und Efeuranken flackerte am anderen Ende der Straße die Leuchtreklame des französischen Ladens auf. *Cuisine Française*, blinkte es in Blau-Weiß-Rot.

»Warum haben sie die Häuser dahinten abgerissen?«

»Schiebereien, wenn du mich fragst.« Kalle schnaubte. »Das hätte man gut stehen lassen können. Mir egal, wenn's so'n Schweinchen geworden wäre wie unser Haus. Alles besser als Kwisin Fronnzä.« Die letzten beiden Wörter spuckte er aus.

»Kann ich mir nicht leisten.« Bernd guckte in sein Glas.

»Der ganze Block gehört Jarek«, erklärte Kalle. »Hat er von so'm Investor übernommen, Koopmann oder so. Nicht ganz sauber, der Typ. Es gibt Gerüchte, wie er die Leute aus den alten Häusern rausgekriegt hat.«

»Kampmann?«

»Stimmt, Kampmann. Wieso fragst du, wenn du schon Bescheid weißt?« Kalles Stimme bekam einen scharfen Unterton.

Tamme musste aufpassen. Nicht zu viel fragen. Das Foto des Unbekannten vom Campingplatz wartete in seiner

Tasche, auch nach Dreyers Dealer wollte er noch fragen. Aber er durfte Kalle nicht überstrapazieren. Auch wenn Tamme vor fünfzehn Jahren den Mörder seiner Frau gefasst hatte, hatte Kalles Dankbarkeit Grenzen.

Wenig später klingelte das Telefon hinter dem Tresen. »Ans kloar«, nuschelte Kalle in den Hörer und steckte eine frische Filtertüte in die Kaffeemaschine.

Der Kaffee war gerade durch, da kam eine Frau mit taillenlangen schwarzen Haaren und viel zu großen Brüsten herein. Sie trug eine goldfarbene Tasche, ihre Füße steckten in Fellpantoffeln.

Als sie sich zwischen Tamme und Bernd an den Tresen stellte, rückte Bernd geräuschvoll auf seinem Stuhl hin und her, aber sie konzentrierte sich ganz auf den dampfenden Kaffee in ihrer Tasse.

Nachdem sie ausgetrunken hatte, stellte Kalle ihn mit den Worten vor: »Tanya, hier ist jemand, der Stevie genauso vermisst wie du.«

Tanya zuckte zusammen, sie sah zu Tamme herüber. Waren ihre Wimpern echt?

Tamme fragte direkt, wann sie Marin zuletzt gesehen hatte.

Sie wusste es noch genau. Am 8. Februar. Ein Sonntag. Am Tag darauf hatte sie Geburtstag und vergeblich auf ihn gewartet. Wenn sie nur wüsste, wo er steckt!

»Er ist tot.«

Als sie anfing zu weinen, stand er von seinem Hocker auf und legte den Arm um sie. Halt suchend drängte sie sich an ihn, er spürte ihre Brüste, das Kitzeln ihrer Wimpern in seinem Gesicht. Wer tröstete hier wen?, fragte er sich und rückte schnell wieder ein Stück von ihr ab.

»Tamme ist glücklich verheiratet.« Kalle stellte ihr einen Schnaps hin. »Bring ihn nicht in Versuchung.«

»Mir auch einen.« Tamme machte Kalle ein Zeichen, dann wandte er sich an Tanya. »Was hat Stevie gearbeitet?«

»Weiß ich nicht. Mach du deinen Job, ich mach meinen, hat er immer gesagt.«

Ihr Blick erinnerte Tamme an ein angeschossenes Tier. Erstaunlich, wie wenig sie über den Mann wusste, mit dem sie jahrelang zusammengelebt hatte! Obwohl, was wusste er von Imke?

»Wir haben eine Spur.« Er holte das Foto von dem Unbekannten hervor.

»Zeig mal her!« Bernd war aufgestanden und zog es zu sich heran. »Haste noch mehr Fotos dabei? Können wir in mein Panini-Album kleben.« Er hielt sich das Bild so dicht vor die Nase, als würde er daran riechen. »Der war hier. Hat er nicht nach Stevie gefragt?«

Kalle nahm wieder seine Brille. »Mich nicht.« Er wandte sich an Tamme. »Wärst du mal gestern zum Sparclub gekommen, Ilse hat ja 'nen Auge auf junge Männer.«

Tja, vielleicht würde er nächste Woche wiederkommen. »Tanya, hast du den Mann schon mal gesehen?«

»Ist das Stevies Mörder?« Mit einem Taschentuch tupfte sie die verschmierte Schminke um ihre Augen weg und lehnte sich an ihn.

»Möglich, ich weiß es nicht«, sagte Tamme wahrheitsgemäß. Diesmal rückte er nicht von ihr ab.

»Stevie hat ab und zu mit ihm was getrunken, wenn ich arbeiten war. Nicht besonders helle, der Typ, hat Stevie gemeint.« Sie drückte Tammes Bizeps. »Dafür hier.«

»Woher kannten die beiden sich?« Er atmete ihren Duft ein.

»Weiß ich nicht.«

»Weißt du, wie er heißt?«

»Gorillababy.«

»Und sein richtiger Name?«

»Keine Ahnung.« Sie klimperte mit den Riesenwimpern. »Stevie hat's mir bestimmt gesagt, aber ich hab's vergessen.«

Tamme glaubte ihr nicht. Wieso sollte Marin ihr ausgerechnet einen Namen verraten, wenn er ihr sonst nichts sagte.

»Bin gleich wieder da.« Er löste sich von ihr.

Als er die Treppe in den Keller hinunterstieg, schwankte er. Dass Marin den Unbekannten kannte, würde Svea interessieren. Auf der Toilette holte er sein Handy hervor, mehrfach tippte er das Hörersymbol an. Mist, hier unten gab es keinen Empfang.

Als er zurück nach oben kam, war Tanya verschwunden

»Ich hab ihr gesagt, dass du'n Bulle bist.« Bernd klang streitlustig.

»Quatsch, sie musste längst bei der Arbeit sein«, meinte Kalle.

Tamme ließ die beiden stehen und rannte zur Tür.

»Pass doch auf, Mann!«

Beinahe hätte er das Pärchen umgerannt, das Arm in Arm über den Bürgersteig schlenderte. Er murmelte eine Entschuldigung und sah sich um. Keine Spur von Tanya. Zum Glück wusste er, wo sie zu finden war. Aber erst rief er Svea an.

8

»Kann mal jemand die Glühbirne wechseln?«, flüsterte Svea.

Sie saß neben Franzi im Auto und starrte nach draußen, auf die von zwei Straßenlaternen erleuchtete Szenerie. Wobei die eine flackerte, als würde sie nicht mehr lange leben.

Sie hatte den Wagen so schräg wie möglich in die Parklücke gequetscht. So hatten sie das Abbruchhaus auf der anderen Straßenseite genauso im Blick wie das SEK, das sich etwa dreißig Meter weiter versammelt hatte, hinter einer Wand aus Baucontainern.

»Acht Minuten noch«, meldete die Kommandoführerin über Funk.

Dann würden ihre Männer die Wohnung in der zweiten Etage stürmen. Die einzige im ganzen Haus, hinter deren Fenstern schwaches Licht brannte. Und in der sich, wenn Svea sich nicht gewaltig irrte, Helge Dreyers Mörder verbarg.

Seit heute Nachmittag hatten sich die Ereignisse überschlagen.

Svea hatte die Kollegen gerade mit dem Bild des Gesuchten an den Falkenstein losgeschickt, als sie Dreyers Ex-Freundin erreichte. Die allerdings im Zug saß und schlechten Handyempfang hatte, sie wollte am nächsten Bahnhof aussteigen, um Svea zurückzurufen. Während Svea darauf gewartet hatte, hatte sie routinemäßig die Personenbeschreibung des Gesuchten in ihre Datenbank eingegeben – und nach wenigen Klicks einen Treffer gelandet.

Ronny Schuback.

Vorbestraft wegen Nötigung und gefährlicher Körperverletzung. In der Anklageschrift tauchte gleich mehrfach der Name Janpeter Kampmann auf. Schuback schien einer seiner Männer fürs Grobe gewesen zu sein, war am Ende sogar für den Investor in den Knast gewandert. Das war allerdings Jahre her. Aber vorgestern Abend war Schuback aus genau der Haustür getreten, die sie jetzt beobachteten. Er hatte einen Radfahrer umgestoßen und bedroht, dummerweise war in dem Moment ein Streifenwagen vorbeigefahren, die Kollegen hatten gestoppt und Schubacks Personalien aufgenommen.

Bei der Adresse des Einsatzorts war Svea stutzig geworden. Hatte sie die nicht erst heute Morgen in den alten Ermittlungsakten vom LKA 5 gelesen? Ein Anruf bei den Kollegen hatte ihren Verdacht bestätigt: Das Haus gehörte Kampmann, war eins seiner entmieteten Objekte.

Mindestens einmal Kampmann zu viel, um Zufall zu sein.

Ein Knacken aus dem Funkgerät auf dem Armaturenbrett unterbrach ihre Gedanken.

»Fünf Minuten noch.«

Rauschen.

Die SEKler setzten die Sturmhauben auf und zogen die Schutzkleidung über. Sveas Anspannung stieg, sie trommelte mit den Fingern aufs Lenkrad. Hoffentlich hatte sie sich nicht getäuscht.

Bevor ihnen der Einsatz hier genehmigt worden war, hatten sie zuerst bei Schubacks Meldeadresse vorbeigucken müssen. Natürlich hatten sie den Gesuchten dort nicht angetroffen. Dafür durfte die Spurensicherung jetzt alte Socken und Pizzakartons in dem zugemüllten Ein-Zimmer-Apartment aufsammeln. Manchmal nahm Sveas Chefin es mit den

200

Vorschriften sehr genau. Dadurch hatten sie wertvolle Zeit verloren, die Schuback aber zum Glück nicht genutzt hatte, um woanders unterzutauchen.

Zwei SEKler in Zivil observierten seit zwei Stunden das Haus auf der anderen Straßenseite. In der Zeit hatte ihr Mann sich dreimal gut sichtbar ans Fenster gestellt und eine Zigarette geraucht. Vor knapp einer Stunde war das Licht angegangen. Es machte nicht den Eindruck, als fühlte Schuback sich beobachtet.

Sveas Telefon vibrierte.

Tamme. Ausgerechnet jetzt! Sie hatte mehrfach vergeblich versucht ihn zu erreichen.

»Ganz kurz nur«, meldete sie sich.

Neben ihr stieß Franzi hörbar die Luft aus.

»Ich habe Marins Freundin Tanya getroffen. Marin kannte unseren Mann.« Tammes Stimme klang verwaschen. »Ich weiß nur noch nicht, wie er heißt. Aber das krieg ich auch noch raus.« Ein gurgelndes Geräusch folgte.

»Igitt«, flüsterte Franzi.

Svea verzog das Gesicht. Rülpste Tamme ins Telefon? »Nicht nötig. Wir wissen, wer der Mann ist«, informierte sie ihn.

»Tanya hat mich verlassen, einfach ins Dollhouse. Wie Imke.«

Was redete er da? War er betrunken? »Wo bist du?«

»Ich fahr jetzt nach Hause«, nuschelte er.

Sveas Funkgerät auf dem Armaturenbrett knisterte. »Es geht los.«

Die vermummten Männer stellten sich in einer Reihe auf und marschierten Richtung Abbruchhaus.

»Was geht los?« Tamme lallte. Eindeutig.

201

»Nimm dir ein Taxi!« Svea drückte das Gespräch weg und konzentrierte sich ganz auf den Einsatz.

Die Truppe war jetzt vor dem Haus angekommen. Zwei der Männer postierten sich rechts und links der Eingangstür, ihre Waffe im Anschlag, ein dritter umklammerte eine Ramme und holte aus.

Krachen. Splittern.

Einer nach dem anderen wurden die Männer von dem dunklen Hausflur verschluckt.

Svea zählte die Sekunden.

Bei zehn krachte es erneut, dumpfer diesmal. Jemand schrie.

Hinter den Fenstern huschten Schatten.

Gepolter.

Dann war Ruhe.

Svea hielt den Atem an. Mit einem leisen Klicken öffnete sie ihre Autotür, ließ sie aber noch angelehnt. Sie nickte Franzi zu, die es ihr gleichtat.

»Ihr könnt übernehmen«, meldete sich die Kommandoführerin per Funk aus der Wohnung. Der Tatverdächtige war unter Kontrolle.

Hoffentlich habe ich mich nicht getäuscht. Als Svea die Straße überquerte, drängte der Gedanke erneut in ihren Kopf. Sie schob ihn zur Seite, dafür war es jetzt zu spät.

Eingerahmt von zwei SEKlern, die mit ihren Taschenlampen die ausgetretenen Stufen im Treppenhaus erhellten, eilten Franzi und sie nach oben, in die zweite Etage des Abbruchhauses.

An die zehn Kollegen drängelten sich in dem schmalen Eingangsflur der Wohnung, sie plauderten, lachten, als wären sie auf einer Party. Dass ihre Stimmen durch die Sturmhauben halb verschluckt wurden, schien sie nicht zu stören. Ebenso wenig wie die schlechte Luft. Schimmel. Pisse. Undefinierbarer Mief. Die Männer hatten ihren Job erledigt und warteten nur noch auf das Kommando zum Abrücken.

Svea versuchte durch den Mund zu atmen, als sie sich gefolgt von Franzi durch die Menge schob.

Im Vorbeigehen guckte sie in die Küche, oder das, was mal die Küche gewesen war. Außer einem an die Wand montierten Spülbecken und einem Herd, aus dem die Backofentür herausgebrochen worden war, war der Raum leer. Mit Leuchtfarbe hatte jemand *ACAB* an die Wand gesprüht. *All cops are bastards.*

An der nächsten Tür erwartete sie die Kommandoführerin.

»Da ist er.« Mit dem Funkgerät in der Hand wies sie in die Ecke, wo sich drei SEKler breitbeinig im Halbkreis aufgebaut hatten.

Sie hielten ihre Pistolen schräg nach unten gerichtet, auf den Mann, der auf der Matratze vor ihren Füßen lag, mit dem Rücken zur Wand, gekrümmt wie ein Embryo, gefesselt an Händen und Füßen. Reglos starrte er in Sveas Richtung, die Augen verengt, als wäre er kurzsichtig.

Mit einem Blick scannte sie ihn ab. Helle Stoppelhaare, stämmiger Körper, aufgepumpte Oberarme. Kein Zweifel, er sah genauso aus wie der Mann von dem Überwachungsvideo. Erleichterung durchströmte sie wie eine warme Welle, sie hatte richtig gelegen mit ihrer Ahnung.

»Ist er verletzt?«, fragte sie leise.

»Nein.«

»Warum liegt er dann da?«

Die Kommandoführerin zuckte die Achseln. »Als wir ihn auf den Stuhl setzen wollten, hat er sich gewehrt.«

»Waffen?«

»Das Messer steckte in seiner Hemdtasche.« Die Kommandoführerin zeigte zum Tisch, auf dem ein eingeklapptes Springmesser lag.

»Herr Schuback?«, fragte Svea laut.

Der Mann hob den Kopf, soweit seine Lage das erlaubte.

»Können Sie sich ausweisen?«

Er schnaubte durch die zusammengekniffenen Lippen, dann ließ er den Kopf wieder sinken.

Sie sah sich um.

Über der Lehne des einzigen Stuhls hing eine Bomberjacke, schätzungsweise dieselbe, die er bei seinem Besuch auf dem Campingplatz getragen hatte. Svea zog ihre Schutzhandschuhe über und fasste in die Taschen. Nichts. Nur ein paar undefinierbare Krümel, die sie gleich wieder zurückrieseln ließ.

»Rufst du die Spurensicherung an?«, wies sie Franzi an. »Wir brauchen ein zweites Team.« Sobald sie Schuback ins Präsidium abtransportiert hatten, sollten die Kollegen sich Wohnung und Treppenhaus vornehmen. Vielleicht war Marin auch hier gewesen? Oder sogar Kampmann?

Svea hob den Rucksack auf, der unter dem Tisch stand.

Unterhose, Socken, eine Flasche Schnaps, eine angebrochene Stange Zigaretten. In einem Extrafach steckten Schlüsselbund, Handy, acht Fünfzig-Euro-Scheine und etwas Kleingeld. Mist, irgendwo musste der Mann seinen Ausweis haben, die Kollegen von der Streife hatten schließlich vorgestern seine Personalien aufgenommen.

Sie trat an die Matratze heran. Als er sich krümmte, um

mit dem Hintern näher an die Wand zu rücken, fiel ihr die Beule in der Gesäßtasche seiner Hose auf.

»Steckt Ihr Portemonnaie in der Hosentasche?«

Schnauben.

»Okay, mein Kollege fasst jetzt in Ihre Hosentasche und nimmt heraus, was auch immer darin steckt.«

Sie tippte den Mann rechts neben sich an. »Übernimmst du das?«

Mit einer Hand versuchte der Mann, das Portemonnaie aus Schubacks Hosentasche herauszuziehen, mit der anderen richtete er seine Pistole auf ihn. Erst jetzt bemerkte Svea die einen Zentimeter langen schwarzen Kötel in dem Ritz zwischen Matratze und Fußleiste. Sie glänzten wie Olivenkerne. Rattenscheiße. Kampmanns Standardrepertoire, wenn es ein Haus zu entmieten galt.

»Mann, nimm die Wumme weg, ich beiß nicht!«, schimpfte Schuback. Immerhin wehrte er sich nicht.

Der Kollege hielt seine Pistole stur weiter auf Schuback gerichtet, bis er das Portemonnaie zwischen zwei Fingern zu fassen bekam. Ein Ruck, und er streckte es Svea hin.

Beim Anblick des speckigen, mit Klebeband geflickten Leders stockte sie. Das war doch …

Hinter ihr räusperte sich Franzi. Svea wandte den Kopf und wechselte einen kurzen Blick mit ihr. Dachte sie dasselbe?

Franzi nickte leicht. Genau dieses zerfledderte Ding hatte Helge Dreyer bei seiner Befragung im Präsidium gezückt.

Vorsichtig klappte Svea es auf. Noch mehr Kleingeld. Eine Rubbellos-Niete. Und ein deutscher Personalausweis. Allerdings nicht der von Dreyer, den hatte Schuback entsorgt. So klug war er dann doch gewesen.

Sie drehte den Ausweis zwischen den Fingern, verglich das Foto mit dem Gesicht des Mannes auf der Matratze, überprüfte den Namen, die Meldeanschrift.

»Danke, dass Sie so kooperativ waren, Herr Schuback.« Sie schloss das Portemonnaie und reichte es weiter an Franzi, die es in einen Plastikbeutel gleiten ließ.

»Keine Sorge«, sie wandte sich wieder an Schuback, »Sie bekommen Ihr Portemonnaie zurück. Oder ist das gar nicht Ihres?«

Ein winziger Moment, eine Millisekunde. Schon hatte Schuback seine Gesichtszüge wieder unter Kontrolle.

»Was wollen Sie von mir?«

»Woher haben Sie das Portemonnaie?«

»Gefunden.«

»Wo?«

»Weiß ich nicht mehr.« Schubacks Stimme klang genervt.

»Dann versuchen Sie sich zu erinnern!«

»Mann, ich weiß es nicht mehr!«

Aber Svea wusste es. »Herr Schuback, Sie sind vorläufig festgenommen«, sagte sie ruhig.

Ruckartig bäumte Schuback sich auf, ballte die gefesselten Hände zu Fäusten und schrie.

Bevor er sich nach vorn stürzen konnte, hatten die Kollegen schon reagiert. Zu dritt packten sie ihn, drückten ihn zurück auf die Matratze und hielten ihn fest.

Schuback zitterte vor Anspannung und schnaufte. Als er ausspuckte und knapp das Gesicht eines der Männer verfehlte, drehten sie ihn mit einem gezielten Griff auf die Seite. Sollte er doch die Wand anspucken.

Svea stellte sich neben ihn. »Es ist ganz einfach«, erklärte sie. »Wenn Sie sich weiter widersetzen, fixieren wir Sie, schnallen Sie auf eine Trage und transportieren Sie liegend ins Präsidium, der Krankenwagen steht unten bereit. Oder«, sie beugte sich zu ihm hinunter, »Sie zeigen sich kooperativ, kommen brav zu Fuß mit nach unten und können für die Fahrt gemütlich im Einsatzwagen Platz nehmen. Es liegt an Ihnen.«

»Leckt mich doch«, flüsterte Schuback. »Ich war's nicht.«

»Was waren Sie nicht?«

»Leckt mich doch!«

Svea gab der Kommandoführerin ein Zeichen, damit sie über Funk die Sanitäter hochrief.

9

»Leckmichdochleckmichdoch.«

So ging das seit einer halben Stunde. Seit sie Schuback aus der Arrestzelle ins Vernehmungszimmer gebracht hatten. Gefesselt an Händen und Füßen, saß er jetzt immerhin brav auf seinem Stuhl gegenüber von Svea.

Er wollte keinen Anwalt, er wollte gar nichts. Er tat, als ginge ihn das alles nichts an. Dass er für Kampmann gearbeitet hatte, für ihn ins Gefängnis gewandert war, sich in seinem Haus versteckt hatte. Egal. Mantraähnlich wiederholte er sein »Leckmich«, beugte sich zwischendurch immer wieder vor und kniff dabei die Augen zusammen.

Ein Tick? Oder war er kurzsichtig – und hatte deshalb übersehen, was Svea sofort aufgefallen war, als sie ihn erkennungsdienstlich behandelt hatte? Oder war er einfach nur dilettantisch vorgegangen?

So oder so. Die Beweislage war erdrückend. Sie hatten das Portemonnaie, die Zeugenaussagen, das Video. Höchstwahrscheinlich entdeckte die KTU an seinen Schuhen ein Rest Erde vom Tatort, ein Sohlenabdruck würde mit den Spuren übereinstimmen, die die Kollegen fotografiert hatten.

Und als Svea vorhin seinen rechten Zeigefinger auf den Scanner gepresst hatte, waren ihr die Schmauchspuren an seinem Jackenärmel aufgefallen. Sie hatte ihm sofort die Jacke abnehmen lassen und Franzi damit in die KTU geschickt. Auf das Untersuchungsergebnis mussten sie bis morgen Vormittag warten. Aber sie würde einiges drauf verwetten, dass die winzigen Rußpartikel aus derselben Waffe stammten wie die an Dreyers Schläfe.

»Leckmichdochleckmichdoch.« Wie in Trance murmelte Schuback die Worte vor sich hin.

»Herr Schuback«, unterbrach Svea ihn. »Im Moment bleiben Ihnen drei Möglichkeiten …«

Ihr Telefon vibrierte in der Hosentasche. Die Teamleiterin der Spurensicherung. Svea bat einen Beamten zur Bewachung ins Zimmer, ging vor die Tür und rief zurück.

»Wir sind so weit durch«, meldete die Kollegin und teilte mit, was sie in einer Plastiktüte im Spülkasten der Toilette gefunden hatten: einen Schlüsselbund und Dreyers Ausweis.

»Schick mir bitte ein Foto von den Schlüsseln. Jetzt gleich.« Svea hörte selbst, wie atemlos sie klang. Da waren es nur noch zwei Möglichkeiten …

Sie hatte kaum aufgelegt, als das Telefon erneut vibrierte. Auf dem Display ploppte das Bild eines Schlüsselbundes auf, neben dem Karabiner baumelte der altmodische Schlüssel, den Dreyer bei seiner Vernehmung am Dienstag vorgezeigt hatte. Scheiße, Svea sah den armen Kerl wieder vor sich. Wie er sich auf dem Stuhl gelümmelt hatte, wie er die Fluse hervorgepult hatte, wie er nervös geworden war, als es um Bigi ging.

Hätten sie ihn im Präsidium behalten sollen?

Dann würde er jetzt noch leben.

Aber es hatte keine Anzeichen für eine Bedrohung gegeben.

Hätten sie ihn trotzdem im Präsidium behalten sollen?

Schluss jetzt! Das machte Dreyer auch nicht mehr lebendig. Sie stoppte ihr Gedankenkarussell und steckte ihr Telefon zurück in die Hosentasche. Morgen früh würde jemand den Schlüssel vor Ort überprüfen, Svea wusste jetzt schon, dass er in die Tür im Zaun passte.

Zurück im Vernehmungszimmer, machte sie dem Beamten ein Zeichen, zu bleiben. Sie wandte sich an Schuback. »Ich habe mich vertan, Sie haben nur zwei Möglichkeiten. Erstens, Sie schweigen weiter. Dann können Sie es sich meinetwegen auf einer Matratze im Gefängnis gemütlich machen, bis Sie alt und grau sind. Zweitens, Sie spielen mit und wir informieren das Gericht über Ihre Kooperationsbereitschaft. Also noch mal: Wie sind Sie an das Portemonnaie gekommen?«

»Leckmichdochleck…«

»Nächste Frage: Woher haben Sie den Schlüsselbund?« Sie sprach langsam, betonte das letzte Wort auf jeder Silbe.

Schuback erblasste.

»Und den Ausweis?«

»Iii–ich weiß nicht, was Sie meinen«, stotterte er.

»Sie haben Helge Dreyer umgebracht.« Eine Feststellung, keine Frage.

»Wen?«

Er gab sich verblüfft, aber Svea ließ sich nicht täuschen. »Den Mann, dem Sie das Portemonnaie weggenommen haben.«

»Das habe ich gefunden!« Schuback versuchte sich von seinem Stuhl hochzudrücken, wurde jedoch von dem Beamten zurückgehalten. »Sie wollen mir hier was anhängen!«, schrie er.

»Wir wollen Ihnen gar nichts anhängen.« Svea blieb betont ruhig. »Wir haben uns mit Janpeter Kampmann unterhalten. Ich dachte, als sein treuer Mitarbeiter wissen Sie davon.«

Schuback guckte irritiert. »Äh. Ja, klar.«

»Herr Kampmann hat Ihnen doch gesagt, was er uns verraten hat, oder?«

Er runzelte noch mehr die Stirn.

»Wir wissen Bescheid«, behauptete Svea. »Sie können Ihr lächerliches Täuschungsmanöver beenden.«

Schubacks Augen weiteten sich. »Kampmann will mich in die Pfanne hauen!«

Er hatte begriffen, worauf sie hinauswollte. Sie wartete.

»Scheiße!« Er ballte die Hände zu Fäusten. »Er hat mir doch die Waffe beschafft und gesagt, ich soll dafür sorgen, dass Dreyer ihm das Haus überlässt!«

War das ein Geständnis? Svea staunte. So prompt war noch nie jemand auf ihren Bluff angesprungen. Er schien wirklich nicht der Hellste. Wieso Kampmann ausgerechnet ihn ausgesucht hatte, war ihr ein Rätsel.

»Sie sollten Dreyer umbringen.«

»Ja.« Er nickte wie ein eifriger Schüler, dann schien er zu überlegen. »Was kommt für mich dabei raus, wenn ich Ihnen alles erzähle?«

Unglaublich! Sie zwang sich, gelassen zu bleiben, und erklärte ihm erneut, dass sich seine Kooperationsbereitschaft vor Gericht positiv auswirken konnte. Und verschwieg, dass sie darauf weiter keinen Einfluss hatte.

Woraufhin Schuback prompt drauflosplauderte.

Er gab zu, dass Kampmann ihn Dienstag zuerst zum Campingplatz geschickt hatte, leider hatte er Dreyer dort knapp verpasst. Später sollte er ihm dann vor Bigis Wohnhaus in der Nähe der Königstraße auflauern.

»Ein Scheißjob, ich musste die Nacht über draußen vor der Tür rumstehen«, beschwerte er sich, die Waffe hatte die ganze Zeit über in seiner Tasche gedrückt. »Völlig umsonst!« Morgens um kurz nach fünf hatte Kampmann ihn plötzlich angerufen und von seinem Posten abgezogen. Zwei Straßen weiter wartete ein Taxi und brachte ihn nach Hause, wo er sich ausruhen sollte, bis weitere Anweisungen kamen. Gegen zwölf hatte Kampmann erneut angerufen und ihm eine SMS geschickt, die Schuback an Dreyer weiterleiten sollte.

Schuback stöhnte. »Danach musste ich schon wieder los und im Wald oberhalb vom Campingplatz auf Dreyer warten. Aber dann«, er streckte einen Zeigefinger vor, »bämmm. Auftrag erledigt.«

Svea zwang sich, zustimmend zu nicken, und Schuback verriet noch, dass Kampmann ihn auch auf Dennis Röder angesetzt hatte.

»Ich hab dem Typen klargemacht, dass er sich nicht in die Geschäfte anderer Leute einmischen soll«, verharmloste er seine Morddrohung an Röder. »Hat geklappt.«

Nicht ganz, dachte Svea. Schließlich hatte Röder sich in seiner Panik an Tamme gewandt und verraten, dass Kampmann den Baudezernenten bestochen hatte.

»Ich habe noch weitere Fragen, aber vorher brauche ich einen Kaffee. Sie auch?«

Schuback nickte. »Schwarz.«

Auf dem Flur lief Svea in die entgegengesetzte Richtung vom Kaffeeautomaten. Schuback hatte mehr als genug Details über den Mord verraten, die nicht nur ihm lebenslänglich einbringen konnten. Sie durften keine Zeit verlieren. Womöglich war bereits durchgesickert, dass sie Schuback aufgespürt hatten. Sie mussten Kampmann festnehmen, bevor er auf die Idee kam, sich nach Mallorca auf seine Finca abzusetzen.

Zum Glück hatte die Staatsanwaltschaft per Eilantrag Kampmanns Observierung veranlasst, seit heute Nachmittag überwachten die Kollegen vom LKA 5 jeden seiner

Schritte. Ein Anruf bei Henner Uptmoor und sie wüsste, wo Kampmann sich gerade aufhielt.

Im Laufen wählte sie seine Nummer, er ging sofort ran.

»Glückwunsch, Kollegin!«, sagte er, nachdem er sich ihre Kürzestzusammenfassung der Ereignisse angehört hatte.

Sie erfuhr, dass Kampmann gegen acht seine Firma verlassen hatte und direkt nach Hause gefahren war, jetzt schlief er schätzungsweise. Zumindest war vor wenigen Minuten das letzte Licht im Haus gelöscht worden. Im Übrigen war er allein, kein Damenbesuch, seine Frau urlaubte noch auf Mallorca, die Angestellten hatten Feierabend.

Bestens! Da genügte es, Franzi zu schicken. Sobald sie das Gespräch beendet hatten, würde Uptmoor seine Leute anweisen, die Kollegin bei der Festnahme zu unterstützen. Svea könnte sich derweil weiter um Schuback kümmern.

»Schuback hat gestanden, dass Kampmann ihn beauftragt hat«, rief sie noch in der Tür zu Franzis und Tammes Büro. »Du kannst gleich los, ihn festnehmen. Uptmoor weiß Bescheid.«

Während sie den Einsatz durchsprachen, lachte Svea plötzlich laut auf. Wahrscheinlich würde Kampmann im ersten Moment geschmeichelt sein, wenn er die Tür öffnete und Franzi davorstand. Bevor er die bewaffneten Kollegen im Hintergrund bemerken würde. Was für eine Vorstellung!

Kurz darauf stürmte Franzi auch schon los. Und Svea lief zurück zu Schuback.

»Der Automat ist kaputt«, erklärte sie, als sie das Vernehmungszimmer mit leeren Händen betrat. »Ich lasse Ihnen nachher einen Kaffee bringen. Aber erst müssen Sie uns in einer weiteren Sache helfen.«

Sie zeigte ihm Marins Foto. »Kennen Sie diesen Mann?«

213

Nach einem Hauch von Zögern verneinte er. Aber sie hatte das Aufblitzen in seinen Augen bemerkt.

»Das ist gelogen, Herr Schuback. Wir haben mit Tanya gesprochen.«

»Tanya?« Er schien zu überlegen, dann schimpfte er: »Tanya, is' 'ne Schlampe.«

Sie überhörte seine Antwort. »Wer ist der Mann?«

»Steve.«

»Nachname?«

Schweigen.

»Woher kennen Sie ihn?«

Schweigen.

»Sie wollten mitspielen«, erinnerte Svea ihn.

Schuback stöhnte. »Ich glaub, er heißt Marin. Hab mit ihm 'nen paar Jobs für Kampmann erledigt.«

»Was für Jobs?« Svea konnte es sich denken.

Sie bemühte sich, ruhig zu bleiben, als Schuback die Machenschaften beschrieb, mit denen Marin und er die letzten Mieter aus dem Haus vertrieben hatten, in dem sie ihn vorhin aufgegriffen hatten.

Marin hatte auch für Kampmann gearbeitet! Das hatte Svea zwar vermutet, seit Tamme ihr von der Bekanntschaft zwischen Schuback und Marin berichtet hatte. Aber jetzt hatte sie die offizielle Bestätigung, um Kampmann auch deshalb dranzukriegen. Henner Uptmoor musste mehr als einen ausgeben!

»Wann haben Sie Marin zuletzt gesehen?«

»Keine Ahnung, muss zwei, drei Monate her sein.«

»Wo war das?«

Erneutes Schweigen.

»Sie waren mit ihm am Falkenstein.«

Schuback gab sich verblüfft. »Nein. Da hat Kampmann mich erst hingeschickt, als Marin verschwunden war.«

Verschwunden? Eine nette Umschreibung. »Marins Überreste liegen in der Rechtsmedizin, er ist tot, ermordet.«

»Was?« Schubacks Stimme zitterte, sie las Angst in seinen Augen. »Wer war das?«

Sie sah ihn an, sagte nichts, lächelte.

»Scheiße! Damit hab ich nichts zu tun!«

»Ich rate Ihnen, doch noch einen Anwalt hinzuzuziehen.« Svea stand auf. »Auf Wiedersehen, Herr Schuback.«

Auch wenn der Mord an Marin auf den ersten Blick nicht seine Handschrift trug, konnte Schuback einen Komplizen gehabt haben. Oder zumindest den Mörder kennen.

Svea holte sich einen Kaffee am Automaten, dann ging sie in ihr Büro und rief bei der Staatsanwaltschaft an. Sie hatte noch nicht ausgetrunken, da ratterten zwei Haftbefehle aus dem Faxgerät. Einer für Schuback, einer für Kampmann.

Sie sah auf die Uhr in ihrem Handy. 23:45 Uhr. Der Arbeitstag war lang gewesen. Und um kurz vor Mitternacht noch lange nicht zu Ende.

Der Gefangenentransporter, der Schuback in die U-Haftanstalt am Holstenglacis bringen sollte, stand bereit und konnte gleich abfahren. Aber bis Kampmann die freigewordene Arrestzelle belegte und sie ihm den Haftbefehl persönlich in die Hand drücken konnte, musste sie noch warten. Sie überschlug die Fahrtzeit zwischen Präsidium und seinem Privathaus. Seit sie Franzi losgeschickt hatte, war eine knappe Stunde vergangen. Noch mal so lange dauerte es, bis Franzi wieder zurück war. Wenn alles nach Plan lief. Bis jetzt hatte die Kollegin sich nicht gemeldet. Was bei Franzi allerdings, anders als bei Tamme, ein gutes Zeichen war.

Svea sollte die Zeit bis zu Kampmanns Vernehmung nutzen, um sich auszuruhen.

Aber vorher loggte sie sich in ihr privates E-Mail-Konto ein. Hatte der Mann von der Wohnungsgesellschaft nicht gesagt, er wolle sich heute noch melden?

Nichts. Auch nicht im Spam-Filter. Nur diverse Sex-Angebote, die obligatorische Penisverlängerung und der Millionengewinn in der spanischen Lotterie. Sie wollte sich schon wieder ausloggen, da bemerkte sie, dass eine der Nachrichten mit dem Betreff »Bitte melde dich!« von Jo stammte.

Ganz bestimmt nicht! Sie klickte auf Löschen. Der letzte Schluck lauwarmer Kaffee schmeckte so bitter, dass sie ihn zurück in die Tasse spuckte.

10

0:58 Uhr. Svea stand am geöffneten Fenster, Nachtluft quoll ins Zimmer, kühl, klar und unverbraucht. Sie hob die Arme über den Kopf und streckte sich, bis sie ein Ziehen in der Seite spürte.

Sie war in ihrem Stuhl eingenickt, als Franzi gerade angerufen hatte.

Einsatz erfolgreich. Franzi befand sich auf dem Rückweg, Kampmann saß hinten im Wagen und verhielt sich ruhig. Fünf Minuten, dann würden sie am Präsidium vorfahren. Es hatte eine Verzögerung bei der Festnahme gegeben, weil Kampmann mehrfach vergeblich versucht hatte, seinen Anwalt anzurufen. Und dann hatten Uptmoors Leute ihm noch erlaubt, den Morgenmantel mit dem aufgestickten *Janpeter* gegen einen Businessanzug zu tauschen.

Das würde ihm auch nicht mehr helfen.

Sveas Energie kam zurück. Als sie die Arme wieder herunternahm, bog ein PKW, dicht gefolgt von einem zweiten, in die Auffahrt zum Präsidium ein. Franzi mit Uptmoors Leuten?

Sie löschte das Licht im Zimmer, um besser sehen zu können.

Die beiden Wagen stoppten hintereinander auf dem Parkplatz. Aus dem vorderen stiegen zwei Männer aus und eilten zur Beifahrerseite des anderen Wagens. Einer der Männer riss die Rücksitztür auf, der andere griff die Person auf dem Sitz am Arm und zog sie heraus. Eine Geste, wie man es mit einem ungezogenen Kind tun würde.

Und mit Kampmann.

Anstelle seiner protzigen Computeruhr blitzten die Handfesseln im Schein der Laterne auf, als sich die kleine Gruppe, angeführt von Franzi, Richtung Eingang bewegte.

Selbst wenn es Kampmann erneut gelang, seinen Kopf aus der Schlinge zu ziehen, diesen Anblick würde Svea nicht vergessen!

Sie blieb noch einen Moment am Fenster stehen und atmete die Nachtluft ein.

Sirenengeheul verklang in der Ferne, eine Katze kreischte auf. Schließlich war alles still.

Franzi und sie hatten abgemacht, dass Kampmann zunächst in die Arrestzelle kam und Franzi ihm den Haftbefehl wegen Beihilfe und Anstiftung zum Mord aushändigte. Erst danach sollte Svea mit ihm sprechen.

Sie stieß sich vom Fensterbrett ab und machte sich zum zweiten Mal innerhalb weniger Stunden auf den Weg zum Vernehmungszimmer.

Kampmann wartete bereits auf sie. Er war sichtlich aufgebracht, die Muskeln an seinem Kiefer zuckten, seine Handgelenke zierten rote Streifen, aufgescheuert von den Handfesseln.

Als sie das Band einschaltete, zischte er: »Das werden Sie bereuen.« So leise, dass es auf der Aufnahme schlecht zu hören sein würde.

»Drohen Sie mir?«

»Tss …«

Svea ignorierte sein abschätziges Lächeln und begann mit den Formalien.

Uhrzeit. Personalien. Vernehmungsfähigkeit.

Tatvorwurf.

Bei dem Wort »Mord« wedelte Kampmann mit den Händen, als könne er den Grund seiner Verhaftung wie ein lästiges Insekt vertreiben. Die Handfesseln klirrten leise.

Sie fuhr fort mit der Belehrung.

Natürlich schwieg Kampmann. Nichts ohne seinen Anwalt! Aber der meldete sich frühestens am Morgen.

Solange spielte Svea ihm die Aufnahme von Schubacks Vernehmung vor und beobachtete ihn beim Zuhören.

Seine locker übereinandergeschlagenen Beine, das rhythmische Wippen seines Fußes zu Schubacks Leckmich-Mantra. Sein Ich-bin-besser-als-du-Grinsen, jedes Mal wenn Schuback schwer atmend nach dem richtigen Wort suchte.

Was hatte Uptmoor gesagt? Wenn einer wie Kampmann zu oft davongekommen war, könne er zu Größenwahn neigen und sich am Ende unbesiegbar glauben. Bei dem Mann, der vor ihr saß, war das längst passiert. Hätte er sonst jemanden wie Schuback auf Dreyer angesetzt?

Sie ließ die Aufnahme weiterlaufen, bis zu der Stelle, an der sie den Falkenstein ansprach und Schuback behauptete, da habe Kampmann ihn erst hingeschickt, nachdem Marin verschwunden war.

Bevor sie wieder zu sprechen anfing, stoppte sie die Wiedergabe. »Ihr Mitarbeiter hat Sie verraten«, stellte sie fest.

»Wenn Sie so einem Zigeuner eher glauben als mir.« Kampmanns Stimme klang rau. Als habe er zu viel statt zu wenig geredet. Wahrscheinlich war er es nicht gewohnt, so lange zuzuhören, ohne zwischendurch selbst etwas zu sagen und von seiner Sekretärin mit Getränken versorgt zu werden.

Svea hatte ihm jedenfalls nichts angeboten. Und hatte es auch nicht vor. Was für ein überhebliches Arschloch!

»Ich glaube gar nichts, wenn, dann weiß ich etwas«, erklärte sie ihm. »Helge Dreyer ist nicht das einzige Mordopfer. Stefan Marin ist ebenfalls keines natürlichen Todes gestorben.«

Schuback hatte ängstlich auf diese Mitteilung reagiert. Kampmann gab sich ungerührt, sie registrierte nicht das kleinste nervöse Zucken, weder in seinem Gesicht noch an seinem Körper. Das Einzige war ein schmallippiges Lächeln.

Im Gegensatz zu seinem herablassenden Rumgehampel, als er Schubacks Geständnis zugehört hatte, bemühte er sich auffällig um Haltung. Auch wenn die Zurichtung von Marins Leiche nicht Kampmanns Stil entsprach, war er doch irgendwie in die Geschehnisse rund um den Mord verwickelt, mutmaßte sie. Hatte er ihn womöglich sogar in Auftrag gegeben wie den Mord an Dreyer? Diesen Verdacht hatte Franzi vorhin spontan geäußert.

Aber für heute war Schluss, Kampmann sollte unbedingt noch ein bisschen in der Arrestzelle schmoren, bevor sein Anwalt kam.

»Das wird sich morgen als Missverständnis rausstellen«, tönte er, als Franzi mit einem Kollegen ins Zimmer trat, um ihn abzuholen. Beim Aufstehen zwinkerte er Franzi zu.

Versuchte er etwa zu flirten?

Größenwahnsinnig, dachte Svea, als sie wenig später vor dem Kaffeeautomaten stand und dem dunklen Strahl zusah, der in den Becher platschte. Ein letzter Koffeinkick für die Fahrt nach Hause.

Wirklich komplett größenwahnsinnig! Aber das würde ihm hoffentlich bald vergehen. Sie jedenfalls setzte alles daran, Kampmann diesmal dranzukriegen. Ab morgen wieder, mit frischer Energie.

Als sie kurz darauf auf den Ring 2 Richtung Altona bog, kam ein Lied im Autoradio, wie für sie gemacht: »Die Nacht war kurz, und ich steh früh auf.« Eine näselnde Männer-stimme, dazwischen Mundharmonika. Gitarrenriffs.

Sie drehte lauter.

»Die Nacht war kurz, ich steh früh auf.

Die Nacht war kurz, ich steh früh auf.«

Der Refrain in Endlosschleife, wie früher, eine Schall-platte mit Sprung.

Sie sang mit. Laut und falsch. Egal. Hauptsache, sie blieb wach, bis sie zu Hause war.

Als sie den Wagen in die letzte freie Parklücke vor ih-rem Haus quetschte, zeigte die Apothekenuhr auf der an-deren Straßenseite 3:30 Uhr an. Vor vier Tagen, genau eine Stunde früher, war sie laufen gegangen, weil sie nicht schla-fen konnte.

Jetzt musste sie dringend in ihr Bett, sonst schlief sie im Stehen auf der Straße ein.

Mit letzter Kraft eilte sie nach oben, schloss die Tür zu ih-rer Wohnung auf – und stockte.

Aus dem Wohnzimmer drang ein Geräusch. Ein Knacken. Da war jemand!

Sie lauschte.

Bestimmt kein Eichhörnchen, das ihren zugestaubten Weihnachtsteller entdeckt hatte. Auch wenn es klang, als brach jemand Nüsse auf.

11

Du flüsterst deine Geheimnisse in das warme Fell des Kaninchens. Was hast du ihm noch alles zu erzählen! Aber die Mutter sieht es nicht gern, wenn du deine Zeit mit dem nutzlosen Tier vertrödelst. Schließlich ist immer mehr als genug zu tun. Auch für dich. Besonders für dich. Wozu hat die Mutter dich bekommen, wenn du nicht bei der Arbeit hilfst? Das weißt du auch nicht. Aber du versuchst, den Eltern zu helfen, wo du kannst. So wird aus dir vielleicht doch noch was.

Ein letztes Mal atmest du den Duft nach frischem Heu ein und genießt das Kitzeln in der Nase. Bis morgen, flüsterst du in das Fell.

Die Luft riecht nach Blut. Da bist du ja endlich, sagt die Mutter. Sie hält das Messer in der Hand, ihre Finger sind dunkelrot verschmiert. Hinter ihr am Haken hängt das Bambi, das der Vater in der Nacht geschossen hat. Es trieft und tropft aus dem aufgeschnittenen Leib.

Du ziehst die Schüssel heran und schiebst sie unter das Bambi. Du musst gut aufpassen, wenn die Mutter gleich das Fleisch aus dem Bauch zerrt. Nicht, dass etwas danebengeht! Du hältst den Atem an.

Zuerst platscht der Darm in die Schüssel. Er ringelt sich wie die Kordeln, die du im Handarbeitsunterricht drehst. Danach kommen die Nieren, die Leber, das Herz. Zuletzt schneidet die Mutter den Schlund frei. Ratsch, ratsch, ratsch macht die blitzende Klinge. Dann legt die Mutter das Messer beiseite und streicht dir mit der Hand über den Kopf.

Heiß quillt dir das Mittagessen hoch, spritzt zwischen

deinen Lippen hervor. Bröckchen stecken dir in der Nase, es brennt und schmerzt in der Kehle.

Als sich der bittere Geschmack in deinem Mund mit dem Salz der Tränen mischt, kommt der Schlag der Mutter. Er ist so fest, dass du vornüberfällst in dein eigenes Erbrochenes.

Aus dir wird nie was.

SAMSTAG, 18.04.2015

1

Mit dem Kaffeebecher in der Hand machte Svea sich auf den Weg zur Morgenrunde. Sie trank Kette heute, nippte abwechselnd an dem Becher und gähnte. Die Nacht war mehr als kurz gewesen, es hatte sie eigentlich nicht gegeben.

Jos Cousine Berenike war mit dem Nussknacker bewaffnet aus dem Wohnzimmer gekommen und hatte aufgeschrien bei Sveas Anblick. Svea war schlagartig hellwach gewesen.

Sie habe früher anreisen müssen, erklärte Berenike zitternd. Hatte Jo das Svea nicht mitgeteilt?

Die Mail war Svea eingefallen. Eine Unverschämtheit, ihr jemanden in die Wohnung zu setzen, ohne ihre Antwort abzuwarten! Immerhin hatte sich Berenike als überraschend nett entpuppt, es war ihr so unangenehm gewesen, dass sie noch in der Nacht ins Hotel umziehen wollte. Svea hatte sie überredet zu bleiben, zumindest bis zum Morgen.

Aber was, wenn die Cousine nur der Anfang war? Heizungs- und Stromausfall, Wasserschäden, verklebte Türschlösser, Prostitution in der Nachbarwohnung.

Ratten.

Nach oben war noch viel Luft auf der Liste der Entmietungsmaßnahmen, wie Svea seit den Ermittlungen gegen Kampmann wusste.

Egal wie nett Berenike war, Svea musste dringend umziehen! Hoffentlich klappte es mit der Wohnung am Osdorfer Born, für weitere Besichtigungstermine fehlte ihr die Zeit.

Aber jetzt war erst mal die Morgenrunde dran. Sie schluckte das nächste Gähnen herunter und betrat den Konferenzraum.

»Svea!« Knusperbraun nach zwei Wochen Kanaren lächelte ihr Helmut Butenschön von seinem Platz gegenüber der Tür entgegen. Er klopfte auf den Stuhl neben sich. »Extra freigehalten.«

Svea warf den leeren Kaffeebecher in den Mülleimer und setzte sich zu ihm.

Butenschön besaß ihr gegenüber etwas Väterliches, im positiven Sinn, unterstützend, nie übergriffig. Gut, dass er zurück war! Mit ihrem müden Schädel hätte sie seinen Stellvertreter Schott noch weniger als sonst ertragen.

Als alle saßen, eröffnete Uta Wienecke die Runde. Die Ermittlungen in der Fitnessstudio-Schießerei standen kurz vorm Abschluss, berichtete der zuständige Mordbereitschaftsleiter. Es gab eine neue, noch unbekannte Wasserleiche, die zweite diese Woche, diesmal war sie im Hafengebiet unterhalb der Köhlbrandbrücke angeschwemmt worden. Sonst war alles ruhig.

Svea kam an die Reihe und fasste zunächst die gestrigen Ereignisse zusammen – in so wenigen Worten wie möglich, trotzdem brauchte sie über eine Viertelstunde.

Ronny Schuback saß sicher in seiner Zelle am Holstenglacis. Kampmann befand sich noch im Präsidium, sein Anwalt war gegen sieben eingetroffen und hatte als Erstes versucht, die Aussetzung des Haftbefehles zu erreichen; der Richter hatte jedoch befunden, die Fluchtgefahr sei zu groß. Jetzt hatten die Kollegen vom LKA 5 und vom Dezernat Interne Ermittlungen ihn in der Mangel, am Nachmittag wurde er dann ebenfalls in die U-Haftanstalt überführt und weiter vernommen.

Nicht nur Wienecke nickte mehrfach anerkennend. Endlich kriegten sie Kampmann dran!

Trotzdem spürte Svea ein ungeduldiges Ziehen im Magen. Auch wenn sie Schuback in Rekordgeschwindigkeit als Mörder Dreyers überführt und Kampmann wegen Anstiftung und Beihilfe zum Mord verhaftet hatten, blieb der rätselhafte Mord an Marin. Kampmann war zwar irgendwie darin verwickelt, das war ihr heute Nacht klargeworden. Aber hatte er ihn auch umbringen und seine Überreste im Falkenstieg vergraben lassen?

»Falkenstieg? In Blankenese?« Helmut Butenschön beugte sich vor. »Da hatte ich auch mal einen Fall.« Vor fünfundzwanzig Jahren, erinnerte er sich, war eine Frau verschwunden und nie wieder aufgetaucht, nach zehn Jahren hatte ihr Mann sie für tot erklären lassen. Ob sie tatsächlich mit ihrem Liebhaber durchgebrannt war, wie einige der Zeugen und der Ehemann vermutet hatten, wurde nie aufgeklärt. »Wie hieß die Familie noch? Lass mal überlegen …«

»Halt uns nicht mit alten Fällen auf, Helmut. Sveas Team hat jetzt genug mit Kampmann zu tun«, unterbrach Wienecke seine Ausführungen und stand auf.

Zeigten Schotts Bemühungen, seinen direkten Vorgesetzten in Misskredit zu bringen, etwa Wirkung, und Wienecke nahm Butenschön nicht mehr für voll, weil er kurz vor der Pensionierung stand? Das konnte Svea sich bei ihrer superkorrekten Chefin eigentlich nicht vorstellen. Vielleicht passte Butenschöns restentspannte Urlaubsstimmung heute einfach nicht.

Sie nahm sich vor, wachsam zu bleiben. Während sich die Runde um sie herum auflöste, blieb sie neben Butenschön sitzen.

»Erinnerst du den Namen?«, hakte sie nach.

»Lass mal überlegen. Der Mann hat damals recht schnell

das Haus verkauft und ist mit seiner Tochter umgezogen. Das arme Ding, sie war noch so klein damals.« Er hob die Hand in Höhe der Stuhllehne. »Braumeister, Baumeier? Keine Ahnung. Die Akte lagert bei uns im Archiv.«

»Alfred Burmester!«, entfuhr es Svea.

»Wenn du schon Bescheid weißt, warum fragst du?« Butenschön wirkte irritiert.

»Ich wusste nichts von dem alten Fall, wir haben Burmester routinemäßig befragt«, erklärte sie. »Er wohnt jetzt im Schluchtweg.«

»Ist er tatverdächtig?«

Svea verneinte. »Er ist dement und sitzt im Rollstuhl.«

»Er hat sich damals so rührend um seine Tochter gekümmert.«

»Jetzt kümmert sie sich um ihn.« Svea dachte daran, wie liebevoll Julia mit ihrem Vater umgegangen war, als sie sie befragt hatte. Julia gab zurück, was sie bekommen hatte. Obwohl, wenn es im Leben nach dieser Regel liefe, müsste Schott auch netter zu Butenschön sein. Viel netter. Und was war mit ihrem eigenen Vater und ihrer nicht vorhandenen Beziehung?

»Wenn du eben mitkommst, suche ich dir das Aktenzeichen raus.« Butenschön erhob sich. Sein Büro lag direkt neben dem Konferenzraum.

Kaum fünf Minuten später stand Svea im Aufzug und drückte auf K. In den Archivräumen im Keller des Präsidiums lagerten mehrere Tausend Ordner, all die ungelösten Verbrechen, um die sich normalerweise niemand mehr kümmerte. Nicht erst seit Svea in Hamburg arbeitete, überlegte man, eine extra Ermittlungsgruppe zu gründen, die systematisch die Akten durchforstete und vielversprechende

230

Fälle wieder aufrollte. In Kiel und Frankfurt war es dieses Jahr schon so weit, wusste Svea. Bis auch in Hamburg eine sogenannte Cold Case Unit eingerichtet wurde, war es dem Zufall und dem Erinnerungsvermögen der älteren Kollegen überlassen, die alten Fälle wieder ins Spiel zu bringen.

Wer weiß, was sie in der Ermittlungsakte fand. Vielleicht hatte Kampmann schon damals seine Finger im Spiel gehabt, rechtfertigte sie ihren spontanen Ausflug in die Vergangenheit. Mit einem energischen Schritt stieg sie aus dem Aufzug.

Sie zog den ersten Ordner aus dem Regal, Staub wirbelte auf und kitzelte sie in der Nase. Niesend schlug sie den Aktendeckel auf. Und ließ beinahe den Ordner fallen, als sie die Anschrift der vermissten Renate Burmester las.

Falkenstieg 18!

Burmesters hatten früher in Dreyers Haus gewohnt! Wieso hatten sie das übersehen? Stand so etwas nicht im Grundbuchauszug, den Franzi angefordert hatte?

Hastig blätterte sie weiter. Butenschöns Team, er war damals noch nicht der Leiter gewesen, hatte gute Arbeit geleistet. Die Aufzeichnungen zu den Ermittlungen füllten mehrere Ordner, wie es aussah, hatten sie nahezu alle Bewohner des Falkenstiegs befragt. Einige Namen erkannte Svea sofort wieder.

Irmhild Goosacker. Die Frau mit dem Dackel.

Goosacker hatte damals schon einen Hund mit Namen Eika besessen und regelmäßig ihre Runde mit ihm gedreht. Dabei war sie des Öfteren Renate Burmester begegnet, die aber wenn überhaupt nur knapp gegrüßt hatte; sie war Goosacker unsympathisch gewesen, das schimmerte gleich zu Anfang der Zeugenaussage durch. Aufmerksam las Svea weiter.

Interessant, sie sollte sich noch mal mit Goosacker unterhalten. Schließlich musste sie ihr sowieso mitteilen, dass ihr Hund die Leiche von Dreyer gefunden hatte. Svea hielt inne. Und wenn Goosacker es schon wusste? Was, wenn die alte Dame Svea gezielt auf der Straße abgepasst hatte? Im Gegensatz zu Burmester wirkte sie trotz ihres Humpelns rüstig ... Aber die Gedanken gingen mit ihr durch. Wie sollte ausgerechnet Goosacker in den Mord an Dreyer verwickelt sein?

Sie schlug den Order zu und nieste erneut, dreimal nacheinander. Besser, sie nahm die Fallakte mit nach oben! Sie ließ sich vom Archivleiter einen Umzugskarton geben und quetschte die acht Ordner hinein.

Warum hatte Julia Burmester nichts gesagt, als Svea anfangs den Falkenstieg erwähnt hatte?, fragte sie sich, während sie auf den Aufzug wartete. Hatte Julia absichtlich das Verschwinden ihrer Mutter verschwiegen, um den Vater nicht noch mehr aufzuregen? Oder wusste sie sowieso nichts Genaues, weil sie damals zu jung gewesen war? Fragen über Fragen. Unter der Telefonnummer, die Julia ihr aufgeschrieben hatte, hatte sie bislang niemanden erreicht, kein Anschluss unter dieser Nummer. Svea hatte keine Ahnung, wo Julia wohnte, gemeldet war sie immer noch bei ihrem Vater. Aber von Burmesters Betreuerin könnte sie bestimmt die richtige Telefonnummer und Adresse seiner Tochter bekommen.

Sie überlegte. Je nachdem wie gut Uptmoor vorankam, würde sie Kampmann und Schuback erst heute Nachmittag weiter vernehmen können. Bis dahin blieb genug Zeit, um zu Goosacker in den Falkenstieg und in den Schluchtweg zu fahren, Wienecke musste es ja nicht unbedingt mitbekommen.

Als sie mit dem Karton auf den Armen durch den Flur des Morddezernats ging, prallte sie beinahe mit Schott zusammen.

»Hoppla, Kollegin, ziehst du um? Dann kann ich mich ja um deinen Job bewerben.« Er lachte meckernd. »Ich hab sowieso keine Lust zu warten, bis der Alte in Pension geht.«

Arschloch, dachte Svea.

»Redest du nicht mehr mit mir?«, rief er ihr hinterher.

Wachsam bleiben!, notierte sie in Gedanken.

2

»Ich kann mir vorstellen, wie es dir geht.« Franzi kam halb um Tammes Schreibtisch herum und tätschelte seine Schulter.

Er wollte ihre Hand greifen, Halt suchen, eine Umarmung. Aber sie ließ schon wieder los und setzte sich zurück auf ihren Platz.

Vielleicht war es besser so. Als er gestern eine Frau in den Armen gehalten hatte, hatte er ziemliche Dummheiten gemacht. Glaubte er zumindest.

Franzi musterte ihn. »Alles ist grau«, dramatisch senkte sie die Stimme, »düster. Du siehst kein Licht am Ende des Tunnels. Gleichzeitig zerreißt es dich.«

Von wegen, er fühlte sich, als würde er unter einem Röntgenmikroskop klemmen. Mit Präzision bohrte sich Franzis Blick in sein Innerstes, schien in jeden Winkel seines Herzens zu gleiten und jede noch so kleine Regung seiner Seele zu registrieren. Konnte sie ihn nicht in Ruhe lassen? Er war todmüde. Und restalkoholisiert. Drei Aspirin hatten nicht gegen das Pochen hinter seiner Stirn geholfen, gegen seine pelzige Zunge sowieso nicht.

Dumpf erinnerte er sich, dass er gestern Abend, nachdem er mit Svea telefoniert hatte, Richtung Dollhouse geschwankt war.

Lilafarbener Nebel empfängt dich, Tanya betritt zusammen mit zwei anderen Frauen die Bühne. Du bestellst ein Bier, trinkst, ohne abzusetzen, bestellst das nächste Bier. Tanya beim Tanzen. Tanya, wie sie sich auszieht. Tanya, wie sie mit den Brüsten wackelt. Mit jedem Schluck werden die

Bilder unschärfer. Sie wirft ihren glitzernden BH ins Publikum, als sie auf deinen Tisch zutänzelt, reißt der Film.

»Du denkst jetzt, wenn sie tatsächlich nicht wiederkommt, kannst du nie mehr glücklich sein.« Franzis eindringliche Stimme holte ihn zurück ins Präsidium. »Aber das stimmt nicht.«

Er dachte gar nichts! Zum Glück war er irgendwie nach Hause gekommen und heute Morgen auf dem Teppich vor Marits Bett aufgewacht, in Schuhen, Hose und Jacke. Seine linke Hand hatte er zur Faust geballt, als er sie öffnete, lag ein goldener Ohrclip mit rosafarbenen Steinen darin. Tanyas? Er hatte ihn in der Jackentasche verschwinden lassen, bevor Marit die Augen öffnete.

»Du musst alle Gefühle zulassen. Nur dann kannst du dich irgendwann besser fühlen.«

Was redete Franzi da? Svea hatte recht, manchmal ging die Kollegin zu weit; bloß, weil er in einem schwachen Moment verraten hatte, dass Imke eine kleine Auszeit brauchte! Er musste einen Kaffee trinken, einen Rollmops essen, sich ausschlafen. Und morgen kam Imke hoffentlich zurück. Nur ein Problem drängte wirklich: Er hatte Wochenenddienst und musste sich gleichzeitig um drei Kinder kümmern!

»Das schaffst du nicht allein.« Franzi klang plötzlich sanfter. »Du brauchst Hilfe.«

Er horchte auf. Konnte Franzi Gedanken lesen? Er hatte ihr unrecht getan, schalt er sich, ihre Sorge um ihn war schon in Ordnung.

Ihre Finger klackerten über die Tastatur, dann schrieb sie etwas auf einen Zettel, riss ihn vom Block und schob ihn zu ihm rüber. »Die erste Nummer ist für Soforthilfe. Da erreichst du rund um die Uhr jemanden.«

»Danke!«

Erst dann las er, was auf dem Zettel stand. Die Telefon-
seelsorge. Und eine Trennungsgruppe für Depressive. War
Franzi noch ganz dicht?

»Ich brauche keine Psychotherapie, ich brauche einen
Babysitter!« Er zerriss den Zettel.

3

Svea stellte den Karton mit der alten Fallakte neben ihrem Schreibtisch ab. Durch die geöffnete Zwischentür hörte sie Tammes letzte Worte. Hatte er nicht einen Babysitter? Sie ging nach nebenan.

Tamme saß zusammengesunken hinter seinem Tisch, als hätte jemand die Luft aus ihm herausgelassen. Die Sache mit Imke ging ihm sichtbar an die Nieren.

Franzi guckte beschämt. »Entschuldige, ich bin zu weit gegangen.«

»Schon gut«, murmelte Tamme.

Nichts war gut, dachte Svea. Tamme dünstete immer noch den Geruch nach der Kneipe aus, in der er gestern versackt war, während sie ihn beim Einsatz gebraucht hätten. Schlechtes Timing von seiner Frau, ihn ausgerechnet jetzt mit den Kindern allein zu lassen. Aber wann kam eine Beziehungskrise schon gelegen?

»Ich dachte, ihr habt einen Babysitter«, sagte sie laut.

»Der Babysitter kann heute nur bis drei.« Tamme blickte auf. »Wo soll ich so schnell eine Vertretung herkriegen?«

»Schwierig«, stimmte Svea zu. Man konnte natürlich nicht jeden auf Tammes Kinder loslassen, die Person musste zumindest mit irgendwem bekannt sein. Oder ein Zeugnis haben. Oder … Svea hatte eine Idee. »Könnte der Babysitter in eurem Gästezimmer wohnen?«

»Du?«, fragte Tamme entgeistert.

»Nein, die Cousine von meinem Ex. Sie sucht ein Zimmer in Hamburg. Und einen Nebenjob. Ab sofort«, behauptete Svea.

»Meinetwegen ruf sie an.«

Svea sprach Berenike auf die Mailbox und bat um Rückruf. Dringend.

Dann wandte sie sich an Franzi. »Hast du noch die Mail vom Grundbuchamt? Steht darin etwas zu den Vorbesitzern des Hauses im Falkenstieg?« Svea erklärte, was sie gerade in der Morgenrunde erfahren hatte, als sie den Mord an Marin erwähnt hatte.

Franzi erblasste.

»Du hast doch einen Grundbuchauszug angefordert?«

Nein, Franzi hatte nur nach dem aktuellen Eigentümer des Hauses gefragt. »Eine Kopie des Grundbuchauszugs hätte zu lange gedauert«, rechtfertigte sie sich. »Aber ich kümmere mich gleich darum.«

Hektisch huschten ihre Finger über die Tastatur, bis Tamme sie erinnerte, dass Samstag war, beim Grundbuchamt erreichten sie erst wieder am Montag jemanden. Genauso wie beim Amtsgericht, wo schätzungsweise eine Kopie des Auszugs in den Akten lag.

»Oder hast du die Privatnummer von dem Rechtspfleger, Svea?«, fragte er.

»Wie kommst du denn darauf?« Natürlich nicht!

Tamme zuckte die Achseln. »Es klang, als wäre es privat, als er gestern nach dir gefragt hat.«

Gestern? Mist, sie hatte ganz vergessen, Heidenich zurückzurufen. Was er wohl von ihr wollte? Sie spürte ihren Herzschlag. Erst vor zwei Tagen war jemand erschossen worden, kurz nachdem er vergeblich versucht hatte, sie anzurufen! Obwohl, so ein Quatsch! Wenn sie ehrlich war, hatte ihre Nervosität in Bezug auf Heidenich andere Gründe. Aber darüber wollte sie jetzt nicht nachdenken.

Franzi räusperte sich. »Hat Burmester überhaupt etwas mit Marins Tod zu tun?« Sie klang ungewohnt kleinlaut.

»Keine Ahnung«, meinte Svea, dankbar für den Themenwechsel. »Am besten fragen wir seine Tochter.«

»Es tut mir leid.« Unvermittelt sprang Franzi auf und rannte zur Tür. »Ich komme gleich wieder.«

Was war das denn? Tamme und Svea sahen sich an. Kurz darauf knallte etwas auf dem Flur. Die Toilettentür?

»Bin ich jetzt wieder schuld?«, brummte Tamme, er stöhnte. »Franzi hat mich wirklich genervt mit ihren Ratschlägen, nur das Neueste aus der Psychologie.« Er wies auf den Bücherstapel auf Franzis Schreibtisch.

Obenauf entdeckte Svea das Buch mit dem zweigeteilten grünen Herz, das sie kürzlich weggeschmissen hatte. Hatte Franzi in Sveas Mülleimer gewühlt? Oder besaß sie ein zweites Exemplar von *Trennungsschmerz erfolgreich verarbeiten?* In jedem Fall musste Svea ein ernstes Wort mit Franzi reden. Spätestens wenn die Ermittlungen abgeschlossen waren.

Sie legte den Kopf schief und las die Titel auf den anderen Buchrücken: *Rituale der Liebe. Seelen-Therapie, mit einfachen Übungen Verlust und Trauer überwinden.* Beim untersten Titel lachte sie laut auf: *Himmlisch lieben und göttlich vögeln. Rituale für Paare.* Brauchte man Drogen-Rituale, um sich solche Titel auszudenken?

»So ein Schwachsinn«, schimpfte sie und wurde dafür mit einem Lächeln von Tamme belohnt.

»Warum bist du dir eigentlich so sicher, dass Schuback nicht auch Marin umgebracht hat?«, kam er auf den Fall zurück.

»Wenn du dir die beiden Morde anguckst, ist das ein Unterschied wie Vorschule und Abitur. Die plumpe Inszenierung von Dreyers Leiche im Vergleich zu den sorgsam zugerichteten Leichenteilen im Falkenstieg.« Sie tippte auf Franzis Bücherstapel. »Geradezu ri-tu-ell.«

Hinzu kamen die Ergebnisse aus der KTU und der Rechtsmedizin, die diesmal schnell vorgelegen hatten. Noch bevor Svea zur Morgenrunde aufgebrochen war, stand fest: Die Fußspuren bei Dreyers Leiche stammten von Schuback, die Schmauchspuren an Schubacks Ärmel aus der Pistole, die Dreyer in der Hand gehalten hatte. Die Spuren hingegen, die Freders Leute am Dienstag im Falkenstieg 18 gesichert hatten, wiesen keinerlei Übereinstimmung mit Schuback auf. Da war eindeutig jemand anderes am Werk gewesen.

»Okay, angenommen Schuback ist nicht der Mörder«, lenkte Tamme ein. »Kampmann hatte bestimmt noch mehr Leute außer Marin und Schuback, die für ihn die Drecksarbeit machen. Vielleicht wusste Marin zu viel über seine Geschäfte und musste deshalb verschwinden.«

»Möglich.« Aber Svea war nicht überzeugt. Zwar hatte sie gestern selbst gespürt, dass die Nachricht von Marins Tod Kampmann berührt hatte. Bloß in welcher Hinsicht? Jemand wie er, der Schuback eiskalt zum zweiten Mal ans Messer liefern wollte, trauerte wohl kaum, wenn einer seiner Männer fürs Grobe draufging. Bestimmt zögerte er auch nicht, ihn aus dem Weg zu räumen, sobald ihm das Gesicht nicht mehr passte.

Und trotzdem ... So gern sie Kampmann auch den Mord an Marin in die Schuhe schieben würde, passte das ganze Vorgehen, das umständliche Entbeinen der Knochen, die schützenden Felle nicht zu ihm. Das wurde ihr mit jeder Minute klarer. Bevor sie nicht handfeste Beweise fanden und er ein Geständnis ablegte, mussten sie weiter in alle Richtungen ermitteln.

Svea würde erneut Irmhild Goosacker und Burmesters befragen, am späten Nachmittag war sie mit Dreyers Ex-Freundin verabredet, und morgen früh würde Bigi im Präsidium vorbeikommen – hoffentlich so weit gefasst, dass sie mehr über Dreyers Vergangenheit erzählen konnte. Ein Typ wie er schien immerhin verrückt genug, um Knochen in Fell zu verpacken.

»Nur weil Dreyer tot ist, heißt das ja nicht, dass er unschuldig ist«, erinnerte sie Tamme. »Aber du sprichst einen wichtigen Punkt an: Wer auch immer Marin umgebracht hat – Dreyer, Kampmann oder jemand anderes –, in jedem Fall müssen wir herausfinden, was für Geschäfte Marin gerade für Kampmann erledigt hat.«

Mieter rausekeln, hatte Schuback gesagt. War der Mörder vielleicht ein ehemaliger Mieter Kampmanns? Oder was hatte Marin sonst für Kampmann erledigt und dadurch Ärger auf sich gezogen?

»Kannst du Marins Freundin Tanya noch mal treffen?«

Tamme errötete. »Vor heute Abend ist das schlecht, nach ihrer Nachtschicht muss sie ausschlafen. Vorausgesetzt also, dass es mit dem Babysitter klappt.«

»Davon gehe ich aus«, sagte Svea. »Bis dahin klapperst du zusammen mit Franzi Kampmanns Mietobjekte ab und ihr erkundigt euch nach Marin.« Dazu musste Svea nur noch vorher die Adressen von Uptmoor erfragen.

Und wo steckte Franzi so lange?

4

Die Aktenordner türmten sich auf Uptmoors Schreibtisch. Auf dem Rollwagen daneben standen die Ordner, die gestern noch bei Svea gelegen hatten.

Akten, überall Akten. Von dem Kollegen keine Spur.

»Uptmoor ist noch in der Vernehmung«, sagte der junge Riese, der Svea aus dem Nebenzimmer entgegenkam. »Kann ich dir helfen?«

Seine Schultern drohten aus dem Hemd zu platzen, er baute sich zwischen Svea und dem Rollwagen auf, als wüsste er, was sie haben wollte.

»Ich brauch die Kampmann-Akten.«

»Die kann ich dir so nicht geben.«

»Dann ruf Uptmoor an, es ist dringend.«

Der Riese machte einen Schritt zur Seite und griff zum Telefon. »Er ist in zehn Minuten hier, setz dich solange.« Er wies auf den Besucherstuhl.

»Danke, ich stehe lieber.«

Svea wartete, bis der Riese zurück in sein Zimmer gegangen war. Der Ordnerberg auf Uptmoors Schreibtisch gehörte schätzungsweise zu den Sachen, die seine Leute heute Morgen bei Kampmann-Immo beschlagnahmt hatten.

Sie beugte sich vor und las die Etiketten auf den Rücken. Henriettenhof. War das der Künstlerhof, den Uptmoor in der Kantine erwähnt hatte?

Svea zog den Ordner zu sich heran.

»Ich weiß nicht, ob das okay ist«, bellte es aus dem Nebenzimmer.

»Keine Sorge, ist es.« Sie ignorierte das Schnauben und schlug den Ordner auf.

Ateliers – Altverträge, stand auf dem Deckblatt. Sie blätterte weiter.

Die Mietverträge der Sprinkenberg AG, der Kampmann den Hof abgekauft hatte, stammten teilweise noch vom Ende des letzten Jahrtausends. Auf den meisten prangte ein roter Stempel *gekündigt*. Auf drei von ihnen nicht.

Tobias Kühnle, Bert Tennenbaum und Jolante Bosch waren standhaft geblieben.

Svea kannte keinen der drei Künstler, woher auch, Museen, Kunstausstellungen und Vernissagen waren nicht ihre Welt. Wenn sie in Kultur machte, dann ging sie ins Kino oder auf ein Konzert, zuletzt war sie mit Jo im Grünspan gewesen. Den Namen der Band hatte sie vergessen, die Musik war nicht ganz ihr Fall gewesen, zu soft, aber der abgerockte Konzertsaal auf dem Kiez hatte ihr gut gefallen. Ins Grünspan sollte sie demnächst mal wieder gehen. An einem ihrer freien Abende. Allein.

Sie wollte den Ordner schon zuschlagen, als ihr eine handschriftliche Notiz auf Jolante Boschs Mietvertrag auffiel. Die letzten vier Buchstaben des Nachnamens waren durchgestrichen, jemand hatte etwas mit Bleistift darüber gekritzelt. Der erste Buchstabe war ein kleines U, der Rest der Schrift war verblichen, aber nicht so sehr, dass sie es nicht entziffern konnte: *Burmester*.

Dieser Name, gerade im Keller und hier schon wieder! Langsam glaubte sie nicht mehr an Zufall. Julia Burmester war Künstlerin, hatte die Nachbarin gesagt.

Die meisten Leute stellten sich die Arbeit im Morddezernat aufregend vor: Verfolgungsjagden, Schießereien, was sie so im Fernsehen sahen. Svea hatte auch so gedacht, als sie sich bei der Polizei beworben hatte. Die Wahrheit war: Sie erledigte die meiste Zeit Schreibtischarbeit und wälzte Akten. Manchmal war das allerdings spannender als alles andere. So wie jetzt. Sie nieste.

»Gesundheit!« Uptmoor stand vor ihr. »Aktenallergie?«

»Ganz bestimmt nicht. Was gibt's Neues von Kampmann?«

»Er hat zugegeben, dass er dem Baudezernenten Geld zugeschoben hat. Noch behauptet er allerdings, die Änderung des Bebauungsplans sei nicht seine Idee gewesen. Aber das kitzele ich nachher noch aus ihm heraus.«

»Und der Mordauftrag?«

»Leugnet er weiterhin. Er meint, Schuback habe ihn falsch verstanden. Kann theoretisch sein, oder?«

»Theoretisch ja.« Dumm genug war Schuback, musste Svea zugeben. »Praktisch nein.«

Uptmoor blickte zum Rollwagen. »Du brauchst die Ordner, sagt der Kollege.«

»Nicht nötig. Mir reicht eine Liste von Kampmanns jüngsten Entmietungsobjekten. Und eine Kopie hiervon.« Sie zeigte ihm Jolante Boschs Mietvertrag.

»Was willst du damit?«

»Der Henriettenhof ist ein Künstlerhof, die Mieter haben womöglich Künstlernamen. Es sieht so aus, als heißt diese Jolante Bosch in Wirklichkeit Burmester. Genauso wie der Vorbesitzer des Hauses im Falkenstieg, vielleicht ist sie sogar seine Tochter.«

Uptmoor zwirbelte seinen Schnäuzer. »Burmester ist ein extrem häufiger Name in Norddeutschland. Meine Nachbarn heißen auch so. Sonst noch was?«

Er tat ihren Verdacht ab. Komisch, dass sie ihn vorgestern in der Kantine attraktiv gefunden hatte.

»Im Moment nicht. Aber wenn du Kampmann heute Abend weiter verhörst, bin ich dabei.«

Mit dem Mord an Dreyer ließ sie Kampmann nicht davonkommen!

5

»Hier müssen wir es gar nicht erst versuchen, oder?«, sagte Tamme müde.

Franzi und er standen in der Repsoldstraße vor dem letzten der vier Häuser auf Uptmoors Liste. Im ersten hatten sie niemanden angetroffen, in den anderen beiden hatten ihnen zwar mehrere Mieter geöffnet, aber sie schienen nicht erpicht auf ein Gespräch mit der Polizei. Keiner erkannte Marin wieder. Behaupteten sie zumindest. Auch Kampmann waren sie nie persönlich begegnet, die Kommunikation mit ihm beschränkte sich auf Post von seinem Anwalt und Spruchbändern, die aus den Fenstern hingen. »Wir bleiben!« »Kiez statt Kapital!« »Tod dem Investor!«

Und jetzt dieses Wrack von Haus. Eine Fassade wie eine Hautkrankheit, in großen Schuppen blätterte die Farbe ab. Die meisten Fensterscheiben waren zerbrochen und mit Pappe oder Sperrholzplatten geflickt.

»Ich glaube, da wohnt noch jemand.« Franzi zeigte nach oben. Ein Erkerfenster im oberen Stockwerk war schräg gestellt, hinter dem Fenster daneben schimmerte etwas Grünes. Eine Zimmerpflanze?

»Na gut.« Tamme ging die Treppe zum Eingangsportal hoch und drückte gegen die graffitibeschmierte Metalltür. Verschlossen. Wo das Klingelbrett gewesen war, gähnte ein faustgroßes Loch. Wie Tentakeln ragten Drähte heraus.

»Hier«, sagte Franzi. Auf der gegenüberliegenden Seite klebte ein Klingelknopf an der Wand, Storm, stand mit Edding daneben. Ein dünnes Kabel führte nach oben und ver-

schwand in einem Schlitz zwischen Rahmen und Sperrholz-
platte des ehemaligen Oberlichts.

»Wird schon kein Bombenzünder sein.« Franzi presste
die Klingel.

Sekunden später surrte das Türschloss. Im Treppenhaus
empfing sie ein Geruchsgemisch aus Feuchtigkeit, Schimmel
und faulen Eiern. Stinkbomben? Tamme versuchte so wenig
wie möglich zu atmen und hastete die Stufen hoch.

Oben auf dem letzten Treppenabsatz erwartete sie ein
dürrer Mann in Cordhosen und einem mottenlöcherigen
Pullover.

»Haben Sie geklingelt?« Sein Kopf mit den grauen Locken
schlenkerte hin und her wie bei einem Wackeldackel.

Wer sonst? Tamme nickte. »Guten Tag, Herr ... Storm?«

»Richtig, Storm wie der Theodor. Vorname Eibo, wie der
Baum mit O. Und Sie?«

Tamme stellte Franzi und sich vor und zeigte seinen Ausweis.

»Grüner wird's nicht.« Storm keckerte. »Schön, dass die
Polizei endlich kommt, oft genug angerufen habe ich.«

Eibe, giftiges Nadelgehölz, dachte Tamme.

»Warum haben Sie die Polizei gerufen?«, fragte Franzi.

»Ach, dies und das.« Er winkte ab. »Versuchter Einbruch.
Ruhestörung.« Er hielt die Wohnungstür auf. »Kommen Sie
rein. Der Gestank im Treppenhaus ist ja nicht auszuhalten.«

Durch einen brauntapezierten Flur führte Storm sie ins
Wohnzimmer. Links auf der Fensterbank erkannte Tamme
den Benjamini wieder, den sie von unten gesehen hatten. Vor
dem rechten Fenster bauschte sich ein Vorhang im Wind,
in den Regalen an den Wänden stapelten sich vergilbte Bücher. Ein ehemals hellblauer Veloursteppich wellte sich unter

247

einem Esstisch, die Tischbeine mündeten in durchsichtigen Untersetzern. Teppichschoner wie Tammes Eltern sie in der guten Stube hatten, damit es keine Löcher im Perserteppich gab.

Storm bemerkte seinen Blick. »Das Haus ist heruntergekommen, ich nicht.«

»Herr Storm, kennen Sie diesen Mann?« Tamme zeigte Marins Foto.

Storm nickte. »Den habe ich kein zweites Mal ins Haus gelassen.« Wieder dieses Keckern. Es pochte von innen gegen Tammes Stirn. Er war definitiv zu verkatert für einen Typen wie Storm.

»Kaffee?«

Storm beugte sich zu einem Servierwagen, auf dem ein Wasserkocher, eine Dose Instant-Cappuccino und drei Tassen standen. Als hätte Storm sie erwartet.

Tamme verscheuchte das ungute Gefühl. Besser als nichts.

Als Storm mit zittrigen Händen das Pulver einfüllte, bemerkte Tamme die Schmutzreste an den Innenseiten der Tassen. Wie Hochwasserränder am Ufer eines Flusses. Vielleicht war das Wasser im Haus abgestellt.

»Danke, ich verzichte doch lieber.« Tamme fasste sich an den Bauch. »Zu viel Magensäure.«

»Das kenne ich. Zu viel Sorgen.« Storm kippte das Pulver zurück in die Dose.

»Was ist passiert, als der Mann das erste Mal hier war?«, fragte Franzi.

»Er hat mir ein Angebot gemacht, das ich nicht ablehnen sollte. Habe ich aber.«

»Wann war das?«

Storms Kopf wackelte. »Vor einem Monat ungefähr.«

Tamme und Franzi sahen sich an. »Sicher?«, hakte Tamme nach.

»Wieso fragen Sie, wenn Sie alles besser wissen?« Storms Stimme klang plötzlich scharf.

»Wir wundern uns nur«, beschwichtigte Franzi. »Jemand hat uns erzählt, der Mann auf dem Foto wäre vor über zwei Monaten verstorben.«

»Dann halt zwei Monate!«

»Okay. Vor zwei Monaten hat der Mann Ihnen das Angebot gemacht. Und wann ist er wiedergekommen?«

Storm guckte verständnislos.

»Ich meine das Mal, als Sie ihn nicht mehr reingelassen haben.«

»Ach so, das war ein paar Tage später. Da ist er einfach wieder abgezogen.« Storm zeigte auf einen Karton im untersten Regalfach, voll mit alten Türschlössern. »Die wechsele ich regelmäßig. Wenn er es das nächste Mal versucht, wird er schon sehen, was passiert! Ich weiß mich zu wehren.«

Eine Windböe heulte ums Haus und wehte den Vorhang zur Seite, durch den Spalt blitzte etwas in Tammes Augenwinkel auf. Unwillkürlich wandte er den Blick zum Fenster.

»Dieser Wind!« Storm schloss das Fenster mit einem Rumms und zog den Vorhang zu.

Aber Tamme hatte genug gesehen. In die Fensterlaibung war ein Spiegel mit Teleskoparm geschraubt.

»Haben Sie noch Fragen? Sonst würde ich gern weiterarbeiten. Ich sortiere meine Bibliothek.« Storm zeigte auf die Regale.

»Darf ich kurz nach unten sehen? Ich habe jemanden hupen gehört und wir haben ungünstig geparkt.« Ohne die

Antwort abzuwarten, machte Tamme einen schnellen Schritt zum Fenster und zog den Vorhang wieder auf. Im Spiegel sah er den Hauseingang. Storm hatte sie tatsächlich erwartet.

»Ein Spiegel ist doch nicht verboten!« Storm klang trotzig.

»Das sagt auch niemand. Danke, Herr Storm, das war's erst mal.« Tamme verabschiedete sich mit Handschlag. Anders als bei der Begrüßung zitterten Storms Finger nicht nur, sie waren feucht und eiskalt.

Etwas zu fest warf Storm die Wohnungstür hinter ihnen ins Schloss. Als Franzi ansetzte, um zu sprechen, hielt Tamme einen Finger an die Lippen. Wortlos stiegen sie nach unten.

»Würde mich nicht wundern, wenn der auch noch das Treppenhaus verwanzt hat«, sagte Tamme, als sie wieder auf die Straße traten. »Hast du die Pflastersteine auf der Fensterbank gesehen? Wenn einer davon dich aus der Höhe am Kopf trifft, bist du tot.«

Er ging in die Hocke und tat, als würde er seinen Schnürsenkel binden. »Diese Macken in den Gehwegplatten. Da ist mindestens ein Stein aufgeschlagen. Und das«, er wies auf mehrere bräunliche Flecken im Hauseingang, »könnte Blut sein.«

Franzi legte den Kopf in den Nacken. »Er hat den Spiegel so geschickt angebracht, dass man ihn von unten kaum erkennen kann. Schon gar nicht, wenn man nicht danach sucht.«

Tamme stand auf. »Komm, nicht dass er noch auf uns zielt. Wir schicken gleich die Spusi vorbei.«

»Meinst du, er hat Marin auf dem Gewissen?«, flüsterte Franzi, als sie wieder neben Tamme im Auto saß.

»Abwarten.« Tamme gab Gas. Er musste überprüfen, wann Storm auf der Wache angerufen hatte – wenn er das überhaupt getan hatte. Tamme misstraute Storm, vom Lügner zum Mörder war es trotzdem ein weiter Weg.

Sollte Svea sagen, was sie wollte, noch verdächtigte Tamme vor allem Kampmann. Der Investor war zu raffiniert, um sich gleich im ersten Verhör überführen zu lassen.

Sie schwiegen den Rest der Fahrt zurück nach Alsterdorf, und Tamme schaltete das Radio ein. Während er mit halbem Ohr einer Talkrunde über die Elbvertiefung zuhörte, wanderten seine Gedanken zu Imke. *Sie will sich nur austoben!*, versicherte er sich, doch in einem Winkel seines Herzens hatten sich längst Zweifel eingenistet.

Als sie in den Überseering einbogen, noch fünf Minuten bis zum Präsidium, sagte Franzi mit gepresster Stimme: »Halt mal kurz an.« Sie fuhr das Fenster herunter und hielt den Kopf in den Wind.

»Warum?«

»Sofort!«

Tamme fädelte sich in die rechte Spur ein und stoppte auf der Bushaltestelle, gerade noch rechtzeitig. Franzi riss die Tür auf, beugte sich aus dem Wagen und würgte. Hinter ihnen hupte der Bus.

Siehst du nicht dass das ein Notfall ist? Idiot! Tamme stieg aus und winkte dem Fahrer, auf der Straße zu halten. Dann eilte er um den Wagen herum zu Franzi. Sie war graubleich wie Molke.

»Soll ich dich nach Hause bringen?«

»Geht schon wieder.«

Tamme war nicht überzeugt. »Vielleicht bist du ansteckend.«

251

Sie lächelte schief. »Ich bin schwanger.«

»Du?« Tamme hatte gar nicht gewusst, dass Franzi einen Freund hatte. »Herzlichen Glückwunsch!« Er grinste.

»Danke.« Franzi schluchzte auf.

Freude sah anders aus, fand Tamme.

»Guck nicht so, hast du noch nie jemanden in der Disco abgeschleppt?«

Tamme spürte, wie er errötete.

»Ach nee, du bist ja mit Imke zusammen, seit du sechzehn bist. Entschuldige, ich bin völlig durcheinander. Und diese Übelkeit macht es nicht besser. Wenn's geht, sag Svea erst mal nichts.«

Svea! Sie hatte immer noch nicht angerufen. Wenn sie ihm keine Babysitterin besorgte, musste er demnächst nach Hause fahren. Ansonsten sah er nachher Tanya wieder.

6

Der Henriettenhof lag am Rand einer ehemaligen Industriebrache, die kürzlich bebaut worden war. Zwischen beigefarbenen Häuserreihen mit bodentiefen Fenstern ragte ein letzter Kran auf, sein Ausleger schwang im Wind hin und her, als schüttelte er den Kopf über die uniformen, viel zu eng gestellten Klötzchen zu seinen Füßen.

Dagegen war Sveas Ziel eine Spielzeugburg aus rotem Backstein, hier ein Türmchen, da ein Türmchen, ein fantasievolles Durcheinander. Als sie durch die von hohen Mauern umgrenzte Einfahrt des Henriettenhofs ging, kreischte eine Säge auf. Hatte Kampmann sein Abrisskommando geschickt, obwohl der Hof noch bewohnt war?

Sie folgte den rostigen Schienen im Kopfsteinpflaster und passierte das ehemalige Pförtnerhäuschen. In der Mitte des Hofes, auf einem fahrbaren Gerüst, stand jemand mit Kettensäge und schälte die Rinde von einem aufgebockten Stamm. Es roch nach Sägespänen.

Als der Mann Svea bemerkte, stolperte er beinahe vom Gerüst. Er schaltete den Motor ab und musterte sie abwartend. Die hellen Späne in seinen dunklen Haaren, in seinem Bart und auf seiner schwarzen Kleidung sahen aus wie Schnee.

»Was wird das?«, fragte sie.

»Weiß ich noch nicht.« Er legte die Kettensäge ab und fuhr sich durchs Haar, die Späne rieselten auf Svea herunter. »Suchst du wen?«

Sie nickte.

Nachdem sie von Uptmoor zurückgekommen war und Tamme und Franzi losgeschickt hatte, hatte sie die Daten-

253

banken nach Jolante Bosch durchsucht. Weder in Hamburg noch anderswo in Deutschland war eine Person mit diesem Namen gemeldet, falls es sich um einen Künstlernamen handelte, war es kein offizieller. Leicht entmutigt hatte sie angefangen zu googeln – und aufgeatmet. Im Netz existierte eine Künstlerin namens Jolante Bosch, sie hatte zwar keine eigene Homepage, aber bei verschiedenen Galerien gab es eine Liste von Arbeiten, nirgendwo ein Foto. Trotzdem wurde Svea das Gefühl nicht los, dass Julia und Jolante ein und dieselbe Person waren.

»Wohnt hier Julia Burmester?«, fragte sie den Schneemann auf dem Gerüst. Einen Versuch war's wert.

Er guckte verständnislos. »Wer?«

»Vielleicht heißt sie auch Jolante Bosch.«

»Sag das doch gleich. Da hinten, immer den Schienen nach.« Mit der Säge in der Hand wies er ihr die Richtung. »Ich hab sie allerdings länger nicht gesehen.«

Sveas Schritte dröhnten, als sie die Metalltreppe zu einer Verladerampe hochging. Sie hämmerte mit der Faust gegen eine schwarzgestrichene Tür.

»Wer ist da?«

»Kopetzki«, rief Svea und schob ein »Wir kennen uns« hinterher.

Ein Kopf erschien im Türspalt. Auch wenn das Gesicht eingefallen aussah, als wäre die Person seit Mittwoch um Jahre gealtert, erkannte Svea sie sofort wieder. Das krause dunkle Haar, die Größe. Julia Burmester war Jolante Bosch.

»Sie?«, fragte Burmester. Mit dieser Kinderstimme, die Svea bereits bei ihrer ersten Begegnung aufgefallen war und die nicht recht zu dem massigen Körper ihrer Besitzerin passte. »Was machen Sie hier?«

»Ich habe noch Fragen zu dem Mann, den Sie und Ihr Vater beschrieben haben.«

»Mir ist nichts Neues eingefallen.«

»Mir aber. Darf ich reinkommen, Frau Burmester, oder lieber Bosch?«

»Wie Sie wollen.« Zögernd gab Sveas Gegenüber die Tür frei.

Sie staunte. Der hohe Raum stand voll mit Tierskulpturen, grobgeschnitzt aus Holz und auf Stahlsockel geschraubt. Sie erkannte ein Wildschwein mit Frischlingen, mehrere Rehe und einen Hirsch in Lebensgröße. Füchse und Fantasietiere mit Flügeln, einige buntlackiert, der Fußboden um sie herum voller Farbspritzer. Auf einer Werkbank waren Becher mit Pinseln, Schachteln und Dosen aufgereiht; in einer Halterung an der Wand klemmten Sägen, von klein nach groß geordnet, eine Axt, Hammer und Meißel. Wie in einer Schreinerei.

Aber irgendetwas überlagerte den Geruch nach Holz, Farbe und Spiritus. Svea schnupperte. Was war das?

»Wie geht es meinem Vater?«, unterbrach Burmester ihre Gedanken.

Seltsame Frage. Woher sollte Svea das wissen? Sie ließ den Blick ins Hintere des Ateliers schweifen, neben einer schmalen Pritsche, die Bettwäsche darauf war zerwühlt, befand sich ein Hocker mit einer Kochplatte, auf dem Fußboden daneben standen eine Espressokanne und mehrere Tassen. Es sah aus wie beim Camping.

In Burmesters Augen traten Tränen. »Sie wissen es noch nicht, oder? Mein Vater hatte einen Schlaganfall und ist gestürzt. Wenn er stirbt«, sie senkte die Stimme, »war alles umsonst.«

255

»Alles?«

Burmester betrachtete Svea, als wäre sie begriffsstutzig. »Alles, was ich für ihn gemacht habe!« Sie rieb sich die Augen.

Sveas Telefon klingelte. Berenike, endlich, aber jetzt passte es nicht. Sie wies den Anruf ab, kurz darauf kam die SMS: *Danke für dein Angebot, ich wohne vorübergehend bei Jos Mutter. Umsonst.*

Was war in Berenike gefahren? Scheiße! Jos Mutter verdarb auch jeden. Sobald Svea hier raus war, musste sie Tamme Bescheid geben, sich anderweitig nach einem Babysitter umzugucken.

»Entschuldigung.« Sie sah auf.

Burmester wanderte zwischen den Tieren herum und streichelte sie, als wären sie lebendig. Vor dem Wildschwein hielt sie an und legte den Kopf an seine Flanke.

»Es tut mir leid mit Ihrem Vater.« Ein rotbraun getünchtes Reh bohrte seine giftgrünen Augen in Svea. Sie legte ihm die Hand auf den Rücken. Und zuckte zurück. Die Farbe war noch feucht, sie haftete an ihrer Haut und stank. »Was ist das?«

»Schweineblut«, sagte Burmester, »hole ich immer frisch vom Metzger.«

Als Svea angewidert schnaubte, versuchte Burmester, ihr ernsthaft weiszumachen, dass Ekel den Erkenntnisgewinn förderte. Dabei schien ihre Traurigkeit so plötzlich verflogen, wie sie gekommen war.

Welche Erkenntnis? Dass es stinkt, wenn es vergammelt? Wenn das Kunst war, dann konnte Svea darauf verzichten. Ihr reichte es, wenn die Tatorte nach Verwesung rochen. Sie wedelte mit der Hand, gab es hier eine Toilette?

Burmester führte sie zu einer fensterlosen Abseite mit einem Chemieklo und einem Waschbecken, das voll mit Schmutzwäsche lag. Die Sachen – Unterhosen, Socken und einen farbbekleckerten Kapuzenpullover – warf die Künstlerin auf den Klodeckel.

Als Svea zum Wasserhahn griff, hielt Burmester sie zurück. Im Winter war die Leitung geplatzt, sie wusch ihre Wäsche nicht ohne Grund im Schluchtweg. Sie steckte den Stöpsel in den Abfluss, füllte Wasser aus einem Kanister ins Becken und ließ Svea allein.

Svea seifte ihre Hände ein, spülte sie notdürftig ab und roch an ihren Fingern. Na ja, sie rieb sie an ihrer Hose trocken, das musste reichen.

Als sie das Licht löschte, wich sie zurück. Grünliche Kleckse leuchteten aus der Tiefe der Abseite auf. Sie knipste das Licht noch mal an. Und aus. Und stieß die Luft aus. Fluoreszierende Farbe. Harmlos, und im Gegensatz zu Schweineblut nahezu geruchsneutral.

Burmester hatte sich wieder an das Wildschwein gelehnt. Ihr Anblick erinnerte Svea daran, wie haltlos sie sich anfangs ohne ihren Vater gefühlt hatte – dabei lebte er womöglich noch und es ging ihm gut, im Gegensatz zu Alfred Burmester.

Aber Mitleid war ein schlechter Ratgeber bei Befragungen. Sie zog Marins Foto hervor.

»Schwierig.« Burmester zögerte. »Ich will nichts Falsches sagen.« Sie hielt sich das Foto dicht vors Gesicht, als studierte sie jedes Detail, dann wieder auf Armlänge entfernt. »Kann sein, dass es der Mann aus dem Schluchtweg ist, ich habe ihn ja nur kurz an der Tür gesehen, ähnlich sieht er ihm auf jeden Fall.« Sie gab Svea das Foto zurück. »Aber hier war der nicht, das wüsste ich.«

»Wir haben seine Leiche gefunden«, sagte Svea. »Im Falkenstieg.«

»Was?« Burmester zuckte zusammen.

»Im Garten des Hauses, in dem Sie gewohnt haben.«

Sie guckte irritiert. »Im Schluchtweg?«

»Nein, im Falkenstieg.«

»Daran erinnere ich mich nicht mehr.« Die Worte kamen monoton, Burmester wiederholte, was ihr Vater ihr zum Verschwinden der Mutter erzählt hatte. Am Ende schlug sie die Hände vors Gesicht. »Papa, lass mich nicht im Stich!«

Svea räusperte sich. »Kann ich irgendetwas für Sie tun?« Sie bot an, sie bei ihrem Vater im Krankenhaus vorbeizubringen.

»Nein!« Burmester wischte mit dem Ärmel die Tränen weg. Ihr Vater lag auf der Intensivstation, erklärte sie, brauchte vor allem seine Ruhe. »Kann ich das Foto hierbehalten?«, fragte sie abrupt. »Für Papa.«

Nachdem Burmester sich wieder halbwegs gefasst hatte, fragte Svea noch nach ihrer Telefonnummer. Ein Zahlendreher, stellte sich heraus. Kein Wunder, dass Svea niemanden erreicht hatte.

Der Wind blies stärker, als sie den Henriettenhof verließ. Der Kran schwankte, eine Plastiktüte tollte wie ein kleines weißes Hündchen um ihre Waden herum.

Was hatte sie gehofft, hier zu finden? Burmester war ein bisschen verrückt, keine Frage. Aber anders als erwartet, hatte sie vergleichsweise unauffällig auf Marins Anblick reagiert.

Berenikes SMS fiel Svea ein. Sie musste Tamme anrufen.

Er hob sofort ab.

Alles kein Problem, sein Babysitter hatte doch Zeit, beruhigte er sie. Und noch etwas, Svea hatte recht, Kampmann war wahrscheinlich nicht für Marins Tod verantwortlich, höchstens indirekt, indem er ihn zu Storm geschickt hatte.

Atemlos hörte Svea zu, wie Tamme von den Pflastersteinen auf Storms Fensterbank und seinem Verdacht berichtete. Wenn das Blut im Hauseingang von Marin stammte, wovon Tamme ausging, wurde es eng für Storm.

Sie wies Tamme an, sich um die Observierung von Storm zu kümmern. Der Besuch bei Marins Freundin Tanya konnte warten. Wenn er sich nicht sowieso von selbst erledigte.

Als sie aufgelegt hatte, zerrte die Tüte immer noch an ihrer Wade. Sie trat sie zur Seite.

Julia war Jolante. Und?

Eine leere Tüte, und sie hielt sie für einen Welpen.

Sie sah Gespenster und belästigte eine Frau, deren Vater im Sterben lag – während Tamme kurz davorstand, Marins Mörder zu überführen.

7

»Mit Milch und Zucker?«, rief Irmhild Goosacker aus der Küche.

»Gerne schwarz.«

Svea beugte sich im Sessel vor, die Sprungfedern quietschten, Staub tanzte im Schummerlicht einer altmodischen Stehlampe. In Goosackers Wohnzimmer dämmerte es, als wäre die Sonne bereits untergegangen, die Rhododendren vor den Fenstern sperrten den Tag aus, die Tapete an den Wänden machte es nicht besser. Wenn Einsamkeit eine Farbe hätte, wäre sie dunkelbraun. Mit grauen Tupfen.

Goosacker hatte Svea geradezu hineinkomplimentiert. Der Leichenfund im Wald hatte sich bis zu ihr herumgesprochen, wortreich entschuldigte sie sich, dass Eika sich losgerissen hatte. Svea beruhigte sie, ohne den Dackel hätte Dreyer noch viel länger im Wald gelegen und sie hätten weder Schuback schnell überführt noch Kampmann festgenommen. Kurz, die Polizei zeigte Goosacker nicht an, sie war ihr dankbar und brauchte erneut ihre Hilfe. Dass Svea den alten Fall gegen die Weisung ihrer Vorgesetzten aufrollte, verschwieg sie.

»Bleiben Sie sitzen.« Goosacker humpelte mit einem Tablett in den Händen zum Tisch, bei jedem ihrer Schritte klirrten die Tassen auf den Untersetzern, Kaffeeduft mischte sich mit Dackelgeruch.

Svea stand auf, nahm Goosacker das Tablett ab und stellte es auf den Tisch. Der Dackel, der in seinem Körbchen vor sich hingedämmert hatte, knurrte auf.

»Ja, meine Süße, gleich.« Goosacker ließ sich auf den nächsten Stuhl plumpsen und klaubte einen Keks aus der

Tasche ihrer maulwurffarbenen Steppweste. Der Dackel flitzte heran, schnappte zu und huschte mit seiner Beute zurück ins Körbchen.

Svea setzte sich zu Goosacker an den Tisch und begann die Befragung.

Die alte Dame erinnerte sich an Renate Burmester und ihr Verschwinden, als wäre es nicht vor einem Vierteljahrhundert, sondern letzte Woche geschehen. Vielleicht weil seitdem nicht mehr viel in ihrem Leben geschehen war.

Goosackers Mann war vor dreißig Jahren gestorben, Kinder hatte sie nicht, nur ihre Hunde; immer die gleiche Rasse, ein brauner Kurzhaardackel, sobald einer gestorben war, fuhr sie zum Züchter nach Oldenburg in Holstein und kaufte einen neuen. Hinter Svea im Körbchen ruhte Eika die Vierte. Ein vergeblicher Versuch, der Vergänglichkeit zu trotzen.

»Ich weiß«, sagte Goosacker, als hatte sie Sveas Gedanken gelesen, »auf die meisten wirkt das lächerlich. Aber einen Vorteil hat das Alter, es wird einem egal, was die anderen von einem denken. Sollen sie sich das Maul zerreißen. Ich mag Dackel, und so muss ich mir nicht immer einen neuen Namen merken. Mein Mann hieß auch wie mein Vater. Wilhelm. Anders als meine Eikas, waren die beiden allerdings sehr verschieden.« Sie lächelte, ihre Augen verschwanden in den Falten. »Zum Glück.«

»Sind Sie so freundlich, das Deckenlicht einzuschalten?« Sie wies auf die Rhododendronwand. »Die hat mein Mann gepflanzt. Ich bringe es nicht über mich, sie abzuholzen. Sehen Sie die Knospen? Was für eine Blütenpracht.«

Svea sah keine Knospen, geschweige denn Blüten. Sie tappte zum Lichtschalter, der Dackel knurrte, und Goosacker zückte noch einen Keks.

Wenn Eika platzte, war Svea schuld. Sie musste sich mit der Befragung beeilen.

Warum hatte ausgerechnet Goosacker als Einzige gezweifelt, dass Renate Burmester mit ihrem Liebhaber durchgebrannt war?

Goosacker hatte damals zu Protokoll gegeben, Renate Burmester täglich auf ihrer Hunderunde getroffen zu haben. Allerdings hatten sie nicht viel miteinander geredet, im Grunde kannten sie sich kaum. Trotzdem war Goosacker anderer Meinung als die anderen Befragten, allen voran der Ehemann der Verschwundenen.

Bei Durchsicht der alten Akte hatte Svea an dieser Stelle gestutzt. Auch wenn Butenschöns Team ansonsten saubere Arbeit geleistet hatte, hier war versäumt worden nachzuhaken.

»Warum habe ich gezweifelt?« Goosacker warf Eika einen Keks zu. »Man hat nicht nur Augen im Kopf und Ohren, sondern auch Gefühle. Ob Renate Burmester einen Liebhaber hatte, kann ich nicht beurteilen, aber sie war ein schlechter Mensch, eine richtige Sadistin, die es genossen hat, die Menschen in ihrer Nähe zu quälen. Das Kind ist in Lumpen herumgelaufen, geduckt, wie ein kleiner Sklave. Sobald die Mutter gemerkt hat, dass es im Garten gespielt hat, hat sie es wüst beschimpft und hereingeholt. Diese Frau hätte ihre Familie nie von sich aus verlassen.« Sie presste die Hände aneinander wie im Gebet, um ihrer Aussage Nachdruck zu verleihen.

»Hmm.« Svea war nicht überzeugt. »Gibt es irgendetwas außer Ihrem Gefühl, das Sie zu Ihrer Annahme verleitet?«

Goosacker schüttelte den Kopf. »Das hat mich Ihr Kollege damals auch gefragt.« Sie klang trotzig. »So jemand geht nicht freiwillig, der braucht seine Opfer wie die Luft zum Leben.« Ein Keks flog in Richtung Hundekörbchen.

Der wievielte war das jetzt?

»Sie sind nicht aus Hamburg, oder?«, schweifte Goosacker erneut ab. Ohne auf eine Antwort zu warten, fuhr sie fort: »Das hört man. Ich bin von Föhr hierher gezogen zu meinem Mann, anfangs war es nicht leicht mit den Hamburgern.« Sie drückte die Nasenspitze mit dem Zeigefinger hoch. »Aber das wird.«

»Ich gebe mir Mühe.« Nutzte nur nichts, Svea bezweifelte, dass sie jemals warm wurde mit der Stadt.

Langsam verstand sie auch, warum Butenschöns Team damals nicht jedes Wort notiert hatte. Und doch konnte sie Goosackers Zweifel an Renate Burmesters Verschwinden nicht einfach abtun.

Was, wenn Burmester noch lebte?, schoss es ihr jäh durch den Kopf. Und nicht mehr nur sadistisch, sondern zur Mörderin geworden war? Aber wo sollte sie sich verstecken? Und warum?

Abgesehen davon hatte Schuback den Mord an Dreyer bereits gestanden. Und sie hatten eine neue Spur, dass Marin eventuell von einem Mieter Kampmanns umgebracht worden war.

Trotzdem. Irgendetwas war dran an Goosackers Intuition. Svea kam nur nicht drauf.

Vielleicht sollte sie sich mal wieder zu Hause aufs Sofa legen, damit ihr Gehirn durch die Schlagermusik der Nachbarn in den richtigen Takt kam.

»Man hat gespürt, dass das Kind sich fürchtete, still wie es war«, fuhr Goosacker in ihrer psychologischen Analyse fort.

Franzi hätte ihre Freude daran. Warum hatte Svea sie mit Tamme losgeschickt?

»Wie sie murmelnd am Zaun des alten Hauses entlangging, immer hin und her. Ein Wunder, dass etwas aus ihr geworden ist.«

»Am Zaun, wann war das?« Waren es Burmesters Spuren am Zaun? Sie musste Fingerabdrücke und eine DNA-Probe von ihr nehmen!

»Kurz nachdem sie mit ihrem Vater in den Schluchtweg gezogen ist. Das ging ein paar Monate so. Danach habe ich sie jahrelang nicht gesehen, ach was, Jahrzehnte. Bis sie plötzlich in der Zeitung stand, weil sie Künstlerin war und sich diesen anderen Namen gegeben hat. Jolante Bosch. Sie macht richtig verrückte Sachen.«

Dem konnte Svea nur zustimmen. Sie schnüffelte an ihrer Hand, ein leiser Hauch Schweineblut haftete hartnäckig in den Poren.

»Haben Sie Julia Burmester in den letzten Monaten im Falkenstieg getroffen?«

Goosacker verneinte. »Aber vor ein paar Jahren habe ich eine Ausstellung von ihr besucht. Bei Licht lag alles im Dornröschenschlaf, bei Dunkelheit erwachten die Farben und ließen die Objekte aufleuchten. Wie diese Sterne zum Aufkleben, die man kaufen kann, oder Glühwürmchen. Ach nein, das sind andere Stoffe, sie hat es mir erklärt. Ich komme nicht drauf.« Sie stützte sich am Tisch auf. »Der Katalog liegt irgendwo im Schrank.«

»Bleiben Sie sitzen.« Svea hatte genug gehört.

Hastig verabschiedete sie sich. Eikas Kläffen verfolgte sie bis auf die Straße.

Schneller als der Dackel nach Keksen schnappte, flitzten

Sveas Gedanken hin und her. Leuchtfarben. Die Abseite im Atelier. Sterne. Der bekleckerte Pullover. Glühwürmchen.

Dreyer.

Er hatte tanzende Glühwürmchen gesehen. Sie hatten es als Spinnerei abgetan.

Gleich platzte ihr der Kopf.

8

Die Tür zu Julia Burmesters Atelier stand einen Spalt weit offen, Musik drang heraus. Klagende Gesänge, Trompeten, Geigen. Nicht Sveas Geschmack, trotzdem berührte es etwas in ihr.

Sie zog ihre Pistole aus dem Holster, mit dem Fuß stieß sie den Türflügel auf. Der Gesang schwoll an.

»Frau Burmester.«

Keine Antwort.

Der Raum hatte sich seit ihrem letzten Besuch nicht verändert. Nur Julia Burmester fehlte, zumindest auf den ersten Blick; die Sockel unter den Skulpturen waren mächtig genug, dass sich auch eine Person ihrer Größe dahinter verstecken konnte.

Mit beiden Händen umfasste Svea die Pistole und bewegte sich durch die Reihen, vorsichtig, tastend, dann ein schneller Ausfallschritt.

Nichts. Bis auf das Gefühl, dass die Tiere sie anstarrten und jede ihrer Bewegung verfolgten.

Da schepperte es hinter ihr.

Sie sprang zur Seite und duckte sich hinter dem nächsten Sockel.

Der Wind. Er hatte das Fenster an der Werkbank aufgedrückt und eine der Dosen umgestoßen, sie rollte über den unebenen Boden auf Svea zu. Leuchtpigmente, grün.

Der Fensterflügel schwang hin und her, die Geigen wurden hektischer.

Kann mal jemand die Musik ausstellen? Svea sah sich um, nirgendwo eine Anlage. Auf einer der Fensterbänke ent-

deckte sie eine silberfarbene Box, eins dieser winzigen draht-
losen Dinger, die man über das Smartphone steuerte.

Lauerte Burmester in der Abseite, das Telefon in der Hand,
und beschallte den Raum mit ihrer sonderbaren Musik?

Svea fröstelte. Warum hatte sie nicht auf Tamme gewartet?
Sie hatte ihm von unterwegs auf die Mailbox gesprochen, bis
jetzt hatte er sich nicht zurückgemeldet. Allerdings hätte er
es sowieso nicht so schnell wie sie zum Henriettenhof geschafft, und die Zeit drängte. Wenn es nicht sowieso schon
zu spät war und Burmester durch Sveas Besuch gewarnt und
auf der Flucht war.

Sie wählte Burmesters Nummer, ein Klingeln durchbrach
die Musik, es kam aus Richtung der Box. Das Telefon musste
dort auf der Fensterbank liegen.

Svea atmete auf. Burmester war wohl kaum ohne Telefon
geflohen. Vielleicht hockte sie auch einfach nur auf der Toilette, ahnungslos, was um sie herum geschah?

Die Musik wurde drängender, das Telefonklingeln lauter.
Scheiße! Svea musste diesen Krach ausstellen, sonst konnte
sie keinen klaren Gedanken mehr fassen.

Die Abseite im Blick, schritt sie rückwärts Richtung Fensterbank zur Box. Ein schneller Griff zur Seite, sie betastete
die Box, fand den Schalter und knipste den Ton aus. Jetzt
noch das Klingeln. Wo war das Scheißtelefon? Sie fegte einen Blumentopf von der Fensterbank, er klirrte zu Boden,
ein Stapel Papiere flatterte hinterher.

Da, in einer neongrünen Hülle lehnte das Telefon am
Fensterrahmen, auf dem Display las Svea ihre eigene Nummer. Sie wischte nach rechts und nahm den Anruf an.

Ruhe. Endlich.

Sie lauschte, aus der Abseite kam kein Ton.

Sie steckte Burmesters Telefon zu ihrem eigenen in die Tasche, umklammerte die Pistole, schlich zur Abseite hinüber und riss die Tür auf.

Die Kammer war so verlassen wie der Rest des Ateliers, auf dem Toilettendeckel lag der Kleiderhaufen mit den Farbklecksern, genau so wie Burmester ihn vor wenigen Stunden dorthin geworfen hatte. Svea schaltete das Licht ein, aus und wieder ein und betrachtete die Anordnung der Kleckser auf dem Kapuzenpullover. Glühwürmchen? Von Weitem konnte man es verwechseln, besonders wenn man wie Dreyer bekifft war.

Aber was hatte Burmester im Waschbecken für eine Sauerei angerichtet? Alles voller Schmutzspritzer, Papierfetzen verstopften den Abfluss. Von einem der Fetzen sah Svea ein Auge an.

Marin.

Burmester hatte sein Foto in symmetrische Fetzen gerissen und mit einer braunroten Flüssigkeit beschmiert. Blut? Svea schnupperte. Ja, das kam hin.

Kalter Schweiß rann ihr in den Nacken, sie erschauerte. Was hatte Burmester gesagt? Ekel fördert den Erkenntnisgewinn. Sie zückte ihr Smartphone und schoss ein Foto.

Hatte Burmester ihr eine Botschaft hinterlassen? Bloß welche?

Auf einem Bord an der Stirnseite des Ateliers stapelten sich Bücher. Svea trat näher, das Meiste schienen Bildbände und Ausstellungskataloge, bestimmt auch von Burmester. Sie schaltete einen Halogenstrahler ein, um im abnehmenden Licht besser lesen zu können, und zog wahllos eins der Bücher hervor.

Auf dem Cover war ein menschlicher Körper abgebildet,

die Haut abgezogen, das Fleisch bis auf Muskeln und Sehnen von den Knochen geschabt. Gunther von Hagens' Körperwelten. Die Ausstellung in Bochum vor ein paar Jahren hatte Aufsehen erregt, Svea hatte sich den Besuch gespart. Stand Burmester auf so etwas? Angewidert schob sie den Katalog zurück.

Zwischen zwei Buchstützen klemmten mehrere schmale Bände. Sie wählte einen, der besonders abgegriffen aussah. Das Cover war schwarz bis auf die blassgrüne Schrift:

Jolante Bosch. Vom Leuchten des Unbewussten
13.10. bis 02.12.2003 – Galerie am Verladebahnhof

War das die Ausstellung, von der Goosacker gesprochen hatte? Auf einem der Fotos erkannte Svea das Reh wieder, laut Begleittext hatte die Künstlerin die Augen mit einer speziellen Leuchtfarbe in mehreren Schichten aufgemalt, dadurch fühlte der Betrachter sich, als blitzten sie ihn an. Das konnte Svea bestätigen!

Aber warum hatte Burmester den Körper des Rehs frisch übermalt, wenn die Ausstellung vor über zehn Jahren stattgefunden hatte? War es überhaupt Schweineblut, wie sie behauptet hatte? Sveas Finger zitterten, als sie den nächsten Band hervorzog.

Jolante Bosch. Ritus.

Ein zehnseitiges bebildertes Essay über Beerdigungsrituale in der Kunst. Sie überflog den Text, blätterte hastig weiter. Ein Foto zeigte Julia Burmester in ihrem Atelier an der Werkbank, wie sie eins der Objekte für die Ausstellung bearbeitete.

Svea erstarrte. Erlebte sie gerade ein Déjà-vu? Sie hatte Julia Burmesters Kunstwerk schon einmal gesehen, letzten Dienstagfrüh im Falkenstieg, als Freder sie in das Fichtenwäldchen geführt und ihnen seinen neuesten Fund präsentiert hatte. Nur dass Burmester auf dem Foto keine menschlichen Rippen in das Fell wickelte, sondern das, woran Svea am Dienstag zuerst gedacht hatte. Das Skelett eines Kaninchens.

»Die Künstlerin, die tote Tierleiber, Knochen und Häute zu verstörenden Kunstwerken transformiert«, las Svea die Bildunterschrift. Ihre ersten Tierkadaver hatte Burmester von der Straße aufgelesen; nachdem die nicht mehr genug hergaben, hatte sie sich bei der Tierkörpersammelstelle des Instituts für Hygiene und Umwelt mit frischem Material eingedeckt, was den Vorteil hatte, dass die Tiere bereits auf Krankheiten wie Tollwut getestet waren.

Ruckartig drehte Svea sich um. Woraus bestanden die Skulpturen um sie herum, waren sie wirklich aus Holz geschnitzt?

Sie klopfte an das Reh. Lauschte. Klopfte erneut.

Ein präparierter Tierkadaver müsste dumpfer klingen, bei genauerem Hinsehen zeichnete sich unter der Tünche aus Blut an einigen Stellen die Holzmaserung ab. Trotzdem spürte sie keine Erleichterung.

Tote Tierleiber zu verstörenden Kunstwerken transformiert.

Verrückte Sachen, hatte Goosacker gesagt. Wusste sie, dass Burmester tote Tiere verarbeitete, womöglich den einen oder anderen Dackel?

Mit prüfendem Blick scannte Svea erneut die Umgebung. Wo hatte Burmester die Fellobjekte gelagert? Bei Raumtemperatur vergammelte so etwas und stank noch tausendmal mehr als Blut, aber im Atelier standen weder Kühlschränke noch andere Schränke.

Was war mit der Werkbank?

Svea zog den Ärmel ihres T-Shirts über die Finger, um keine Spuren zu verwischen, und griff den Knauf der obersten Schublade.

Pinsel, ein Quast, mehrere Spindeln Paketschnur, eine davon halb abgerollt, Kieselsteine, Bucheckern, Muscheln ... so ordentlich wie Burmester die Dosen und Schachteln auf der Arbeitsplatte aufgereiht hatte, so hatte sie auch den Schubladeninhalt in einzelne Fächer sortiert.

Die letzte Schublade war leer bis auf drei handgroße Fellstücke. Handelte es sich um Reste des Kunstprojekts? Das Fell aus dem Falkenstieg? Oder ...

Beides?

Ein Gedanke bohrte sich in Sveas Hirn, so ungeheuerlich, dass ihr schwindelig wurde.

Sie stützte sich an der Werkbank ab und hielt ihr Gesicht in den kühlen Luftzug, die Sonne war gerade untergegangen, der Himmel sah aus, als würde er verbluten.

Als der Boden nicht mehr schwankte, reckte Svea sich vor, um das Fenster zu schließen, dabei stieß sie mit dem Ellenbogen an eine der Schachteln auf der Arbeitsplatte. Sie war aus brauner Pappe und groß wie ein Schuhkarton – genauso wie die vier anderen Schachteln.

Was hatte Freder gesagt, nachdem er die Kartonreste aus dem Falkenstieg untersucht hatte? Standardware, 30 x 20 x 10 cm, die Knochen darin waren fachmännisch mit Axt und Säge zerteilt worden.

Svea betrachtete die Werkzeuge in der Wandhalterung, die Axt und zwei der Sägen blitzten frisch poliert. War das bei ihrem ersten Besuch vor ein paar Stunden auch schon so gewesen? Sie wusste es nicht. Dafür fügten sich die Bilder und

Gedankenfetzen, die seit Tagen durch ihren Kopf jagten, jäh zu einem Film zusammen.

Die sorgsam zugerichteten Leichenteile im Falkenstieg. Knochen. Blut. Noch mehr Blut. Felle. Ein Schlächter mit Axt und Säge.

Ritus hieß Burmesters Ausstellung.

Ritus hieß Sveas Horrorfilm, in der Hauptrolle eine große, kräftige Person mit wirren dunklen Locken unter der Kapuze. Mit irrem Blick lief sie durch die Straßen, tauchte vor dem Abbruchhaus auf, aus dem Eibo Storm seine Pflastersteine warf. Sie las Marins Leiche vom Bürgersteig auf, schaffte ihn in ihr Atelier und hievte ihn auf die Werkbank. Mit Axt und Säge zerteilte sie ihn in handliche Päckchen, umwickelte diese mit Fell, legte sie in die passenden Schachteln und wickelte Paketband drumherum.

Hier wurde Sveas innere Leinwand schwarz. Filmriss.

Wer hatte Marin getötet, wie hatte Burmester die Leiche aus ihrem Atelier in den Falkenstieg geschafft, hatte sie diese überhaupt hier zerteilt und bearbeitet?

Die Werkbank sah nicht aus, als hätte Burmester sie in den letzten Monaten freigeräumt und geputzt. Svea war keine Spezialistin für Staub, normalerweise ignorierte sie ihn. Aber ein millimeterdicker grauer Pelz wie hier zwischen den Dosen, Bechern und Schachteln? Der wuchs nicht über Nacht und auch nicht im Vierteljahr, das brauchte länger.

Hatte der Tote auf dem Boden gelegen? Blutspuren gab es jedenfalls genug. War Mord für Burmester womöglich auch Kunst?

Svea schauderte. Bevor sie noch mehr Vermutungen anstellte, sollte sie hier verschwinden, einen Durchsuchungsbeschluss beantragen und die Spurensicherung anfordern. DNA fand sich hier genug, Fingerabdrücke sowieso.

Den Knall, als sie den Halogenstrahler ausschaltete, spürte sie in ihrem Innern. Instinktiv duckte sie sich.

Als nichts passierte, kam sie wieder hoch und tastete nach dem Schalter. Klick, klick. Nichts. Die Sicherung war durchgebrannt. Die Augen der Tiere und die Farbspritzer auf dem Boden leuchteten in der Dunkelheit.

Sveas Telefon vibrierte. Tamme, endlich! Er war gerade eben im Henriettenhof angekommen.

»Wo steckst du?«, fragte er.

»Am Ende der Verladerampe. Ich warte draußen.«

»Kannst du kurz mit dem Telefon leuchten?«

Aber Svea war lieber vorsichtig, vielleicht lauerte Burmester irgendwo im Versteck.

»Bist du okay?«, begrüßte Tamme sie wenige Minuten später.

Svea nickte. Ihre Augen hatten sich mittlerweile an die Dunkelheit gewöhnt. »Wieso bist du allein?«

»Franzi hat sich den Magen verdorben.« Tamme machte eine Handbewegung. Kann man nichts machen, sollte das wohl heißen.

Svea zog ihn zur Seite, hinter den Schutz der nächsten Mauer, und berichtete ihm flüsternd, was sie in Burmesters Atelier entdeckt hatte.

»Kunst als Mordmotiv?«, fragte Tamme.

Auch wenn Svea seine Mimik nur schwer erkennen konnte, war klar, was er von ihrem Verdacht hielt. Wenig.

9

Du sitzt mit den Eltern am Tisch und isst. Das Fleisch ist zart. Viel zarter als sonst. Es schmeckt dir so gut wie lange nicht. Die Mutter lächelt und füllt dir nach. Dem Vater ist der Appetit vergangen. Umso besser, sagt die Mutter, sie findet ihn sowieso zu dick.

Das brauchst du nicht mehr, sagt die Mutter lächelnd, als du später Löwenzahn pflücken willst.

So viel wie heute hat sie noch nie gelächelt.

Vielleicht wird aus dir doch noch was.

Schon von Weitem siehst du, dass die Tür zum Stall aufsteht. Das Kaninchen hat wohl der Fuchs geholt, sagt die Mutter. Ihr Lächeln ist jetzt ein Grinsen.

Du musst würgen, viel schlimmer als damals mit dem Bambi. Immer wieder musst du würgen, bis nur noch bittere gelbe Flüssigkeit kommt.

Wer weint denn um so ein blödes Tier, sagt die Mutter. Komm wieder zur Vernunft!

Du stiehlst ihr das Fell aus dem Schuppen und klaubst die Knochen aus dem Müll.

Heile, heile Holly …

Du wickelst die Knochen in das Fell.

… es ist bald wieder gut.

Du bindest Schnur herum.

Heile, heile Holly …

Du legst es in eine Schachtel.

… es ist bald wieder gut.

Du schaufelst ihm ein Grab.

Heile, heile Holly …

Du pflanzt ihm einen Baum.
... es ist bald wieder gut.
Der Vater streicht dir über den Kopf.
Heile, heile Kindchen,
jetzt ist es wieder gut.

SONNTAG, 19.04.2015

1

In der Einfahrt zum Henriettenhof trat Svea unruhig auf und ab.

»Schokoladeneis«, murmelte Tamme neben ihr, er hielt sein Telefon am Ohr.

Es war sieben Uhr morgens, Julia Burmester immer noch verschwunden – und was tat Tamme? Statt mit ihr die nächsten Schritte der Fahndung abzusprechen, telefonierte er seit gefühlt einer Viertelstunde, offenbar mit dem Babysitter.

Nach einer Nacht, die ihren Namen noch weniger als die vorherige verdiente, hielt Svea nur das Adrenalin wach. Sie hatte eben mit Franzi gesprochen, die den Einsatz vom Präsidium aus koordinierte. Sie hatte nicht geahnt, wie viele eins achtzig große, breitschultrige Frauen mit dunkler Lockenmähne in Hamburg herumliefen; nach einem Aufruf im Radio, der viertelstündlich wiederholt wurde, hatten sich über zweihundert Anrufer gemeldet, die angeblich Julia Burmester gesehen hatten. Das Meiste wurde bereits am Telefon als Verwechslung aussortiert, trotzdem kamen die Beamten kaum hinterher, die übrigen Hinweise zu überprüfen, bislang erfolglos, Burmester blieb verschwunden.

Die Zeit drängte! Svea machte Tamme ein Zeichen, aber er winkte ab und presste das Telefon noch dichter an sein Ohr.

Steckte Burmester bei ihrem Vater? So sorgenvoll, wie sie über ihn gesprochen hatte, lag das nahe. Franzi und ein Kollege hatten jedoch vergeblich die Krankenhäuser durchtelefoniert. Versucht es mal mit Bosch, hatte Svea vorgeschlagen, vielleicht hatte Burmester in der Aufregung ihr

279

Pseudonym angegeben. Aber seit eben war klar, es gab auch keinen älteren männlichen Patienten mit Nachnamen Bosch. Hatte Burmester sie angelogen? Dazu passte, dass sie nach Sveas Besuch fluchtartig den Hof verlassen hatte, wie Tobias Kühnle – der Schneemann, der auf dem Hof den Stamm bearbeitet hatte – ihnen vorhin verraten hatte.

»Tamme!«, zischte Svea. Er telefonierte ungerührt weiter. Ihre Haut prickelte, seit gestern Abend nervte der Kollege sie zunehmend. War das nicht zu weit hergeholt?, hatte er mehrfach ihre Theorie angezweifelt, wonach der Mord an Marin Teil eines Kunstprojekts war, selbst nachdem sie ihm den Katalog der Ritus-Ausstellung präsentiert hatte. Mittlerweile hatte auch die Spurensicherung das Atelier untersucht und festgestellt, dass die Fingerabdrücke darin mit den Abdrücken am Zaun im Falkenstieg und am Joint übereinstimmten. Aber Tamme wollte das Offensichtliche nicht sehen. Er glaubte nach wie vor, dass Eibo Storm Marin mit einem gezielten Steinwurf getötet hatte, ihm fehlte nur noch das Ergebnis des dortigen Spurensicherungsteams, das seinen Verdacht bestätigte.

Immerhin kamen sie mit Kampmann gut voran.

Svea hatte gestern Abend Tamme mit den Kollegen von der KTU im Henriettenhof zurückgelassen, um an Kampmanns Vernehmung teilzunehmen. Zunächst hatte er weiterhin zu den Mordvorwürfen geschwiegen, aber in Schubacks Wohnung waren mehrere Telefone sichergestellt worden, die Techniker hatten sofort angefangen die gelöschten Daten, SMS und Anruflisten, zu rekonstruieren. Als Svea Kampmann die SMS gezeigt hatte, in der er Schuback aufforderte, sich mit D – Dreyer? – zu beeilen, hatte er sich nicht zurückhalten können und minutenlang geflucht.

Er würde einknicken, es war alles nur eine Frage der Zeit – das hatte sie schon während der Vernehmung gespürt.

Kurz darauf war sie sich sicher gewesen.

Von Trott hatte bei ihr angerufen, weil sie umfassend über Kampmanns kriminelle Geschäftspraktiken aussagen wollte. Als Svea sich nach dem Grund für ihren Sinneswandel erkundigte, gab von Trott an, dass Kampmann sie nach der Trennung nicht angemessen abgefunden und ihr statt des versprochenen Hauses auf Sylt nur ein winziges Apartment gekauft hatte, ein Loch ohne Meerblick.

Kampmann hatte den Preis für die Loyalität seiner ehemaligen Geliebten offenbar falsch eingeschätzt.

Zudem hatte das Dezernat Interne Ermittlungen den Baudezernenten vernommen, er belastete Kampmann schwer und versprach, weitere Beweise gegen ihn zu liefern.

Mit Schubacks Geständnis war der erste Dominostein gekippt, jetzt stürzte die ganze, mühsam errichtete Reihe ein. Selbst wenn Kampmann weiter schwieg und nicht direkt an der Tat beteiligt war, half ihm das im Fall einer Verurteilung wenig: Der Anstifter wurde gleich dem Täter bestraft, so wollte es das Gesetz, und das war auch gut so.

Wie lange telefonierte Tamme denn noch? Es fing an zu nieseln, ein feuchter Film legte sich auf Sveas Gesicht.

»Tamme!«

»Okay, trotzdem danke,«, sagte er ins Telefon. Dann legte er auf und holte tief Luft. »Es tut mir leid, ich habe mich getäuscht. Die Flecken in Storms Hauseingang sind kein Blut.«

»Und was ist es?«

»Schokoladeneis.«

Er guckte so betreten, dass er Svea fast leidtat, gleichzeitig durchzuckte es sie. Was war, wenn sie sich ebenfalls irrte?

Seit sie gestern Nachmittag den Ausstellungskatalog entdeckt hatte, hatte sie nur in eine Richtung gedacht. Fixiert auf Julia Burmester, hatte sie Dreyers Ex-Freundin versetzt und für heute Vormittag Bigi abgesagt. Aber vielleicht war Burmester keine Mörderin, die sich vor ihnen versteckte, sondern war wie Dreyer in eine Falle gelockt worden, weil sie Kampmanns Plänen mit dem Henriettenhof im Weg stand. Dann wären Bigi und Anna Quehl wichtige Informantinnen.

Aber als Erstes musste sie jetzt in den Schluchtweg zu Alfred Burmester. Auch das hatte sie längst vorgehabt, schon bevor seine Tochter behauptet hatte, dass er im Krankenhaus auf der Intensivstation lag.

Und Tamme sollte im Henriettenhof bleiben, falls Julia Burmester weder Täterin noch Opfer war und doch noch zurückkam.

2

»Mein Patient liegt im Krankenhaus? Wer erzählt das?«, fragte Malgorzata Foreniak, die neue Pflegerin von Alfred Burmester. Beziehungsweise die alte, wie sie Svea erklärte, während sie an der Haustür ihren Dienstausweis kontrollierte. Seit über zwei Jahren kam Foreniak regelmäßig aus ihrer polnischen Heimatstadt Bytom in den Schluchtweg, immer für drei Monate.

»Seine Tochter hat das erzählt«, sagte Svea.

»Ach, Julia! Ein liebes Mädchen, aber sie ist ein bisschen …« Foreniak klopfte sich an die Stirn. Sie beteuerte, ihr Patient säße hinter ihr im Wintergarten in seinem Rollstuhl, genauso wie vorgestern, als Julia Burmester ihn zuletzt besucht hatte.

»Haben Sie eine Ahnung, wo Julia jetzt steckt? Ich muss sie dringend sprechen.«

Foreniak verneinte. »Aber sie besucht ihren Vater jeden zweiten Tag. Wenn sie heute Nachmittag kommt, schimpfe ich mit ihr«, versprach sie, die Hand schon an der Türklinke.

»Ich möchte mich gern selbst davon überzeugen, dass Herr Burmester zu Hause ist.« Svea machte einen Schritt nach vorn.

»Wenn es sein muss.« Nur zögernd ließ Foreniak Svea in den Hausflur, angeblich hatte Julia ihr verboten, Besucher zu empfangen. »Polizei ist ja nicht so richtig Besuch«, rechtfertigte sie ihre Entscheidung. Aber sie warnte Svea vor, ihr Patient sei im Moment schwierig, irgendetwas beunruhigte ihn. Deshalb hatte Julia ihm vorgestern sogar das Fotoalbum verboten, das er so liebte.

»Hat er Angst vor Einbrechern?«, fragte Svea.

»Woher wissen Sie das?«

Svea zeigte Marins Foto. »Kennen Sie diesen Mann?«

»Er war hier, kurz bevor ich gefahren bin.« Foreniak schlug die Hand vor den Mund. »Ist er ein Einbrecher?«

»Ich weiß es nicht.« Svea rechnete drei Monate zurück. »Also war er Anfang Januar hier?«

»Nein, Anfang Februar.« Foreniak war diesmal früher aus Polen zurückgekommen. Eigentlich hätte sie erst im Mai wieder anfangen sollen, aber mit Burmesters letzter Pflegerin hatte es ein Problem gegeben, Genaues wusste sie nicht, deshalb hatte die Agentur sie schon vorgestern angefordert.

Sie legte die Stirn in Falten. »Aber der Mann hat nicht eingebrochen, er hat meinen Patienten besucht.«

Sonderbar, dachte Svea. »Er war also länger hier im Haus und nicht nur kurz an der Tür?«, hakte sie nach.

Foreniak nickte.

»War Julia auch da?«

»Ich glaube nicht. Warten Sie, nein, ganz sicher nicht, ich hatte Milch auf dem Herd, die ist mir übergekocht, als ich zur Tür gehen musste. Das war eine Sauerei.«

Julia hatte etwas anderes über ihre Begegnung mit Marin erzählt. War er womöglich zwei Mal hier gewesen? Aber warum fragte jemand erst nach dem Weg und kam das nächste Mal gleich zu Besuch? Und warum hatte Foreniak ihn ins Haus gelassen, obwohl Julia es verboten hatte?

»Er hat gesagt, er ist ein alter Freund.«

»Haben Sie mitbekommen, worüber die beiden gesprochen haben?«

»Leider nein, ich war in der Küche. Mein Patient war aufgeregt, nachdem der Mann gegangen war. Aber das ist mein Patient öfter.«

Im Wintergarten war es heller als am Mittwoch, auf einer Breite von einem Meter hatte jemand den Vorhang aus Efeu gekappt, sodass man freien Blick in den von Thujabüschen eingefassten Garten hatte. In der regenfeuchten Wiese blühten Löwenzahn und Wiesenschaumkraut, in zwei kreisförmigen, frischgehackten Beeten wuchsen dunkelrote Tulpen.

Alfred Burmester kauerte wie bei Sveas letztem Besuch in seinem Rollstuhl am Tisch. Als sie ihn begrüßte, blickte er kurz auf, dann kippte sein Kopf wieder vornüber.

Auf dem Tisch lag das Fotoalbum, Foreniak hielt offensichtlich nicht viel von Julias Anweisungen. Diesmal war eine andere Seite aufgeschlagen, mit dem Foto eines Hauses. Auch wenn neben dem Hauptgebäude ein windschiefer Anbau stand, erkannte Svea sofort das Haus im Falkenstieg 18.

Sie konnte es nicht fassen, sie war so nah dran gewesen! Hätte Julia am Mittwoch nicht das Album zugeschlagen, Svea hätte längst gewusst, was sie erst gestern durch Butenschön erfahren hatte.

»Fragen Sie Herrn Burmester bitte nach seiner Tochter«, bat Svea.

Foreniak beugte sich zu ihm herunter und streichelte sanft seinen Arm. »Julia«, sagte sie. »Wo ist Julia?«

Burmester reagierte nicht.

Svea überlegte, dann trat sie neben ihn und griff nach dem Album. »Darf ich umblättern?«

Auf der nächsten Seite klebten zwei Fotos. Die Fichten, noch nicht so hochgewachsen wie heute, gehörten eindeutig zu dem Wäldchen, in dem sie Marins Knochen ausgegraben hatten. An einer Stelle steckte ein Holzkreuz im Boden, wie auf einem Gipfel – oder einer Grabstelle.

Svea wurde heiß. Was war dort vergraben gewesen? Oder wer? Hatten Freders Leute etwas übersehen?

»Julia!«, krächzte Burmester.

Er bäumte sich so ruckartig auf, dass Svea zur Seite sprang und instinktiv nach ihrer Pistole griff. Foreniak schrie. Mit der flachen Hand schlug Burmester auf das Foto, bevor er wieder zusammensackte und nuschelnd den Kopf hin und her warf.

Mein Kindchen … oder Kaninchen? Svea verstand es nicht genau.

Foreniak schraubte ein Medikamentenfläschchen auf und schimpfte: »Gehen Sie!«

Das hatte Svea sowieso vor.

3

Svea ließ den Wagen im Schluchtweg stehen. Bevor sie den Umweg über die Straße fuhr, gelangte sie zu Fuß genauso schnell, wenn nicht schneller, ans Ziel. Hoffentlich lag sie richtig mit ihrem Verdacht!

Sie sprang die Stufen zum Elbhöhenweg hoch und joggte los, so gut es der matschige Boden zuließ. Außer einem anderen Läufer in schmutzbespritzter Trainingskleidung, einem Flaschensammler und einem Golden Retriever, gefolgt von einer Blondine in kniehohen Gummistiefeln mit Hundeleine um den Hals, kam ihr niemand auf dem schmalen Pfad entgegen; wahrscheinlich war es noch zu früh für die sonntägliche Blankeneser Massenwanderung.

Nachdem sie den Siebeneichenweg gekreuzt hatte, öffnete sie die Kartenapp in ihrem Telefon. Auch wenn der Elbhöhenweg auf der Karte fehlte und Svea als blauer Punkt durchs Nichts waberte, half es ihr einzuschätzen, wie weit es bis zum Falkenstieg war.

Goosacker hatte Julia Burmester zwar ewig nicht im Falkenstieg gesehen, aber was hieß das schon. Bis auf das Mal, als Eika weggelaufen war, ging die alte Dame seit Jahren ausschließlich bergan, in die entgegengesetzte Richtung von Hausnummer 18.

Burmesters altes Zuhause ... Wenn Sveas Gefühl nicht trog, war die Hintertür im Zaun aufgeschlossen.

Auf den letzten hundert Metern legte sie einen Sprint ein, an der Treppe, die vom Elbhöhenweg hoch zum Grundstück führte, verfing sich ihr Hosenbein in einer Brombeerranke,

Dornen stachen in ihre Wade, sie riss sich los und rannte weiter.

Wenige Schritte noch, dann stand sie am Zaun. Das Siegel an der Tür war beschädigt, sie drückte die Klinke herunter und schob die Tür zentimeterweise auf, mit der Pistole in der Hand zwängte sie sich hindurch.

Julia Burmester kauerte im Fichtenwäldchen, genau dort, wo Freder das erste Fellbündel gefunden hatte. Sie starrte in die Grube, in die Svea vor drei Tagen hineingerutscht war, und hielt einen glühenden Joint zwischen den Fingern. Ohne aufzublicken, murmelte sie vor sich hin.

»Heile, heile«, verstand Svea, »heile, heile.« Burmesters Stimme klang tiefer als sonst.

»Frau Burmester?«

Keine Reaktion. Sie zog am Joint, als sie den Rauch wieder ausstieß, stieg Svea der süßliche Haschischgeruch in die Nase.

»Jetzt ist es wieder gut, hat er gesagt.« Burmester hob den Kopf, sie blickte an Svea vorbei. »Er hat dich angelogen. Es wird nie wieder gut.«

Was redete sie da, und mit wem? Svea sah sich um, da war niemand. Vielleicht sprach sie zu jemandem, der dort vor langer Zeit gestanden hatte.

»Aus dir wird nie was, hat sie gesagt«, fuhr Burmester mit monotoner Stimme fort. »Sie hat recht gehabt. Du hast alles versucht, aber du hast es nicht geschafft. Dein Werk wirkt nicht mehr, sie haben es ausgegraben, es ist zerstört. Für immer.« Burmester schnipste den Joint zur Seite, er verglühte im feuchten Dreck, Tränen liefen ihr übers Gesicht, tropften in die Grube.

Svea trat näher, einen Schritt, noch einen … doch bevor sie

bei ihr war, brach Burmester zusammen und fiel vornüber.

Ist das eine Falle?, schoss es Svea durch den Kopf, während sie, in einer Hand die Pistole, mit der anderen Burmester aus der Grube half. Auch wenn die Frau wimmerte wie ein Kind, war sie ihr kräftemäßig überlegen, allein durch die Größe.

Burmester tat zum Glück nichts, als sich an Svea zu klammern, bis sie wieder stand. Dann stützte sie sich an den Stamm der Fichte, strich mit zittrigen Fingern über die Rinde und zeichnete das eingeritzte Herz nach.

H + J. Helge … und Julia? War Burmester etwa die Ex-Freundin von Dreyer? Bevor Svea fragen konnte, sank Burmester zu Boden.

»Holly, mein Holly«, wimmerte sie.

Holly? Stand das H gar nicht für Helge? Hatte Julia das Herz in den Baum geritzt?

Bloß wer war dann Holly? Ein Kind, ein Baby?

Das Holzkreuz, das Svea gerade auf dem Foto in Alfred Burmesters Album entdeckt hatte, musste ungefähr dort gesteckt haben, wo jetzt die Grube war. Aber wenn hier vor fast dreißig Jahren ein Mensch begraben worden wäre, hätte Freder außer Marins Knochen doch bestimmt weitere Überreste gefunden.

Burmesters Wimmern ging in Jaulen über.

»Frau Burmester!« Svea fasste sie an der Schulter. »Wer ist Holly?«

Burmester schreckte zusammen wie ein Hase in der Falle. Sie starrte Svea an, als sähe sie sie gerade zum ersten Mal, als sei sie aus einer Trance erwacht.

»Mein Kaninchen.« Das war wieder die hohe Stimme, die Svea kannte.

»Ihr … Kaninchen?«

Diese große, starke Frau lag vor ihr, zusammengekrümmt und schlammbeschmiert wie ein Kind, und weinte um ein Kaninchen – ein Tier, das vor Jahrzehnten gestorben war? Unter anderen Umständen hätte Svea gelacht. So zog sie ihre Jacke aus, legte sie neben Burmester und half ihr, sich daraufzusetzen, mit einem Taschentuch wischte sie ihr das Gesicht sauber, Burmester ließ es geschehen.

Aber was hatte ein Kaninchen mit Marin zu tun, warum hatte Burmester Marins Leiche an derselben Stelle vergraben? Nachdem Burmester aufgehört hatte zu weinen, hockte Svea sich neben sie und begann vorsichtig zu fragen.

»Das ist mein Werk«, erklärte Burmester. »Der Tod erfordert ein Ritual. Ein Ritual kann trösten, aber erst die Vollendung im totalen Werk bringt die Erlösung.«

Das totale Werk? Svea verstand nicht mal die Hälfte von Burmesters wirren kunsttheoretischen Ausführungen, aber sie begriff, dass der Tod des Kaninchens Burmester damals aus irgendeinem Grund schwer getroffen und traumatisiert hatte. Und statt ihr Trauma in einer Therapie aufzulösen, folgerte Svea, hatte sie begonnen, es künstlerisch zu bearbeiten, und daraus ein Ritual entwickelt – ein mörderisches Ritual, das sie zunächst mit toten Tieren beging, bis sie Marin erschlagen hatte. Innerhalb ihrer verqueren Logik war es nur folgerichtig, seine Leiche dort zu bestatten, wo ihr Ritual seinen Anfang hatte.

»Warum haben Sie ihn erschlagen?«, fragte Svea. Es war zwar klar, dass Burmesters Geständnis vor Gericht keinen Bestand hatte, aber es gab schon jetzt genug Beweise für ihre Schuld. Und eins wusste Svea, wenn sie die Streife rief, Burmester festnahm und aufs Präsidium brachte, wäre es sowieso vorbei – es war dieser Moment, an dieser Stelle, der die Worte aus dem Mund der Frau neben ihr strömen ließ, mächtig wie der Dammbruch eines Flusses.

»Weil sie böse war«, krächzte Burmester, ihr Blick glitt ins Nichts.

»Sie?« Was redete sie da?

»Habe ich sie gesagt? Er, meinte ich.« Burmester gab zu, dass sie Svea belogen hatte und Marin doch im Henriettenhof aufgetaucht war – nur nannte sie es nicht »Lüge«, sondern »Notwendigkeit auf dem Weg zum totalen Werk«. Nachdem es Marin nicht gelungen war, sie aus ihrem Atelier zu vertreiben, hatte er sie im Januar vom Henriettenhof bis in den Schluchtweg verfolgt. Kurz darauf – Foreniak war zurück nach Polen gefahren, die Ankunft der nächsten Pflegerin hatte sich verzögert und Burmester musste sich vorübergehend allein um den Vater kümmern – war Marin erneut vorbeigekommen und hatte nicht nur sie, sondern auch ihren Vater bedroht.

»Da habe ich ihn erschlagen«, sagte sie in einem Ton, als wäre es das Normalste der Welt, mal eben jemandem den Schädel mit einer Axt zu spalten.

»Wie hingegossen lag er da, mit seinem scharlachroten Heiligenschein.« Burmesters Augen glänzten. »Was keine Nachahmung schafft, egal wie sehr man sich bemüht, schafft der Tod wie von selbst.«

Zunehmend schockiert lauschte Svea Burmesters Worten, detailliert beschrieb diese, wie sie Marin erst grob mit der Axt zerlegt und dann Säge, Fell, Schnur und Schachteln aus ihrem Atelier geholt hatte, um ihn in der Küche im Haus ihres Vaters zu einem ihrer Kunstprojekte herzurichten. Die einzelnen Pakete hatte sie nach und nach in ihrer Sporttasche über den Elbhöhenweg in den Falkenstieg geschafft und hier im Garten vergraben. Marins Kopf hatte sie dabei nicht gebrauchen können und im Schluchtweg versteckt, wo genau, wollte oder konnte sie nicht sagen.

Svea fröstelte, die Sonne war nur ein fahler silbriger Schein, der es nicht schaffte, das Grau des Himmels zu durchdringen. Aber wenn Svea Burmester die Jacke wegnahm, riskierte sie, dass der Redefluss abbrach.

»Es war perfekt«, sagte Burmester jetzt. »Doch dann«, sie zitterte vor Empörung, »hat Helge Dreyer das Ritual bedroht.« Als Burmester Anfang April von der bevorstehenden Versteigerung erfuhr, sah sie sich gezwungen, die Knochen wieder auszugraben und an einen sicheren Ort zu bringen; sie musste ihr Werk retten, bevor es nicht mehr wirkte.

Den Rest der Geschichte kannte Svea: Beim Ausgraben war Burmester erst von Dreyer, dann von den beiden Mädchen und schließlich von der Polizei gestört worden.

»Sie haben meine Hoffnung auf Erlösung zerstört.« Burmesters Stimme brach. Sie kippte zur Seite, wimmerte und schluchzte. Als Svea sie wie vorhin sanft an der Schulter berührte, schrie sie auf und schlug die Hand weg.

Svea wartete, bis Burmester sich halbwegs beruhigt hatte, dann sagte sie: »Es tut mir leid, ich muss Sie festnehmen.«

Sie bestellte einen Krankenwagen, rief die Streife und gab Tamme und Franzi Bescheid. Sie konnten die Suche nach Julia Burmester einstellen.

NEIN!

Nein? Tamme hielt an der Ampel und starrte fassungslos auf sein Handy mit Imkes SMS. Die vier Buchstaben wirkten auf ihn wie Chinesisch, er verstand seine eigene Frau nicht mehr.

Er hatte gefragt, ob sie sich auch später als um 15 Uhr treffen konnten. Sein nächster Einsatz im Schluchtweg würde länger dauern, vor heute Abend war er bestimmt nicht zu Hause.

Aber Imke blieb unerbittlich. In seiner Not hatte er sogar angeboten, sie zwischendurch im Schluchtweg zu treffen und sich zum Reden ins Auto zu setzen, aber das hatte sie erst recht erbost.

Er fluchte. Warum zeigte Imke kein Verständnis? Der Fall stand kurz vor dem Abschluss, da konnte er sich nicht spontan freinehmen. Trotzdem mussten sie dringend reden. Die Kinder fragten ständig, wo Mama sei, Bente war bereits misstrauisch geworden, ihr konnte er nicht mehr lange etwas vormachen. Ganz abgesehen davon, wie sehr er selbst Imke vermisste!

Hätte Julia Burmester nicht einen halben Tag später auftauchen können? Dann hätte er zwischendurch genug Zeit für Imke. Gestern hatte Storm ihm einen Strich durch seine Rechnung gemacht, noch einmal bei Tanya vorbeizufahren – und ihn so womöglich vor einer erneuten Dummheit bewahrt. Dafür hatte er dann dem Wiedersehen mit Imke umso mehr entgegengefiebert.

Bitte!, simste er zurück.

NEIN!

Aber dann klappt es heute nicht

JA. DU HAST ES SO GEWOLLT

Er? Seine Finger verkrampften sich. Was sollten die Groß-buchstaben, und was meinte sie mit »es«? In guten wie in schlechten Zeiten, hatten sie sich geschworen – zumindest für ihn galt das noch! Bei ihr war er sich nicht sicher, ob sie bei »es« bereits an das Ende dachte.

Als der Fahrer des LKWs hinter ihm hupte, trat er so fest aufs Gaspedal, dass die Reifen durchdrehten und er aus der Spur rutschte.

4

»Was wollen Sie schon wieder hier?«, schimpfte Foreniak. »Julia ist noch nicht da.«

»Ich weiß«, sagte Svea.

Foreniak guckte irritiert. Dann schien sie zu begreifen, dass Tamme, Franzi und die beiden Männer in den weißen Schutzanzügen, die auf der Straße an ihrem Transporter lehnten, zu Svea gehörten.

»Ist etwas passiert?«

Svea nickte knapp.

»Julia.« Es war keine Frage.

»Sie ist in Sicherheit. Mehr darf ich nicht sagen.« Svea dachte daran, wie Burmester sich widerstandslos hatte abführen lassen. Sie war zurück in ihre Trance gefallen und hatte durch Svea hindurchgeblickt. Als der Krankenwagen gekommen war, hatte Svea ihr den Schlüssel abgenommen. Er passte in die Tür im Zaun, wahrscheinlich hatte Julia ihn nicht mal gestohlen, sondern ihr Vater hatte ihn damals beim Verkauf des Hauses behalten – so ließ sich auch erklären, dass Dreyer nichts davon gewusst hatte.

»Meine Mitarbeiter und ich kommen jetzt rein.« Svea zeigte Foreniak den Durchsuchungsbeschluss, dann winkte sie die Kollegen zu sich.

»Entschuldigen Sie bitte.« Freder schob sich an Foreniak vorbei. Wenn er in Wohnungen oder Häusern arbeitete, deren Bewohner anwesend waren, gab er sich anfangs besonders höflich – es nutzte nichts, die Leute verfluchten ihn, sobald er anfing, ihr Zuhause auseinanderzunehmen.

»Du nimmst dir mit Franzi den Garten vor«, beauftragte

Svea die Hundeführerin, die als Letzte draußen wartete. »Geht am besten außenherum und gebt Bescheid, sobald Rocky anschlägt.« Ein Leichenspürhund würde die Suche hoffentlich abkürzen und sie mussten nicht wie im Falkenstieg alles umgraben – auf dem verwahrlosten Grundstück hatte das kaum Schaden angerichtet, hier war das etwas anderes.

Tamme sollte im Wintergarten auf Alfred Burmester aufpassen, sie selbst ging mit Freder und seinem Mitarbeiter in die Küche, die seitlich in einem Anbau untergebracht war.

»Der alte Stall«, sagte Foreniak, sie stand in der Tür und verfolgte jeden von Freders Schritten. Sie hatte gründlich geputzt, der gefliese Fußboden und die Fliesen an den Wänden glänzten, aber Freder wusste, wonach er suchen musste.

Als er mit einem Skalpell in den Fugen über der Spüle kratzte, protestierte Foreniak so vehement, dass Svea ihr befahl, Tamme und ihrem Patienten im Wintergarten Gesellschaft zu leisten.

Freders Mitarbeiter öffnete Schubladen und Schränke, aus einem Holzblock auf der Anrichte zog er die Messer heraus und tütete sie einzeln ein.

Svea wollte sich gerade den Inhalt der Kühltruhe ansehen, da hörte sie leises Bellen. Durch die Terrassentür konnte sie nicht um die Ecke in den Garten gucken, aber als ihr Handy vibrierte, wusste sie, dass Rocky mehr erschnüffelt hatte als eine tote Ratte im Gebüsch.

»Mach du erst mal hier weiter«, wies sie Freder an, seinen Mitarbeiter nahm sie mit nach draußen.

In einem der Tulpenbeete stand der Schäferhund und wedelte so sehr mit dem Schwanz, dass auch die letzten Blütenstängel, die er noch nicht niedergetrampelt hatte, abknickten.

296

»Fein gemacht.« Die Hundeführerin zog ihn an der Leine aus dem Beet und befahl ihm, sich hinzulegen. Normalerweise wurde Rocky nach getaner Arbeit mit seinem Spielzeug belohnt – vor Zuschauern war das pietätlos.

Svea spürte ein Kribbeln im Nacken und drehte sich um. Foreniak hatte den Rollstuhl ans Fenster geschoben, Alfred Burmester wedelte mit den Armen, die beiden beobachteten sie. Dahinter erkannte sie Tamme, er machte ihr ein Zeichen. *Keine Sorge, ich habe die Situation im Griff*, sollte das wohl heißen.

Hoffentlich, Tamme hatte fahrig gewirkt, als er sie im Falkenstieg abgeholt hatte.

»Das andere Beet ist sauber«, informierte Franzi sie, während Freders Mitarbeiter mit vier gezielten Spatenstichen die Tulpen abtrug. Als er die Erde darunter durchstocherte, stieß er mehrfach auf Widerstand.

Mit einer Handschaufel grub er weiter und beförderte nacheinander zwei Knochen ans Licht: ein Schienbein und ein Schulterblatt – die einzigen Teile von Marins Skelett, die Burmester aus dem Falkenstieg hatte retten können.

»Sonst war hier nichts?«, wandte Svea sich an die Hundeführerin. Noch fehlte der Kopf, und unterhalb der Thujahecke wirkte die Erde an manchen Stellen frisch gehackt.

Die Hundeführerin verneinte, Rocky konnte man »hundertfünfzigprozentig« trauen, sie tätschelte ihm den Kopf.

Trotzdem wies Svea Franzi an, zur Sicherheit zwischen den Thujabüschen mit der Stange zu stochern, nachdem sie den Fundort abgesperrt hatte.

Das Augenrollen der Hundeführerin entging ihr auf dem Weg zurück in die Küche.

Freder hockte neben der Spüle und knibbelte an den Fußbodenfliesen herum. Als er Svea bemerkte, hielt er inne. »Guck dir das an.« Er zeigte zum Tisch.

Er hatte ein Jagdmesser gefunden, es hatte hinter einer Reihe Kochbücher in einer ledernen Scheide gesteckt, die Klinge war bis hin zum Handschutz mit etwas Dunklem verklebt. »Sieht nach Fleischresten und Blut aus.«

»Marins Blut«, sagte Svea. »Mit diesem Messer hat Julia Burmester seine Knochen entbeint.« Warum hätte sie das Messer sonst verstecken sollen?

Außer dem Messer stapelte sich ein Dutzend Einmachgläser auf dem Tisch. »Sauerkirsche«, las Svea laut den Aufkleber auf einem der Deckel vor, der dunkelrote Inhalt sah auch danach aus, noch wussten sie allerdings nicht, wie und wo Burmester Marins Fleisch entsorgt hatte.

»Alles mitnehmen«, meinte sie, dann blickte sie in die Ecke. »Hast du schon in die Kühltruhe geguckt?«

Freder schüttelte den Kopf, er kniete wieder auf den Fliesen.

Mit einem Ruck öffnete Svea den Deckel. In zwei Körben stapelten sich die Fertiggerichte wie im Supermarkt: Königsberger Klopse, Leipziger Allerlei, Sahnegeschnetzeltes und Hühnerfrikassee. Sie kontrollierte die Klebestellen der Kartons, alles originalverpackt.

Dann beugte sie sich in die Truhe hinein, um den Zwischenboden unter den Körben hochzunehmen, aber er war an den Rändern festgefroren.

»Hilfst du mir mal?«

Mit einer Akkusäge durchschnitt Freder das Eis, sodass Svea den Boden fassen konnte. Als sie erkannte, was darunter inmitten von Eiswürfeln lag, ließ sie ihn sofort fallen.

»Marin?«, fragte Freder.

Svea nickte, ihre Kehle wurde eng. Sie hatte damit gerechnet, Marins Kopf zu finden, schließlich hatte Julia Burmester gesagt, dass sie ihn im Haus ihres Vaters zurückgelassen hatte. Trotzdem war sie nicht darauf vorbereitet gewesen, aus einer Kühltruhe von einem eingeschlagenen Schädel mit blutigen Augäpfeln angeglotzt zu werden.

Als jemand an die Terrassentür klopfte, löste sie sich aus ihrer Erstarrung.

Die Hundeführerin streckte Svea einen Napf entgegen, sie hielt Rocky an der kurzen Leine. »Rocky braucht Wasser, ich habe nichts mehr im Auto.«

»Warte!« Svea schloss die Kühltruhe, füllte den Napf und stellte ihn draußen vor der Tür ab.

Während Rocky gierig trank, ließ die Hundeführerin die Leine locker.

So schnell, wie der Hund aufsprang und in die Küche schoss, konnte sie nicht zugreifen. Er zog die Leine hinter sich her, schnüffelte den Boden unter dem Tisch ab, wedelte mit dem Schwanz und bellte.

»Rocky!« Die Hundeführerin griff ihn am Halsband und zog ihn zu sich. »Platz!«

Sofort kauerte der Hund zu ihren Füßen.

»Entschuldigung, Rocky hat sich draußen übernommen, sonst macht er so etwas nicht.«

Svea winkte ab, viel wichtiger war: »Steckt da etwas im Boden?« Hatte Rocky nicht nur Blutreste in den Fugen erschnüffelt, sondern etwas, das sich unter den Fliesen verbarg?

»Glaube ich nicht, der Einsatz gerade hat zu lange gedauert, und jetzt ist er überfordert von den ganzen Gerüchen.«

Rocky hatte fast eine halbe Stunde den Garten abge-
schnüffelt, eigentlich sollten die Hunde nach einer Viertelstunde ausgewechselt werden, aber von wem? Sie hatten
heute nur Rocky – der mit angespannten Muskeln darauf
wartete, sofort wieder aufzuspringen. Irgendetwas hatte er
gewittert!

Svea bückte sich und betrachtete die Fliesen unter dem
Tisch, die Rockys Interesse geweckt hatten, dann besah sie
sich das Fliesenschild über der Spüle. Im Vergleich wirkte der
Fußboden weniger fachmännisch verlegt, die Fugen fielen
mal breiter, mal schmaler aus, da war ein schlechter Fliesen-
leger oder ein passabler Hobbyhandwerker am Werk gewesen – auf jeden Fall nicht derselbe, der das akkurate Fliesenschild angebracht hatte. Das konnte daran liegen, dass die
Bodenarbeiten zu einem Zeitpunkt ausgeführt worden waren, als das Geld für einen Profi-Handwerker fehlte. Oder …

Wer weiß, wen oder was Julia Burmester alles ihrer Kunst
geopfert hatte.

»Rocky muss noch mal unter den Tisch«, sagte Svea.

Die Hundeführerin protestierte, aber Svea blieb dabei. Bevor sie den Boden auf Verdacht aufschlagen ließ, brauchte sie
die Zweitmeinung eines professionellen Leichenspürhundes,
und wenn der noch so reizüberflutet war und das Messer auf
dem Tisch ebenso ignorierte wie den Inhalt der Kühltruhe.

Hechelnd und schnaufend zog Rocky an der Leine Richtung Tisch, mitten darunter stoppte er abrupt. Er hielt die
Schnauze auf den Boden, schnüffelte – und schlug erneut an.

»Danke«, sagte Svea. »Du kannst den Hund jetzt weg-
bringen.« Dann wandte sie sich an Freder: »Hast du Werkzeug dabei?«

»Als hätte ich es geahnt.«

Während er zum Auto ging, um Spitzhacke und Bohrhammer zu holen, rief Svea seinen Mitarbeiter und Franzi
von draußen herein.

»Kümmere dich um den richterlichen Eilbeschluss, damit
wir den Boden aufstemmen können«, trug sie Franzi auf. Sie
selbst ging in den Wintergarten.

Tamme hatte sich neben Foreniak aufgebaut, die mit Alfred Burmester am Tisch saß und mit den Fingern trommelte.
»Sind Sie bald fertig?«, empfing sie Svea.

»Noch nicht.« Svea informierte sie über die bevorstehenden Arbeiten.

»Das lasse ich nicht zu!« Foreniak schoss von ihrem Stuhl
hoch und wollte weglaufen, aber Tamme hielt sie mit seinem Körper auf und umklammerte ihre Handgelenke. Sie
schimpfte laut auf Polnisch, als Tamme sie zurück an den
Tisch führte, wo Alfred Burmester vor sich hin schnarchte,
unberührt von dem Krach um ihn herum.

»Bleiben Sie bitte hier bei meinem Kollegen sitzen«, sagte
Svea. »Sonst muss er Ihnen Handfesseln anlegen.«

Als wenig später der Bohrhammer losratterte, musste
Tamme Foreniak tatsächlich fixieren. Ab da hielt sie still.

Nach einer Stunde, in der Freder und sein Mitarbeiter sich
in der Küche mit Bohren und Hacken abwechselten, hatten
sie mehrere mumifizierte Teile einer weiblichen Leiche frei-
gelegt. Genau wie der Kopf von Marin war der Schädel der
Toten mit einem scharfen Werkzeug gespalten worden.

›Weil *sie* böse war‹, hatte Julia Burmester auf die Frage
geantwortet, warum sie Marin erschlagen hatte. War es kein
Versprecher gewesen, wie Svea angenommen hatte, und sie
hatte tatsächlich eine Frau gemeint?

»Wie lange ist sie tot?«

»Jahrzehnte«, erklärte Freder, »auch wenn es nicht so aussieht.« Der mangelnde Sauerstoff in dem Betongrab hatte die Verwesung gestoppt.

In dem Fall schied Julia Burmester wohl als Mörderin aus, damals war sie noch ein Kind gewesen.

Ein Kind, das, selbst wenn es groß gewachsen war, nicht genug Kraft hatte, um jemandem derart den Schädel einzuschlagen.

Ein Kind, das von seiner Mutter gequält worden war.

Ein Kind, dessen Mutter vor fünfundzwanzig Jahren verschwunden war.

Der Vater hatte die Mutter für tot erklären lassen. Weil er wusste, dass sie es längst war?

Die Gedankensplitter in Sveas Kopf fügten sich zu einem Bild zusammen. Sie bat Freder, einen Moment zu warten, bevor er erneut die Spitzhacke ansetzte, und lief in den Wintergarten, wo Tamme immer noch Foreniak und den schlafenden Burmester bewachte.

»Wir sind bald fertig«, informierte sie ihn, während sie das Fotoalbum nach dem Bild von Alfred Burmesters Frau durchsuchte.

Da war sie! Renate Burmester sah ihrer Tochter wirklich ähnlich.

Svea weckte Burmester, legte ihm das aufgeschlagene Album in den Schoß und schob ihn im Rollstuhl in die Küche.

Als er das Loch im Boden sah, verzog sich sein Gesicht, seine Finger verkrampften zu Fäusten, er fegte das Album in den Dreck. Aus seinem weit geöffneten Mund drang ein Krächzen.

»Sie ist böse«, flüsterte er, und dann brach es aus ihm heraus.

Wie er jahrelang die Demütigungen seiner Frau ertragen hatte, klaglos, bis sie auch die Tochter immer mehr quälte und sie zwang, ihr Lieblingskaninchen zu essen.

Wie er seine Frau mit der Axt erschlug.

Wie er ihre Leiche zerteilte und bis zum Verkauf seines Hauses in der Kühltruhe lagerte.

Wie er nicht wusste, wohin mit der Leiche, und sie im Boden seines neuen Hauses einmauerte.

»Da … liegt … sie.«

Obwohl Svea ihr Ohr dicht vor seinen Mund hielt, konnte sie die letzten Worte kaum verstehen.

Alfred Burmester sank zusammen, wie ein Ballon, aus dem die letzte Luft entwichen war. Svea musste ihn festhalten, damit er nicht aus dem Rollstuhl fiel.

Erinnern tut gut, hatte die rumänische Pflegerin behauptet, Julia Burmester hatte dagegen protestiert, aus gutem Grund.

»Hilft mir mal jemand?« Svea blickte über die Schulter zu den Kollegen, die wie festgeschraubt um sie herumstanden.

»Wenn mich nicht alles täuscht, ist das hier vor uns seine verschwundene Frau.« Sie hob das Fotoalbum auf und wischte den Staub von Renate Burmesters Foto.

Es gab noch einiges zu tun.

Nachdem Alfred Burmester abtransportiert worden war, wollte Foreniak nicht eine Sekunde länger in seinem Haus bleiben. Aber wo sollte sie hin? Weil Fluchtgefahr nach Polen bestand, rief Svea eine Streife, die sie ins Präsidium brachte, bis ihre Aussage aufgenommen war.

Sie schickte Tamme nach Hause, der es jetzt, da es niemanden mehr zu bewachen gab, eilig hatte, zu seinen Kindern zu kommen.

Dann rief sie im Präsidium an und forderte Verstärkung für Freder an, dabei erfuhr sie die jüngsten Untersuchungsergebnisse aus der KTU. An Julia Burmesters Axt hatte man keine DNA-Spuren von Marin gefunden, sie war zu gut gereinigt worden – anders die Sporttasche. Als den »Mann mit der Tasche« hatten sie Marin gesucht, dabei war er der Mann in der Tasche gewesen.

Als alles erledigt war, setzte Svea sich in den Wintergarten, um zu verschnaufen.

»Brauchst du mich noch?« Franzi kam von der Toilette. »Sonst lasse ich mir einen Wagen kommen.«

Svea fiel auf, wie blass, geradezu fahl die Kollegin war. Hatte Burmesters Geständnis sie so mitgenommen, oder hatte sie sich doch etwas Ernstes eingefangen?

»Du kannst jetzt gleich meinen Wagen nehmen«, bot sie an. »Ich lasse mir später einen neuen Wagen schicken, ich will noch abwarten, was sich unter dem restlichen Küchenboden verbirgt.«

Als sie mit Franzi vors Haus ging, um ihr zu zeigen, wo sie ihren Wagen geparkt hatte, wackelte die Gardine im Reetdachhaus gegenüber. Sie winkte der Frau im Nickianzug, so wie Julia Burmester es getan hatte.

Im selben Moment klingelte ihr Telefon. Die Frau wollte doch nicht etwa fragen, was passiert war? Wie konnte jemand so dreist sein?

Aber es war nicht die Frau von gegenüber, sondern Alexander Heidenich.

Warum rief er an, an einem Sonntag?

5

»Drei Kugeln Schokolade.« Marit drückte die Nase an den gläsernen Tresen. »Du auch, Papa?«

»Bloß nicht«, murmelte Tamme. Er hatte es gerade noch rechtzeitig nach Hause geschafft, um mit den Mädchen in das Eiscafé am Rand ihrer Siedlung zu gehen.

»Ich nehme auch Schokolade«, sagte Bente.

»Ich auch«, sagte Rike. »Papa, magst du kein Schokoeis mehr?«

»Nein!« Er klang barscher als beabsichtigt. Als er den Schreck in ihren Augen bemerkte, fügte er hinzu: »Tut mir leid, Papa ist ein bisschen müde.«

Er musste sich zusammenreißen, er durfte seine Laune nicht an den Kindern auslassen. Seine süßen, tollen Mädchen konnten schließlich nichts dafür, dass ihre Mutter ihn gerade in den Wahnsinn trieb.

»Eine Kugel Zitrone, im Becher«, bestellte er.

Jeder mit einem Eis in der Hand, schlenderten sie nach Hause.

Als sie in die Große Weide einbogen, dachte Tamme an Röder. Sein Nachbar war noch mal davongekommen. Dass er die kriminellen Absprachen des Baudezernenten nicht sofort gemeldet hatte, war schließlich nicht strafbar. Allerdings hätte es ihnen allen viel Ärger erspart, wenn Röder sich ihm früher anvertraut hätte – vor allem würde Dreyer noch leben. Was wurde überhaupt aus dem Haus im Falkenstieg? Es konnte doch nicht sein, dass Kampmann-Immo morgen den Zuschlag erhielt!

In Röders Einfahrt parkte ein Transporter, im Laderaum

erkannte Tamme den Designerliegestuhl. Zwei Männer in blauen Latzhosen trugen einen Schreibtisch aus dem Haus, dahinter ging Röders Frau mit dem Kuhfellteppich unterm Arm, ihre Augen waren gerötet.

Zog sie aus? Es schien so, dabei hatte Röder Mittwoch noch behauptet, er verstünde sich bestens mit seiner Frau. Allerdings hatte Tamme zu dem Zeitpunkt auch geglaubt, seine Beziehung mit Imke sei in Ordnung, ihr Wunsch nach einer Auszeit hatte ihn einen Tag später kalt erwischt.

Imke.

Zum Glück hatte sie außer einem kleinen Koffer nichts mitgenommen. Hoffentlich behielt Franzi recht mit ihrer Prophezeiung, dass Imke sich nur austoben wollte und bald zurückkehrte.

»Papa, komm!« Rike zog an seinem Arm. Er hatte nicht gemerkt, dass er stehen geblieben war.

Schnell ging er weiter.

Als sie vor ihrem Haus ankamen, quietschte Marit neben ihm. »Oh, ist der schön! Ist der für mich?«

Sie hatte die Hand in seine Jackentasche gleiten lassen und hielt Tanyas Ohrclip zwischen ihren eisverschmierten Fingern. Mist, den hatte er ganz vergessen!

»Ähm … ja.« Sollte er Tanya jemals wiedersehen, verzieh sie ihm bestimmt, dass er ihren Ohrclip verschenkt hatte.

»Und wo ist der zweite?« Rike sah ihn prüfend an.

»Ich habe nur einen.« Tamme zerknüllte seinen leeren Eisbecher. »Lass mich doch mal Schokolade kosten.«

»Nichts mehr da, das hättest du dir früher überlegen müssen.«

6

Beging sie gerade einen Fehler? Svea betrachtete das Profil des Mannes, der neben ihr am Steuer des Ladas saß.

Alexander Heidenich hatte sie angerufen, weil er bei seinem Sonntagsspaziergang von Dreyers Tod erfahren hatte.

Was wird jetzt aus dem Haus im Falkenstieg?, hatte sie ihn gefragt. Gab es Erben, die für Dreyer einsprangen, oder erhielt Kampmann-Immo den Zuschlag, obwohl Kampmann in den Mord an Dreyer verwickelt war?

Heidenich hatte mit einer Gegenfrage geantwortet: Wollen wir uns darüber persönlich unterhalten? Dazu hatte er ihr die beste Currywurst-Pommes Hamburgs versprochen.

Weil sie dringend etwas essen musste, hatte sie Ja gesagt – und ließ sich jetzt von ihm zu einem seiner Lieblingsorte in Hamburg kutschieren, atmete seinen Sandelholzduft ein und wippte mit dem Fuß im Takt zu den Dire Straits.

Sie fuhren über die Elbchaussee stadteinwärts, direkt hinter Teufelsbrück bog Heidenich links ab und lenkte den Lada auf ein Parkdeck.

Was wollte er hier?

Im Düvel, dem Restaurant auf dem Ponton unten am Fähranleger, hatte Svea sich ein einziges Mal mit Jos Mutter getroffen. Am Nebentisch hatten zwei Frauen im Pelzmantel gesessen und sich über Botox-Behandlungen unterhalten, die Hauptgerichte kosteten mindestens zwanzig Euro, Currywurst-Pommes suchte man auf der Karte vergeblich.

Zum Glück fuhren von hier mehrere Buslinien Richtung Bahrenfeld. Heidenich konnte alleine essen gehen, sie nahm jetzt gleich den Bus nach Hause, vielleicht fand sich noch etwas im Gefrierschrank. Obwohl … Ob sie da reingucken konnte, ohne dass ihr schlecht wurde?

»Was ist, haben Sie keinen Hunger mehr?«, fragte er, als sie abrupt stehen blieb.

Sie sah an sich hinab, zeigte auf das zerrissene, blutige Hosenbein, ihre lehmigen Schuhe, den Staub auf ihrer Jacke. »Das Düvel, ist das Ihr Ernst?«

Er lachte. »Wer sagt denn, dass ich da hinwill? Kennen Sie nicht den Imbiss unten auf dem Ponton?«

Sie ging mit ihm über die Brücke. Gleich zu Anfang des Pontons führte eine Eisentreppe hoch zum Restaurant, ließ man die Treppe links liegen, gelangte man zum Imbiss.

Versteckt hinter einem Windfang, sah er mit Fenster und Tresen aus wie ein Büdchen im Ruhrgebiet. Es roch nach Pommes, Wurst und Schiffsdiesel.

»Hier ist es nicht zu etepetete, oder?«, fragte Heidenich. Er bestellte zweimal Currywurst-Pommes, Svea nahm ein Bier, Heidenich entschied sich für Alsterwasser. Die Getränke gab es gleich zum Mitnehmen, er drückte Svea die beiden Flaschen in die Hand, dann klemmte er sich zwei Stühle unter den Arm und trug sie ans Ende des Pontons.

»Schön hier«, gab Svea zu, als sie sich setzte.

Ein Lotsenboot legte an, Wasser spritzte bis an ihre Füße. Zum ersten Mal seit Stunden entspannte sie sich und spürte sofort die Müdigkeit.

»Nummer siebenundzwanzig«, schallte es wenig später aus dem Lautsprecher.

»Ich gehe schon.« Heidenich stand auf, um das Essen am Tresen abzuholen.

Als sie ihm in der tiefstehenden Sonne hinterhersah, vibrierte ihr Telefon.

Eine SMS von Jo.

Mist, sie hatte ihr Betriebssystem aktualisiert und dabei wohl aus Versehen die Sperre aufgehoben.

Sie las nur die ersten drei Worte: *Bitte melde dich.*

Hatte Berenike sich mit Jos Mutter überworfen und wollte zu ihr nach Bahrenfeld zurück? Egal, sie löschte die Nachricht. Falls sie die Wohnung am Osdorfer Born nicht bekam, zog sie auf den Campingplatz. Hauptsache sie kam so schnell wie möglich raus aus der alten Wohnung.

Heidenich hatte nicht übertrieben. Die Pommes waren perfekt – außen knusprig, innen weich –, auch die Wurst schmeckte, der Ketchup prickelte am Gaumen. Und dazu die Aussicht auf die Elbe und den Hafen! Svea prostete Heidenich zu. Vielleicht konnte sie sich doch noch an Hamburg gewöhnen.

»Letzte Runde Wurst«, schepperte es eine halbe Stunde später aus dem Lautsprecher, »danach nur Getränke.«

Svea hatte genug gegessen. Aber ein Bier würde sie noch trinken. »Ich fahre mit dem Bus nach Hause«, schlug sie vor. »Sie müssen mich nicht bringen.«

»Dann nehme ich auch gerne ein Bier«, sagte Heidenich. »Zu mir ist es zu Fuß nicht so weit.«

Hatte sie gerade ein Date?, fragte Svea sich auf dem Weg zum Tresen. Ein Geschäftsessen war jedenfalls etwas anderes, bis jetzt hatten Heidenich und sie noch nicht darüber geredet, was aus dem Haus im Falkenstieg wurde. Und wenn sie ehrlich war, konnte das auch bis morgen früh warten.

»Prost, ich bin Alex«, sagte Heidenich wenig später.

»Svea.«

Ihre Flaschen klirrten aneinander. Als eine Fähre etwas zu schwungvoll anlegte, schwankte der Ponton.

»Hoppla!« Heidenich hielt ihre Stuhllehne fest.

Während Svea beobachtete, wie sich die Tür der Fähre aufschob und die Airbusleute in ihrer Arbeitskluft herausströmten, fühlte sie sich wie früher, wenn sich das Werkstor von Hoesch öffnete.

»Das erinnert mich an Dortmund, Schichtwechsel im Stahlwerk.«

»Siehst du die Rauchschwaden da hinten?« Er zeigte auf die andere Elbseite Richtung Waltershof. »Hamburg hat auch ein Stahlwerk.«

»Quatsch.«

»Doch, wirklich, mit Hochofen und allem Pipapo. Ein Miniatur-Ruhrgebiet.« Er stellte sein Bier ab und sah sie an. »Warum bist du eigentlich nach Hamburg gekommen?«

Weil sie darauf nicht antworten wollte, küsste sie ihn.

MONTAG, 20.04.2015

Frühling. Durch die frischgrünen Blätter des Ahorns vor Alexander Heidenichs Bürofenster blitzte die Sonne. Es war 9:20 Uhr, Zeit für eine Zigarettenpause, bevor er gleich den Termin mit von Trott hatte.

Er hatte gerade sein Tabakpäckchen in die Tasche seines Jacketts geschoben, als er Schritte auf dem Flur hörte. Kam von Trott zu früh?

Die Schritte stoppten, jemand riss seine Bürotür auf – und seine Kollegin Birthe Kruse stürmte ins Zimmer.

»Haben Sie es schon gesehen?«

»Guten Morgen, Frau Kruse, was soll ich gesehen haben?«

Sie hielt ihm die Bildzeitung hin, damit er die reißerische Schlagzeile lesen konnte: *Mörderischer Skandal in der Baubehörde.*

Heidenich gähnte, er hatte heute Nacht wenig geschlafen.

Unaufgefordert setzte Birthe Kruse sich auf den Besucherstuhl, schlug die Zeitung auf und las laut vor: »Der Altonaer Baudezernent Peter Stein und sein Referent Benedikt Marquordt sind in einen Bestechungsskandal verwickelt. Stein soll von Janpeter Kampmann, dem schillernden Besitzer von Kampmann-Immo, eine hohe fünfstellige Summe angenommen haben, dafür dass er im Gegenzug den Bestandsschutz für ein Grundstück in Blankenese aufheben lässt. Kampmann sitzt wegen akuter Fluchtgefahr derzeit am Holstenglacis in Untersuchungshaft. Wie wir aus gut unterrichteten Kreisen wissen, wird er zudem verdächtigt, einen Mord in Auftrag gegeben zu haben.«

Sie ließ die Zeitung in den Schoß sinken. »Unmöglich!«

»Ja«, stimmte Heidenich ihr zu, »manche Leute gehen für ihren Profit über Leichen.«

»Nein, das meine ich nicht!« Sie schüttelte heftig den Kopf, ohne dass sich auch nur ein Haar aus der steif gesprayten Frisur löste. »Da steht kein Wort, um welches Grundstück es sich handelt! Wer sind die angeblichen gut unterrichteten Kreise?«

»Sie jedenfalls nicht, Frau Kruse«, sagte er trocken. Das Dezernat Interne Ermittlungen hatte am Freitag Birthe Kruse und ihn zu der Versteigerung befragt und sie über den Bestechungsverdacht in Kenntnis gesetzt. Zu dem Zeitpunkt hatte man noch nichts von Dreyers Tod gewusst, der Leichenfund war erst nach Heidenichs Dienstschluss gemeldet worden, heute Morgen hatte er die Nachricht in seinem E-Mail-Postfach gefunden.

Hätte er nicht zufällig einen Kaffee auf dem Campingplatz getrunken, bei Svea angerufen und von dem Verdacht gegen Kampmann erfahren, wäre es womöglich zu spät gewesen. So war er schon um sieben hier gewesen und hatte sich um alles Wichtige gekümmert.

»Hat der Schuldner eigentlich bezahlt?«, fragte Birthe Kruse.

»Nein, das konnte er nicht mehr.« Er lehnte sich in seinem Stuhl zurück. »Helge Dreyer ist tot.«

»Was?«

Er konnte sehen, wie es unter ihrem blonden Haarhelm arbeitete.

»Kampmann?«, hauchte sie.

Er nickte.

»Und trotzdem erhält er gleich den Zuschlag. Ein Unding! Das würde dem Herrgott nicht gefallen.« Sie ergriff das Kreuz, das im Ausschnitt ihres selbstgehäkelten Pullovers baumelte.

»Nicht nur dem Herrgott«, sagte er trocken. »Mir auch nicht.«

Svea hatte es ebenfalls nicht gefallen, aber das behielt er für sich. Es reichte, dass Birthe Kruse wusste, dass er gestern auf dem Campingplatz zufällig von Dreyers Tod erfahren hatte.

Heute Nacht hatte Svea ihm zudem anvertraut, dass Kampmann beschuldigt wurde, den Mord an Dreyer beauftragt zu haben. Als er ihr daraufhin erklärt hatte, dass Kampmanns Gebot weiterhin bestand, weil seine Tat nur strafrechtlich relevant war und keinen Einfluss auf das Versteigerungsverfahren hatte, war sie empört gewesen. Aber es war nun mal keine Frage der Moral, wer in einem Versteigerungsverfahren den Zuschlag erhielt. Trotzdem hatte Svea nicht lockergelassen, es musste doch eine Möglichkeit geben, die Zuschlagserteilung zu verhindern.

Schließlich war ihm die Zivilprozessordnung eingefallen.

Er schüttelte den Gedanken an die letzte Nacht ab und wandte sich wieder Birthe Kruse zu. »Durch seine strafbare Handlung hat Kampmann die Schuldenbegleichung verhindert. Das gilt als sittenwidrige Schädigung, entsprechend lässt sich Paragraph 765a ZPO anwenden.«

Birthe Kruse sprang auf. »Ich könnte Sie umarmen!«

»Nicht nötig«, wehrte er ab.

Sie zuckte zurück und ließ die Arme hängen, dann setzte sie sich wieder und fragte: »Hat Dreyer Erben?«

»Nein, die Stadt Hamburg wird gesetzlicher Erbe.« Er hatte bereits mit der Finanzbehörde telefoniert. Die Kollegen würden den Vollstreckungsschutzantrag stellen. Und bis es so weit war, setzte er die Entscheidung über die Zuschlagserteilung aus.

Ein Blick auf seine Armbanduhr, sie zeigte 9:50 Uhr. »Frau Kruse, ich möchte noch eine rauchen, bevor ich Frau von Trott die Nachricht überbringe.«

Er hatte sich gerade die Zigarette angezündet, als ein silberfarbener Porsche Cayman auf den Parkplatz vor dem Gerichtsgebäude bog. Hinter der Windschutzscheibe loderte von Trotts Haarmähne. Wenig später schob sich ein hochhackiger Pumps aus der Tür des Wagens, ein seidenbestrumpftes schlankes Bein folgte. Die perfekt einstudierte Verführungsgeste, zum Glück stand er auf dornenverkratzte, muskulöse Waden in Jeans.

Ihm fiel ein, wie von Trott am Dienstag bei ihm gewesen war – sie hatte ihm ein eindeutiges Angebot gemacht, um zu erreichen, dass er die Zuschlagserteilung vorzog. Abgesehen davon, dass sie sowieso nicht sein Typ war, war er natürlich nicht auf sie hereingefallen und hatte sie abblitzen lassen. Aber was war mit Svea?, fragte er sich plötzlich verunsichert. Hatte sie sich gestern Abend etwa aus Berechnung mit ihm getroffen? Nachdem er ihr heute früh zugesichert hatte, sich um die Sache zu kümmern, war sie eilig aufgebrochen.

Sein Telefon piepste in der Jackentasche. Eine SMS von Svea.

Wenn ich will, kann ich die Wohnung haben.
Willst du?

Er setzte ein Kuss-Smiley hinzu. Bevor er es sich anders überlegte, tippte er auf »Senden«.

Svea war die erste Frau, die er seit dem Tod von Christina geküsst hatte. Es hatte sich gut angefühlt.

Er trat seine halbgerauchte Zigarette aus und begrüßte von Trott. Als er neben ihr die Stufen des Eingangsportals hochtrat, piepste es erneut in seiner Tasche.

Sveas Antwort würde er sich nachher angucken, jetzt musste er von Trott mitteilen, dass der Verkündungstermin geplatzt war.

Danke!

Früher habe ich mich gewundert über ellenlange Danksagungen in Büchern; seit ich meinen ersten Roman zu Ende geschrieben habe, staune ich über kurze oder nicht vorhandene Danksagungen. Wie haben die Autorinnen und Autoren das ohne Unterstützung geschafft? Ich kann das nicht.

Und danke von Herzen meinen Informantinnen und Informanten:

Christiane Leven, Holger Vehren und Knuth Cornils von der Presse- und Öffentlichkeitsarbeit der Polizei Hamburg.

Erhard Alff, Rechtspfleger a. D. am Amtsgericht Hamburg-Mitte.

Elke von Berkholz, Ex-Ärztin, Autorin, Dokumentarin und Freundin, die meine rechtsmedizinischen Fragen beantwortet hat.

Dirk Meinzer, Künstler. Seine nachtleuchtenden Bilder haben mich zu den Glühwürmchen inspiriert, die Helge Dreyer gesehen hat.

Kai Dühren, in seiner Freizeit Jäger.

Sie alle haben sich viel Zeit für mich genommen. Eventuelle sachliche Fehler liegen allein an mir und meiner künstlerischen Freiheit.

Ebenso herzlich danke ich:

Meiner allerbesten Textgruppe im Hamburger writers' room: Gabriele Albers, Susanne Bienwald mit Mina, Andreas G. Meyer und Annette Zaborowski.

Thorben Buttke, meinem Lektor bei HarperCollins, für sein Vertrauen, seine immer hilfreichen Anmerkungen und klugen Änderungen.

Johanna Greß von HarperCollins für die Pressearbeit, Andrea Luck für die schönen Postkarten, Paula Szedlak für den Podcast – und all den anderen netten Menschen bei HarperCollins, die sich um mein Buch gekümmert haben und immer noch kümmern.

Boris Brackrock und Dörte Dosse von unimak für die Produktion des Buchtrailers. Das hat Spaß gemacht!

Den Freien Lektoren Obst & Ohlerich für den Literaturpreis Nordost.

Der Hamburger Behörde für Kultur und Medien für den writers' room und ein Aufenthaltsstipendium in Torria.

Meinen Autorinnen-Kolleginnen Anne Eckert und Jenna Theiss, die mir zur Seite standen, als dieses Buch noch ein Projekt mit Namen »Knochengarten« war.

Amelie Gräf, die mein Schreiben seit Jahren begleitet.

Und natürlich Klaus Dühren. Nicht nur für den einzigartigen Schreibtisch, an dem ein Großteil dieses Buches entstand.